新人族

晴川／著

江苏凤凰文艺出版社
JIANGSU PHOENIX LITERATURE AND
ART PUBLISHING, LTD

图书在版编目（CIP）数据

新人族 / 晴川著. —南京：江苏凤凰文艺出版社，2018.8

ISBN 978-7-5594-1535-6

Ⅰ. ① 新… Ⅱ. ①晴… Ⅲ. ①短篇小说—小说集—中国—当代 Ⅳ. ①I247.7

中国版本图书馆CIP数据核字（2017）第309996号

书　　名	新人族
著　　者	晴　川
责任编辑	黄孝阳　王　青
文字编辑	朱　静
出版发行	江苏凤凰文艺出版社
出版社地址	南京市中央路165号，邮编：210009
出版社网址	http://www.jswenyi.com
印　　刷	北京鑫海达印刷有限公司
开　　本	880×1230毫米　1/32
印　　张	8.75
字　　数	252千字
版　　次	2018年8月第1版　2018年8月第1次印刷
标准书号	ISBN 978-7-5594-1535-6
定　　价	42.00元

目录

新人

那时我还在上学，早上没赶上校车，我在报廊里找着各种新闻，水灾、地震、离奇的高温，地球好像正在发脾气的孩子。不过对我来说，这一切不过是热闹罢了，我无能为力，所以也就与我无关。

第二班专门接送我们这些迟到学生的校车到了，我上了车，车上今天只有我一人。这真神奇，以前总会有四五个同伴，难道这些人约齐了改邪归正了？

从车外望去，急匆匆的气垫车似乎特别忙，我有种不好的感觉。

其实这几天一直有点儿异常，班上虽然总是有些申请在家上课的学生，但这几天似乎特别多，就算正在上课的学生也总是三三两两地在讨论什么。这真是怪事，我虽然有点儿不太合群，但从没这样孤立过，连少有的几个死党似乎也在背着我说什么。

要不是没有家长，我也申请在家学习了，不想看这些鬼祟的脸。

父母双亡，我是孤儿，以前这种人会饿死，或被关在专门的像监狱似的地方，现在不用了，有机器人照顾我，一点儿缺憾都没有。虽然有的人说我们这种人有点儿冷漠，但对我来说，有机器人照顾，我一点儿缺憾都没有，别人的感受与我无关。

推开教室的门，坐到自己的座位上，屏幕自动弹开，上面现出红字："你迟到了。"

我用手按了一下第二行的绿色的"我很抱歉"四个字，画面变成了正在讲课的老师。他们说这些课程是实时转播的，不过我看不出有什么区别，打瞌睡也不会有老师过来敲你的头，只有屏幕出现警告声："嘟嘟嘟，嘟嘟嘟，嘟嘟嘟。"

打个哈欠吧，只有打哈欠的自由。

那老师忽然沉默了一分钟，我不开玩笑，他足足有一分钟没有说话。然后，他转身推开窗："你们知道吗，阳光是有味道的，打开窗，你就能闻到阳光的味道，阳光的味道是金色的。"他又沉默了。

我想他疯了！

阳光的味道是金色的！我从没听过味道可以用颜色来形容。一直听说直播授课的教师心理压力过大，心理疾病发病率高，现在真的知道了，这可怜的家伙，明天就不会在这儿了。

他转过身面对我们，面对镜头，一脸的悲怆。我只能这样形容，那不是悲伤，那比悲伤更有广度，但没有悲伤的程度深。我想，那应该叫悲怆，一种泛泛的、淡淡的、很伟大的、感怀全人类而不是感怀身世的悲痛："有的时候，只有得到才能让我们知道我们不需要什么，只有失去才能让我们知道幸福是什么。"

我开始翻课表，这节不会是诗歌创作吧？

在我哗的一声笑出来时，我的老师，眼睛红润，关上了摄影机。

我呆住了。

出事了？

屏幕上红光闪烁："请注意，这关系你的生命。这座城市即将沉入海底，所有市民将有秩序地离开，现在请将你的信用卡插入刷卡器，电脑会自动给予通行标识，并打印出发时间。你可以转告亲友，但由此发生的意外或骚乱，可能致使你不能准时离港，本机将不再重新标识时间，政府将不对你的生命负责。”

我呆呆地听着打印机“咔嗒咔嗒”的声音，终于明白，大家在议论什么，他们不同我说，只因为我是唯一还不知道的人，因为我没有亲友，我是一个孤儿。

我推开隔音门，在玻璃里就可以看见我有一张苍白的脸。对面的门也打开了，兰西用那种先知道一秒钟的同情眼光看着我：“你终于也知道了。”

我在门槛上坐下，双手抱头，想了许久才明白：“我们去的地方，不再有阳光？”

兰西说：“是海底城。没有阳光，空气是过滤的，不会有任何味道了，即使用第九交响曲来形容阳光的味道也不会有人反对了，因为，人们会忘记阳光的味道。”

我说：“我不在乎有什么不同，要是可以忘，就不重要。”

兰西说：“是的，可以忘记的就不是最重要的。”

声音那样细弱，过了一会儿，我才知道，她哭了。用那教师的话形容，我的嘴巴里有一股眼泪的味道，我对那一天的整个回忆都有一股眼泪的味道，一种陈旧的、有尘土味的眼泪的味道。我干巴巴地说：“不值得哭。”

兰西的无声哭泣，让我有半生的时间都停在那一天的坏情绪里。地球本来就是个水球，看世界地图就知道了，大陆不过像苍蝇屎大，大片大片的水，什么时候高兴就可以淹过去，于是我们建了海底城，建成了就是要用的。现在这一天来了，我们早知道要来的，它来了，有什么好哭的？

大船在海面航行，过些时候到达目的地后，大船会变成潜艇。我躺在甲板上晒太阳，阳光与空气对所有生物来说都是最重要的东西，重要得不能失去，重要得一刻都不能失去，因为它们从未失去过，我们不知道它们的珍贵。我不喜欢白天，爱夜，爱那夜色苍茫。现在好了，夜色将永远无穷无尽地苍茫下去。

不过有什么不好呢？

我的冷淡，他们说是凉薄，但是有什么不好呢？哭天抢地地表演悲怆才好吗？大群人来送将走的亲友，在港湾里。港湾外的人还如常工作着，不知道他们不该知道的事。我也不知道为什么我不是最后走的那些人，没有亲人，没有工作，没成人，不事生产，为什么我会同最先走的一批一起走？因为我是孩子吗？不，我不相信。

兰西给我冰激凌："想不到会同你一起走，爸妈说，你在到达新家前，跟我们在一起。"

我问："为什么？"

兰西道："几天前从网上看见的，征集社区志愿服务者，妈妈报了名，想不到会是你和我们在一起。"

我说："谢谢你们。"

为什么不准我带我的机器人走？我不喜欢有恩人，这个时代，谁愿意平白多出个恩公来？什么事是机器人不可以代劳的？

冰激凌化了，我把那白色的东西扔到海里。海豚追逐着将之吞下，我看海，看天，看不知名的飞鸟与鱼。

兰西问："在想什么？"

我说："我们像不像迁徙？从大海来，回到大海去。有什么好悲伤的？"

兰西问："你难道不会想念阳光与海滩？"

我说："那不过是一种习惯，很快就会有新的习惯。"

兰西气愤地站起来："你真的像他们说的那样，有点冷血！"

我说："38℃啊。"

兰西气愤地走开几步。我也有38℃的血，只不过没在父母身边不会撒娇而已。

力场包住无形的空气，排开水，开始下潜，海水由透明变蓝、深蓝、更深的蓝、墨黑。

一声呜咽，光线消失，我们的陆上生活结束了。一声呜咽，兰西在我身边哭了起来。

当黑暗来临，当世界转身离我们而去，是谁抛弃了谁？

我轻轻抱住兰西，兰西的身体十分细小，好像不足一握似的，她是个小女孩儿。

抱兰西回她的客舱，刚到门口，就听到低低的谈话："兰西好像是喜欢那孩子。"

"你同兰西谈谈，这是不可能的事。"

"那是个好孩子，要不是他，我们还不能这么快离开呢。"

"但兰西同他是不可能的，政府对那孩子另有安排。"

我站在门口，站了有一会儿，兰西瞪着一双天真的眼睛看着我，她好像很诧异我为什么站了那么久。

我把兰西放下，默默离开。我不是有意听到的，我并不想知道，如果有命运这回事，我相信一个人还是不要知道命运的好。同命运斗是很累的。不信你去对着冰冷的墙喊上一千次："还我爸爸妈妈！"或者："为什么为什么为什么！"墙壁没有回答，命运也是一样，它在那儿，已是事实，它不出声、不回答，但它已经在那儿，不会改变。

有时我也需要一点儿眼泪，我现在就想哭泣，但是，我忘了如何才能流泪。

海底城并不值得哭，那儿的生活还不错，温度宜人，准时下雨，一切都舒适得让人忘了以前是怎么生活的。这生活不是很好吗？

兰西父母所说的政府并没有来打扰我，我像以前一样，在社会保险账号上领取生活费，由公共服务的机器人来照顾我，不同之处只是以前我自己有一个机器人，现在要与人合用，我不觉得有什么不便。兰西越来越觉得与我话不投机，她同一群怀旧的同学组建了一个叫"阳光社"的文学社，我有空宁可去学学游泳潜水，在水世界，不熟悉水，是不行的。

我送兰西去学校，在海底，不能浪费能源，更不能污染空气，所以没有汽车，只有电动车。兰西的父母不放心，我每天送兰西去学校，兰西尖刻地评价人造太阳：“一觉醒来分不清是早上七点钟还是晚上七点钟。”我无所谓地耸肩，即使在地面，对着真正的太阳，我一下子也分不出是早上还是晚上，不过我一觉醒来，晚上七点的时候为多，要是早上七点多半是我还没睡。

然后，我从广告栏看到招潜水员的广告。兰西问：“潜水员？干什么的？”我回答：“整天潜水玩还有钱花的人。”兰西说：“那不是很合你的要求吗，为什么不去试试？”

我轻轻敲了一下广告栏，一份打印件从下面出来。我会去试试。

去面试的人没有我想象中那么多。那是间很气派的办公室，并没有豪华的装饰，一张桌子，两把沙发，而且不是令人舒服的那种沙发，那是一种并不舒服的直背椅，但是办公室非常大，在这个寸土寸金的地方，看见这样奢侈的空间，令人不能不产生敬意。面试的男人长着一张刀刻一般的脸，一双眼睛刺人般锐利。他说：“我们只招收最好的潜水员，因为我们会给予最好的报酬。”我有点不安，我的潜水技术还没有那么好。他像是看穿我一样，他说：“但是，我们并不要求你现在就有最好的技术，我们只要你现在有最大的潜力，在将来，接受我们的训练后，可以成为最好的潜水员！”

我接受了一连串的测试，肺活量、脑电波、心电、血压。我合格，出门时，看见穿西装的职员正在劝解：“抱歉，我们只招收二十岁以下的。”

这份工作薪水非常优厚，即使大学毕业也要奋斗十年才能得到的薪水，我不愿再等。这就出来工作吧，毕竟那是很大一笔钱，再不用去领救济金了。

从兰西家的隔壁搬到公司的宿舍去，兰西同她的父母一起送出来，兰西的爸爸说：“凡事当心。”我点头说：“知道。”其实并不知道要当心什么。要是真的关心我，得给我更多提示，我还是个孩子，没有逻辑推理的能力，而且也不愿费心多想。谁去想那些事！

我们这个队有点儿奇怪，我明明听那人说只招收二十岁以下的，队里的同事却全部二十岁以上，若干骨干三十岁出头儿，十几岁的好像只有我一个人。事情一定是有点儿怪，但我并不想抗争，那太累了，我只希望在命运或其他什么人操纵我走向哪条路时不要太明显，别太让我难堪，我只是懒，并不是不懂做人的尊严。

这些个同事也有不好相处的，像宋平就专喜欢对我吹毛求疵，他是领队，不仅对我吼叫，连带手把手教我的同事张哥也被牵连。有一次矫正打水姿势时，我一时紧张，将脚蹼几乎甩出去，张哥笑出来，我也笑了。宋平指着我："你上来！"我爬上池边，还没站起来，一只脚刚要落地，那家伙竟抬起腿来，一脚将我踢落回水里。我痛得缩成一团，在水里缓缓地向下沉去。那一刻我好像觉得更愿意留在水里。

水里多好，我觉得自己像只自由的鸟，在飞，在孤独地飞，离开这个世界，离开所有人，在天空自由地孤独地飞，人太多了，我多渴望孤独。如果能够，我会选择深海海底，在漆黑的海底，我会埋伏在沙子里，等待落入我口中的食物，如果没有，我就静静地等。我存在，但我沉默着，生命存在，但生命可以选择沉默。

我在水面下，听见说话，我不是有意听，但是我能听见，奇怪的是我本应该听不见，但我能隔着几米深的水听见对话。张哥说："你对我的训练方法有意见可以对我说！"

宋平说："这是我说话的方式！"

张哥道："这不是那孩子是谁的问题，而是你的态度有问题。"

宋平问："你指我没有礼貌？你会不会对一条鱼问好？"

我觉得头昏，我的胃抽成一团，不住地痛，一条鱼！还是有人看出来了。

有一次我下水，张哥在岸上轻声自言自语："小心点儿，别太逞能，别让人家发现你像一条鱼多过像人。"

我在水下觉得冷，一会儿就上岸了，我不太高兴，说了声头痛就回去休息了。

我在浴室里，把浴缸放满水，然后看看表，将头埋进去，过了一会儿，我觉得有点儿不好受，抬起头，看了看表："十分钟。"对一个没经过多少训练的人来说，这个时间实在是太长了。而且这对我毫无困难，我知道潜水最长时间的纪录，我实在是应该小心了。

我洗了澡。在水里泡着真的很舒服。我为什么选择潜水？只是为了高薪吗？不一定，也许是我喜欢在水里待着，也喜欢沉入漫无边际的黑暗的感觉，在深海潜水，你会觉得自己来到宇宙，没有光没有同类，只有怪异的生物。

我睡着了，醒来时只觉得天花板在摇晃，那种怪异的感觉令我惊骇，我想要坐起来，手一划，碰到光滑的壁。我呼出一口气，发现比平时要费力，吸气时，咽下了一口水。我猛地坐起来，水发出哗的一声，我的头发湿淋淋地滴着水，我喘气时一股水顺着鼻子流出来，然后觉得喘不过气来，我不得不趴在浴缸边上让肺里的水全流出来。

我睡着了，在浴缸里，沉在水底睡着了。也许我只是不小心滑了下去！我看了看表，三个小时，我在水底三个小时。在我不知道的时候，我可以像一条鱼一样在水里呼吸。我闭上眼睛，十分恐惧，而且伤心，我不是一个正常人！我很想哭，但是哭不出来，因为鱼没有眼泪。

恐惧像一条热流，在我身体里乱窜，有没有人知道这件事？有没有人偷看？我不是一个人，有没有人知道这件事？我吓得要哭出来，要不是鱼不配有眼泪，我已经在哭了。

我一直怕的事，今天知道答案了。是的，有人看见，有人知道我像一条鱼。

我缓缓地游着，不管那些从池边跳下来救我的人，我是一条鱼，在水里不用人来救。我从池子的另一边上岸，爬上来，我才觉得我在陆地上特别笨拙。我慢慢地走回到我的房间，宋平还冲我叫："滚回来！"

我回头，冲他伸出中指。

他号叫着，被人拉住。

我是个试验品，但我想，我是比较稀少的试验品，我大约比宋平更珍贵。

第二天我绝食了。

第三天，张哥来看我，他拿东西来给我吃，他说："宋平并不恨你，他那样对你，不是针对你，他不是有意伤害你，他有他的问题，原谅他，好吗？你知道你有能力真正地伤害他，你还一定要做吗？”

我问：“我像一条鱼吗？”

张哥说：“你更像宋平年轻时，优秀，不用费力已经是最好。”

我说：“宋平也被人蔑视为一条鱼吗？”

张哥看着我，低声地：“你要是知道了什么，不要说出来，不要告诉别人你知道了，你要是不知道，也没有人会告诉你什么。明白吗？”

我想象我的泪水已经流下来，泪水四溅，但是我没有眼泪，我只是点点头：“明白。”

张哥走了，我把食物吃下去。

如果有一天我发现自己身上长出鱼鳞，我该怎么办？

那天夜里，我梦见自己身上长出鳞片，我看着镜子，镜子里飘忽不定，一会儿出现一条鲨鱼，一会儿又出现一只章鱼，在鱼头上，我看见自己的脸，恐怖的、惨白的脸。然后，我回头看见宋平和张哥，他们拿着剖鱼的刀子，我说：“不要吃我，我不是鱼，我还有一部分是人！”但是我发出的已经不是人的声音，他们走过来，我的绝望压过恐惧，我说：“好，吃掉我吧，希望你们不会为吃掉一个人而良心不安。”张哥和宋平的刀子掉下来，我用触手卷起刀，我说：“即使你们不杀我，我也疲倦了。”我自杀了，然后，我就醒了。

我微笑，还有人会在梦里说：“我疲倦了吗？”在梦里也觉得累，是心累了吧？同人打交道始终不是我的长项。

宋平对那天的事，一声不出。我也不想提，我不原谅他，即使他道歉，我也不原谅他，所以，我才不希望他道歉，我不会说原谅他！但他也没有再找过我麻烦，这个人令我在潜水队的日子不好过，但他只不过是个苍蝇，并不能真正地伤害我，我不怕他。我怕我自己的身份。我是谁？

张哥说：“多数人像蚂蚁，不知道自己与别人有什么不同，就算有什么不同，也不过是一只蚂蚁同另一只蚂蚁的不同，微弱得可以忽略不计。”

一只蚂蚁躲在一群蚂蚁里不好吗？不安全吗？被淹没的感觉不好吗？

张哥说："渺小的感觉并不好受，同与众人格格不入的感觉一样不好受，也许更不好受。"

张哥安慰我，我无言。

大海是我的故乡。

张哥同我在一个潜水口换衣服，他说："还是有些值得开心的事的。"

我按下进水按钮，是的，比如整个人浸在水里，比如向大海深处一直游过去。

我向大海深处游去，不回头，张哥在后面一直说："慢一点儿，等等我！"

我不回头地游下去，张哥终于发出警报，我能听到，别问我是怎么听到的，我甚至不是用耳朵听到的，不是我们常听到的那种声音，是另外一种声音，但也是声音，我不知道是怎么听到的，我想那也许是一条鱼的本领。

张哥真的发警报了，我的通话机也响了："你必须马上往回游，你的氧气很快就要用完。"是宋平的声音。

我关了通话机。

摘下面罩，脱掉潜水服，是的，我是一条鱼，我不用任何设备就可以在深海自由自在地游！

身上没有金属物品，我想，就算他们出动捕鲸船也找不到我吧？我在海里同一条鱼有什么分别？

很快我就听到声音："我知道你能听到我们的声音！不要以为我们找不到你，我们就在你后面，放弃抵抗，向我们靠拢，可以少吃点儿苦头。"

是什么让他们找到我？

我收起四肢，吸一口水，缓缓向海底沉下去，也许，这样可以躲过他们的追踪。

宋平说："最后一次警告！"

我没有理他。

发动机声传来，我看见潜艇，他们出动潜艇来找我！

我向海藻丛游去，让他们被海藻纠缠至死吧！宋平道："不要再向前！我们会发射鱼雷。"我才不信！

一支鱼枪向我射来，来不及转身，来不及躲开，我眼看着那带钩的铁枪射向我并穿透我的大腿，疼痛令我昏迷。

我像一条鱼般被拉到潜艇上。我的血流在地上，只有 23℃，我可以在低温下存活。

张哥冲我吼叫："你想去哪儿？去喂鱼吗？！"

开枪的是张哥，我还以为他知道我的苦衷，他会同情我呢。他用鱼枪射我。

我问："要我一辈子做实验动物吗？"

张哥道："以后人人都要像你这样，适应海底生活，你要跑到哪里去？去海里？那才是你的家？你能同那些鱼交流吗？你要同那些海星贝壳做同类吗？你不过比我们早些拥有适应海底生活的基因，在你之后出生的人都会同你一样，你并不孤单，也没什么了不起的！连同你的烦恼都没什么了不起的，不过是无病呻吟！"

我被抬上担架，我问最后一个问题："如果是那样，人，还是人吗？人类是生存下去了，还是已经灭绝了？人，改变多少才能活下去？改变多少还能叫人？改变多少才不算人？"

张哥说："这些疑问，不过是新人出生前的阵痛，忍过去，人类的新生，就开始了。"

但谁都知道新生命并不是原来的那个，孩子出生，人们仍会为孩子父母的死而伤心。新人出生了，旧的人类呢？是不是灭亡了？

手术后，没有人，宋平进来，默默将一张 X 光片给我，他说："收好。"

没人时我偷偷拿出来看，隐隐可以看出是人的胸部影像，他给我这个干什么？

这是什么人的胸透片？胸骨上有一个阴影，好像衬衫扣子一般，真是奇怪！是衣扣还是病变？

衣扣？衣扣！我忽然明白，这是我的 X 光透视片，这个所谓的扣子，是个可以发出信号的定位仪，这就是他们能找到我的原因！宋平为什么要告诉我？

我转头向镜子看，我的眉头、我的眼、我的嘴唇，为什么以前我没有发现！我的相貌同宋平一模一样！

我问张哥："我同宋平长得有点儿像？"

张哥沉默一会儿说："因为宋平是最好的潜水员，他在水中如鱼得水。"

我问："他为什么恨我？"

张哥说："他不恨你，他不喜欢被人嘲笑。"

我问："嘲笑？"

张哥不回答。我替他说："说他同鱼杂交，说我是个真正的杂种？"

张哥不回答。我说："他甚至不肯抚养我长大？"

张哥说："现在父母抚养子女，也不过是隔几天看看，说几句话。"

我微笑。

这就是宋平恨我的原因吧？我是个杂种，他以我为耻。他的独生子是一条鱼！我像他多些还是像鱼多些？我要同他在一起还是同那些鱼去做伴？

我去找宋平："帮我除掉那东西！"

宋平道："你还想走？你到底想去哪儿？"

我说："我不知道，但首先，要除去那东西！"

宋平道："我不是不可以帮你，但你一定得想好你要到哪儿去，因为摘掉定位仪，你就得走。"

我不知道，我要再想想。

张哥问："没听过你提起以前的朋友，这次一起来的没有你的朋友吗？"

我去兰西家。

兰西不在家，只有兰西的母亲，她过了一会儿才认出我来："兰西不在家。"

我没有离开，我问："她在学校吗？"

兰西的母亲说："她在医院里。"

我诧异道："出了什么事？"

兰西的母亲道："你不知道吗？这里多数人都因为缺乏光照而得了抑郁症。"

我呆了一会儿，才问："伯父好吗？"

兰西的母亲说："他在一次潜艇事故中遇难了。"

我呆了，不知该如何开口，她的头发都花白了，我才发现她老了那么多。

她说："当初还以为可以早一天离开那座城市是好事，现在看来，人，并不适合在海底生活，人毕竟不是鱼。"

我不知道自己是怎么告辞的。我到医院看兰西，她很平静，只是人有点儿呆呆的，依旧美丽，美得让人心酸，我觉得胃痛。

兰西看见我，把头埋进我怀里，她的声音低弱："这么久，你到哪里去了？"然后兰西哭起来，她说，"我父亲死了！"

我说："我知道。"

兰西说："潜艇去深海，机器过热，发动机停转，潜艇一直向深海沉下去！一直沉下去，直到水从最脆弱处涌进去，像一条水箭一样射进去，所有人都死了！"兰西尖叫，医生将她抓住，给她注射了药物。过了一会儿，她平静下来，呆呆的，我觉得，她刚才更正常一些。

为什么我不会被水压死？我不知道，我想这大约也是他们想知道的。

回到潜水队，张哥说："明天去体检。"我问："都去，还是只有我？"

张哥顿了顿才说："大家都去过了，只有你不在。"

我沉默一会儿："会不会痛？"

张哥笑笑："别想太多了。"

我去游泳池，在水底，我觉得有一点儿安全。我静静地沉在池底，看着水面的涟漪，一波又一波，真好看。隔了水看这个世界，是另一个样子，是不真实的，是荒谬的，是一场梦。

张哥在池边问：“能待在水底是不是很快乐？”

我慢慢浮上来：“就像呼吸空气一样，是一种需要，说不上快不快乐。”

张哥说：“那不很好吗？”

漂在水面上，我问：“为什么拿我去做实验？你们想在我身上得到什么？”

张哥说：“只是想得到成千上万像你这样的人。”

我问：“像我这样？”

张哥说：“人不适应海底生活，但，海不会改变，地球不会改变，只有人改变。”

我问：“你们想看看我生活得是不是快乐？”

张哥说：“很少有人会生活得快乐，我们只是要看看你能不能生存。”

我说：“我不是活着吗？”

张哥说：“这种技术会渐渐广泛使用，地球人会渐渐习惯在任何地方任何环境下生存。”

我问：“那么原来的人呢？像兰西那样，被关进疯人院，让他们去死吗？”

张哥说：“尽我的能力解决我能解决的问题，我不能解决的，我不多想。”

我看了他一会儿，重又沉入水里，张哥的解决方式同我沉在水里一样，是一种逃避，拒不看四周哭泣的面孔，自己沉醉在自己的世界里，以为悲哀就不再存在了。

我又一次浮上去：“去好一点儿的医院，兰西的病是不是能好？”

张哥问：“你是说……？”

我说：“我也许可以去到别人去不到的地方，多赚一点儿钱，治好兰西。”

张哥悲哀地看着我：“你不再冷漠？关心别人可是很危险的事。”

人类曾厌恶冷漠的人，现在他们需要冷漠的人了，因为海那么大，要很冷漠的人才能忍受那种孤独的感觉。像我这样，不关心人，也不要人关心。

对我来说，不是人，生活在异类中间，关心，不，爱上一个女人可是极其危险的事。

我说："不，我不爱兰西，我只是跟她很熟悉。"

张哥说："没什么能治好兰西，除了阳光，但，这里没有阳光。可以用紫外灯光代替阳光，但是作用不大。"

我沉默，我想我也许可以带兰西去晒太阳。

海底城并不深，它原本就是一座城市，不过是海平面上升，它才沉入海底的，一个人稍受训练即可潜水到水面上去。费用应该不是问题。

为什么没有人想到用这个办法来治疗那些人？我想人们刚刚来到这个地方，有太多的事要做，太疲于奔命了，没有心思花在少数人身上。

我听见宋平笑道："想想看，几千万打造出来的比金子还贵的人，最后的用处不过是背着发神经的小女孩儿去晒太阳。"

我微微笑。

我带着兰西浮出水面，打开舱盖，阳光照进来。阳光，倒真能让人精神一振，深深吸一口气，是的，阳光是有味道的，这味道对于我们来说是奢侈的。

兰西的脸上露出阳光般的微笑，她说："阳光！"

兰西是我在这世上唯一的阳光。

我笑："来，去游泳。"

兰西有点瑟缩："我不太会，这是海里！"

我漂在水里："来，到我身上来！"

兰西从梯子上慢慢走下来，抱住我。我仰面划水，兰西趴在我身上，像趴在一个皮筏子上。她十分开心，发出银铃般的笑声。

过了一会儿，兰西沉默了，她默默看着我，然后，我感觉到她身体有点儿发抖，我问："冷吗？"

兰西说："有点儿冷，回去吧！"

我带兰西回到潜艇，兰西说："我想回家了。"

回家？兰西什么时候开始接受那个地方为家了？人类的适应能力还真强。兰西沉默一会儿："我们应该努力适应环境，因为没什么会为我们改变。"

我沉默。

回到家，兰西同我说："别再来找我！"

我呆住了。

兰西站在我面前，身子发抖，过了一会儿，她说："人都是要呼吸空气的。"

我不明白。她说："我以前还不信他们说的话，但是，你不用呼吸，是不是？今天，在水里，你至少二十分钟没有把头露出水面。"

是吗？我完全没注意。

兰西说："我很感谢你对我这么好，但是原谅我，我害怕。"

兰西流下眼泪："而且，我也不想嫁给一条鱼！"

我呆住了："你放心，我并不爱你，我只是同你很熟悉。"

兰西同穿着白衣的护士进去，她一路在哭。我完全不明白她，我想帮助她，不管我有没有帮到她，她却侮辱了我，而且还一直在哭。我想，我该庆幸自己不是莫名其妙的人类了。

我问张哥："什么叫爱情？"

张哥说："想同对方在一起，希望对方快乐，愿为对方做任何事，不管对方身份地位外貌有什么变化，都始终如一地对待对方。"

我笑了："是理论上的，对吧？"

张哥想了一会儿："有很多这样的例子，不过他们最后的结果大多是双双殉情了。按进化论来说，这种人的遗传基因很少能流传下来，所以，这种人应该越来越少才对。"

我大笑："比如梁祝，比如罗密欧与朱丽叶，理论上的爱情对人类繁殖后代是无益的，按进化论，这种无聊行径应该绝灭。"

张哥说："是，要是你爱上什么人，忘了吧，或者，当个玩笑吧。"

我说："不，我并不爱她，不过她怕我，她当我是异类，我想帮她，我同情她，只是因为我同她从小是同学，但是，她竟然怕我厌恶我，更不用说陌生人！”

我站起来：“不是爱，只是作为一个人应该得到的，我得不到，她说她不能嫁给一条鱼，你听见了吗？我不能得到一个人应有的对待！就像黑人，不是一定要在公共汽车上坐下，他们只想要在车上坐下来的权利！”

张哥道：“兰西会向你道歉！”

我看着他：“什么？你凭什么认为她会？你想胁迫她？”看，我并不信任张哥，我只是太想倾诉，太需要一个肯听我说话的人，即使我知道我找错了人。

张哥说：“我不用威胁她，我只是谴责她！”

我苦笑：“不，算了吧。”我很疲惫，跳下游泳池，在水中，甩掉衣服，要不，就让我完全做一条鱼吧！

我始终不知道张哥对兰西说了什么，也不知道他对兰西做了什么。

第二天，张哥对我说：“原谅我，我只是说她应该向你道歉，我完全不明白，她为什么会这样做！”

我看着张哥：“你做了什么？”

张哥脸色惨白，我从没见过他那种神色，他说：“我只是打电话给兰西，我只告诉她，你觉得深受伤害，我只是说她不该这么伤害一个想帮助她的人！”

张哥哽咽：“她挂断电话，今天早上，他们说，她用血在墙上写了几十遍对不起！她在墙上写满你的名字，几乎用尽了她的血！”

我推开张哥，几乎是跑到兰西的医院，里面已经没有人，只有一个清洁工，在刮墙，墙上涂满褐色的、让人觉得肮脏的血迹：“对不起！我爱你！”

那几乎流淌下来的血迹让我想吐，血，永远让我觉得邪恶而肮脏，那些用血写的“爱”字，让我憎恨。

奇怪的人类！奇怪的人类！是兰西吗？她说她爱我？然后她自杀了？我完全不明白人类，我恨他们！伤害我伤害他们自己，我完全不明白，我恨他们！

我同宋平说：“不一定要取出那东西，弄坏它，让它失灵，不行吗？”

宋平问：“你有什么事，值得冒那样的险？”

我沉默一会儿：“自由，为了自由。”

宋平笑了：“自由？”

我问：“我不配拥有自由吗？”

宋平问：“谁又有自由？”

我说：“至少你们没被人像狗似的戴个项圈。”

宋平道：“这种束缚，人人都有；这种侮辱，人人都有。”

不要打扰我！

我开着潜艇向深海去，去到最深处，去到他们的潜艇到不了的深处，我也许可以逃脱！我只是不想人打扰。

宋平对我说：“你别妄想了，别耍孩子脾气，你知道你逃不掉的！”

我怒叫：“别来烦我，我只想安静一会儿！别烦我！”

宋平道：“回到这儿来，我给你一个禁闭室，让你好好安静一阵！”

我关了通话器，我说：“滚你妈的！”

还是能听到宋平的声音，还有我不知道的通信设备发出的声音：“听着，你身上那个跟踪器不仅仅是跟踪器，如果你执意不回来，你会被炸成碎片！它会从现在开始发热，直至爆炸！”

我的胸前，真的在发热，没一会儿，已经像烙铁一样在灼烧我的皮肉，真是过分！我知道我逃不掉，我只是想走开一会儿，我只是想自己安静一会儿！

剧烈的疼痛让我冒出冷汗来，我头晕目眩，不得不掉头，痛痛痛！还有无穷无尽的愤怒！我将潜艇开足马力向海底城冲去。宋平说：“好了，不用着急，已经停止计时了！”

但我并没有停止疾驰！马达都在发热。宋平道：“不要逼我们将潜艇改为遥控驾驶！”

我拎起凳子向电脑用力砸去，哗啦哗啦的破碎声，这可能是我有生命以来听到的最痛快的声音，玻璃与塑料裂开，零件散落一地。我将凳子扔在那堆破烂儿上，问："你还想让我破坏什么？"

宋平说："我们还是可以控制潜艇，但我希望你停止破坏！你应该知道，我并不希望你回来后面对最坏的处境。"

我的眼睛在一瞬间有点儿模糊，这已经有点儿像人的眼泪了，我说："还能更坏？日复一日，在陌生人中间，无知无觉地活着，还能更坏！像个行尸走肉，还能更坏！"

宋平黯然道："回来吧，像你这么大的孩子已经不会再为天空的彩虹欢呼了，你还希望生活中有什么呢？"

我拿出一支麻药来，在胸口那儿打了一针，等我的手摸着胸前有麻麻的感觉时，我用一把小刀将胸前划出约能放进两根手指大的口子，然后，我伸手进去，将胸前那个圆铁扣从胸骨上扯下来，剧烈的疼痛，让我头晕。

宋平说："给你最后两分钟，如果你不停下潜艇，我就会接手，到时，你会受到最严厉的处罚。"

即使是全自动控制的潜艇，也要有制动轮片才能刹车，我潜到潜艇外，将后退的桨片掉转方向，电脑在潜艇启动时已经做过自检，等到再发现叶片异常，它将来不及制动。

我在潜艇外，但那跟踪仪在潜艇内，相信要两分钟后，他们才会发现我不在潜艇里了。至于他们什么时候才会发现这艘潜艇停不下来，将会一头撞碎海底城，我就不知道了。潜艇核发动机的爆炸和污染会到什么程度，我也不关心，就算连我也不能躲开，我也不在乎。

我觉得无所谓，我在做了这一切之后，就觉得无所谓了，心中那股恨恨的火已经灭了。我同这些人，基本上没多大关系，我没有特别爱过他们也没有特别恨过他们，我只是不喜欢被人拴住，像拴条狗一样，或者像对实验室的耗子一样。

我不是不能容忍他们，但是一头牛要是能拿掉拴在自己鼻子上的铁环，它不会不做，是不是？当上帝垂青新人时，你们这些地上的人应该给新人足够的尊重。

我没有特别地深谋远虑，只是那一刻，那样做很方便，我就做了，做了之后，也没有后悔。毕竟，在那座城里既没有我的亲人也没有我的朋友，连我熟悉的人都已经死了。我想告诉这些人，一个人快不快乐其实也很重要。只是生存下去容易得多，但是快乐更重要一些。

潜艇真的将那蛋壳一样的巨大的海底城撞开了一个大洞，真想不到，毁掉一座城市会这样容易。水将那海底城像蛋壳一样压碎，大水向城里冲进去，像上帝的洪水，上帝说："这座城里都是些不义的人，我要毁灭这座城。"

我没有看见，只是听到隐隐的爆炸声，然后感到巨大的涡流，然后，水中开始有碎片，然后，我甚至见过一两具尸体。在这片海域，只有我与不时漂过的可怖的肿胀惨白的尸体。

我没看见张哥与宋平，他们都会潜水，也知道当时的情形，也许他们能逃过这场大灾难也说不定，不过，经过这一切之后，他们会觉得孤独与恐惧吧？他们本可以使这座城避免这样的浩劫，只因为他们用了不恰当的方式和语言。也是因为太疏忽了，他们一定认为没人会疯到将海底城炸掉——除了我，这些人中，只有我是不需要海底城的。

有一天早上，我觉得有点儿孤单，远远地，又有白色的东西漂过来，我以为又是一具尸体。在半明半暗中不时见到残缺的尸体，让人觉得惊恐。

那个白色的东西漂过来，它的边缘有什么在摆动，越来越近了，那个小东西像一只白色的小狗，四肢划水，向我游过来！那是一个婴儿！在海上，有一个婴儿！

一个婴儿，我第一次觉得我同这个世界有一点儿联系，一个婴儿，一个像我一样的人！婴儿诞生了，父母虽然老去，婴儿将成长为新人！

蝶

贺佳同香柯经过走廊，发觉地上有些淡蓝色粉末，贺佳蹲下来，用手蘸了一点儿，捻一捻，像一种化妆品，细腻、柔滑，色泽艳丽。贺佳问："这是什么粉？颜色真好，是新牌子吗？"香柯莫名其妙："什么？"贺佳问："不是你的粉吗？"船上只有三位女性，队长香柯、工程师贺佳、医生赵静。贺佳道："那可能是赵静的，你看，"她在手背上抹一下，"多好看。"香柯道："是好看，问问赵静，也没见她用。"

下午贺佳手臂有点儿痒，伸出手，手臂上那一片淡淡的蓝色，闪闪发光，已经有大半变为七彩斑斓。贺佳大惊："这是因为什么？"赵静看一眼便道："马上去洗掉，要进一步检查。"

贺佳洗去彩尘，手上已是一道红痕。

赵静从实验室走出来："初步分析是高纯度的镭。"

香柯立刻打开对讲机："各部门请注意，大家立刻放下手上的工作，船上发现极其危险的强辐射性物质，请各位检查居室内是否有色彩异常鲜艳的蓝色粉末，不要轻易走出室外，凡在室内发现粉末的立刻到医疗室来，并检查自身是否沾染粉尘，凡有沾染，不要再接触他人。”

香柯带人正在检查污染源，文旭的声音传来：“香队长，请马上到通信室来，有人呼救。”香柯问：“区域？什么人？内容？”文旭道：“左舷60度，是危急状态下的脑电波启动，电信号是GYZXTX749814，此船属于冒险家王尹先生。内容是‘危险！蝶！’”香柯道：“继续接收。”文旭道：“是。队长，是不是我们也遇上麻烦了？”香柯道：“我们遇到特殊情况，这件事你先处理。”文旭答：“是。”文旭发出信号，“银河星际探险队，王先生，遇到何种袭击？请回话。”回答很慢，许久才出现一个字：“蝶！”又过了许久，“吃人！”文旭呼吸都要停顿，这是什么意思？他传话给香柯：“香队长！王尹有生命危险！可能是遇到异种生物。”香柯怒道：“该死！”虽然飞船上情形怪异，但人命关天，她不得不放下手头的工作赶去处理。

香柯要求对方提供全息记录，没有回应。再问，还是没有回应。未得对方授权，擅自提取信息是违法的。香柯沉思，文旭道：“队长，我已进入他的信息窗口，正在传递中。”香柯未及回答，警铃大作，传来呼叫：“有人受伤！”香柯忙问：“情况怎样？”赵静的声音：“队长，是贺佳，她昏倒在走廊里，我正在给她检查。”香柯问：“是辐射吗？”赵静道：“不是，目前还无法确定，我看她像是中毒。”香柯命令文旭：“将信息封存，等待调查人员批准。”文旭道：“我可以确定，他有生命危险。”香柯道：“但是，我们要做守法的好公民。”她去看望贺佳。

赵静一直在忙碌，却没有结果，她在等待化验结果时香柯问：“是怎么回事？”赵静道：“她身上又沾了许多镭，而她昏倒时身下的地面却没有，身旁倒有些零散的，不知是不是从她身上落下去的。这真奇怪，我不知道原因。”

香柯道：“你的意思是在她昏倒后，有人向她身上撒强辐射物质？”赵静道：“照当时的情形只能这样推断。”香柯问：“什么导致她昏迷？”

赵静道："不知道，没有外伤，血压、脑电、心跳都正常，血液正在化验中。"雪白的枕头上有一个小斑点，香柯俯身去看："这是什么？血？"芝麻大的血迹，香柯问，"不是没有外伤吗？哪来的血？"赵静道："是不是抽血时——"她低下头，轻轻拂开贺佳的长发，她没有说下去，因为抽血不可能溅到枕头上。在贺佳的颈部有一个细细的针孔，两人都呆了，针孔、注射器，船上发生谋杀，他们中有一个人是杀人凶手，而他们在茫茫宇宙中孤立无援，他们中的每一个人都不可或缺，他们必须相互依赖、相互信任。如今这里有一个人是凶手，他或她也许还会杀人，也许会毁掉他们全体。

一声惨叫突然响起来。香柯问："什么事？"又有人昏倒，赵静忽然手心全是汗，这里不是医院，而是无穷无尽的黑暗的太空。香柯道："医生，让我们知道你是受过专业训练的合格的太空医生。"赵静吸一口气："是。"没错，不能怕，不能退缩。

倒在地上的人，是工程技师，负责维护船上的设备正常运转。赵静松了口气："是吓昏的，不知看见了什么，也许是幻觉，在太空中出现幻觉并不奇怪。"昏迷中的人发出一句含糊的呻吟："蝶。"也许是别的，也许是"蝶"，也许是刚刚的求救内容还占据香柯的头脑，她来到主控室："打开王尹的全息信息。"文旭打开，屏幕上出现扉页，香柯将手按在上面，计算机记下指纹，扉页打开，香柯在不久的将来要对大批听证人员一次次解释她侵犯个人隐私、侵犯公民权利的理由，但她知道若不当机立断，代价可能是全体死亡。

最先打开的是王尹船上的即时电眼摄影。

地上不是一个人，而是一具干尸，更可怖的是那干尸还活着，痛楚地流泪，从他额头不断地冒出冷汗来，青色的血管暴起，一下一下艰难地搏动。他的身子僵直，不时抽动，仿佛一直在拼命挣扎。

文旭道："我们正全速向他靠近。"没有人想再看下去，香柯道："记忆信息。"文旭道："队长？！"香柯道："我的命令，我负责。"文旭道："是我擅自提取的。"香柯道："别争了，打开。"

黑沉沉的四周，睁开眼睛的力气也没有，身体却有感觉，腹部还在一阵一阵地痛，好像神经传导的下行受伤，能接收到信息，大脑的命令却无法被执行。

在记忆中，那蓝色的蝶翼还在闪烁扇动，真美，有着天使双翼的魔鬼。那身躯和面孔——如果那可以称为面孔的话，却丑恶得超出人类想象，让人恶心。但那彩翼，传说中的彩翼就应是那样子的，宝光闪烁，轻轻扇动，像水般流畅，像翩翩起舞，像歌者的歌。

啊！惨痛，痛得无法忍受，被刺了一下的腹部剧烈地疼痛起来，那种痛像是被什么东西撕咬一般，啊！天哪！无法忍受！天哪！好像真的有东西在撕咬，他感觉到腹内有什么在缓缓地蠕动，那只蝶对他做了什么？！

文旭痛叫一声，甩掉记忆传递器，情不自禁地捂住腹部，好像感觉中的痛楚真的发生，他喘着气，额上冒出冷汗来，香柯问："怎么了？什么事？"文旭抱着头："真可怕，真可怕！"香柯道："将感应度调低。"文旭道："不！不！我不想再感觉，虽然是幻觉，但那么可怕，活生生感觉有巨大的虫子在肚子里爬，并吞食你的内脏！"香柯将记忆器放在头上，片刻，她的脸色惨白，文旭替她取下来："我们看录像吧。"

那生物有半米高，彩翼却足有一人高，像蝴蝶一样美丽异常。它如一道虹般飞过来，扑在王尹身上，仿佛只是轻轻一触，就飞开了，毫无威胁性，王尹却皱着眉，低下头，大家看见他腹部有一点血斑，几乎是看不见的。然后他十分困倦的样子，人忽然软软地倒下去，彩蝶在他头上飞舞，他瞪大眼看着，却不能作声，也动不了。蓝色闪光的粉尘从蝶翼上落下，落在他身上，他忽然闭上眼，眼里流出大量泪水，接着眼睛红肿起来，身上落了粉尘的地方都在发红，慢慢肿起来。

文旭道："那种粉末令人全身发痒，然后刺痛。落在眼里，眼球立刻像火烧一般。"

王尹一直躺在那儿不动，但他的身体肿胀起来，双眼已经溃烂，向外流着黄色的脓汁和红色的血。

香柯问："那蓝色的粉末？"赵静道："是，没错，是镭。"文旭道："辐射在47/3/5日第十四星光时猛增，辐射源不断移动，可以推算出，是这只‘蝶’。”

王尹倒在那儿，一动不动，死人一般，他们却知道，他一直忍受多么可怕的痛楚。蝶一直留在舱内，每天会从口器中分泌出液体，强注入王尹口中，保存他的性命。

自第三天，王尹腹腔开始感受到可怕的剧痛，他的腹部渐渐瘪下去，一层皮肉挂在骨盆上，皮肤松塌向内凹陷，赵静失声：“发生了什么？他的肠道怎么了？”文旭道：“可怕至极，一寸寸地啃噬，十分真实，不容怀疑，有什么在他体内，在一点点吃掉他。”香柯问：“他还活着？”文旭道：“活着，而且一直有知觉。”香柯道：“任何东西吃光你的肠子，你都会大出血而死。赵静，你看呢？”赵静道：“我要更多资料才能做出判断。”

凹陷的皮肤下隐隐见两三条手指粗的凸起物在蠕动，有时两条扭在一起，像在争斗。王尹的外表已经不似人形，皮肤都先红后黑，然后腐烂，人瘦下去，皮包骨头，有的地方烂得见了白骨。文旭喃喃道：“我不过是学电信的，我不想看下去。”香柯道：“它们可能已经来到我们门外，我们必须了解它。”文旭道：“了解它们如何吃掉我们？”香柯道：“知道它会吃人，你就不会选择不抵抗。”

文旭将记忆信息的感觉共振调低，赵静戴上记忆器，然后陈述：“三天前是腹部，两天前是胃，昨天是脾脏，今天，它们已经吃光了肝脏。”香柯也不由得叫了声：“住口。”她厉声道，“它们是什么？这是你的专业判断？有什么在吃他？从他身体内？他还活着？”赵静沉默，良久，她说：“人不吃食物可以活七天。”香柯瞪着她，赵静道：“要不，这只蝶为什么一直在这儿给他喂食？好玩儿？”文旭的手发抖，记忆器一下落在地上，香柯看他一眼，沉声道：“停止前进。”

他们面面相觑，香柯声音哑了：“前进还是停下？我想听你们的意见。”没人出声，许久，赵静道：“别忘了，贺佳……”香柯道：“你是说，贺佳的遭遇与他相同？”赵静道：“血液中有毒素，运动神经受损，腹内有异物。颈上的针孔应是那只蝶注射麻醉剂造成的。”文旭道：“那么，那么它还在吗？”香柯立刻起身：“对飞船进行全方位扫描。赵静，贺佳怎么办？”赵静道：“我不知道冷冻是否能延缓蝶卵的孵化速度。”香柯道：“试试吧，冷冻过程中严密监察她的反应。”

他们的船经过黑洞边缘，依靠其巨大引力加速超越光速到达此地，与基地通信要过十天才能得到答复，届时一切都已成为过去。

一夜，众人都在监控屏前度过，赵静在观察贺佳的身体状况，香柯同被吓昏后醒来的工程师李则一起盯着扫描仪的运转，文旭看着王尹的情况。李则道：“我先是看到一双火红的眼珠，正在我面前，然后看见整个毛茸茸闪着光的黑色的脸，我以为有人开玩笑，却看见它一直飞到空中，飞向通风口。”李则心有余悸，当时他以为自己疯了，或是完蛋了，但那蝶却放过了他。香柯希望他能习惯于看到那种可怕的脸出现在自己面前，因为他们若不能战胜恐惧，就没法战胜敌人。

王尹的腹部缓缓地蠕动。李则一回头正好看到，不禁颤声道：“这是什么？他他……”文旭道：“真骇人是不是？你刚醒来，不该再受刺激，但是，我们每一个人也都怕。那人的腹内有东西，他的内脏几乎被吃光，但他却一直活着，而且有感觉，也许毒素多一点或少一点，他就没有感觉，或可以挣扎，但是不，用量刚刚好，就像上帝特意将它造出来对付我们的一样。”

赵静一动不动坐在各种仪器前五个小时，除了不时地下几个指令、按几个按钮，她几乎是不动的，直到香柯得出结论，蝶已不在飞船内。赵静道：“那么，我要告诉你一个不太好的消息，队长，贺佳的情形渐渐恶化，冷冻对那种生物或者你们说的‘东西’没有任何影响，它们不受扼制地正在缓缓分裂，速度很快，不出三天，它们就会孵化。”香柯没有表情，看不出是真的十分冷静还是掩饰得好，只是缓缓道：“我知道了。”

文旭惊叫起来：“快看，这里发生了什么？”

王尹的胸与腹都在蠕动，而且动得越来越厉害，皮肉颤抖，似被什么拉扯，一会儿向下，一会儿向上。

李则惊叫：“他在动！他的手！”大家的眼光都在王尹的胸腹处，经李则一喊才看到王尹的手指正在缓缓地屈伸，十分缓慢，仿佛用尽所有力气，皮肤包着骨头，血管像蛛网般可怖地裹着他的全身，如今那些动脉剧烈地搏动着，一波又一波地将血液向四面八方推着，他的手指仿佛因此而有了生气，动了起来。赵静将感应器接上，立刻道："啊！真痛。"不太大的声音，那痛楚表达得却十分真切。文旭问："发生了什么？"赵静不出声，只见王尹的身体挣扎得更厉害，连手臂都抬了起来，那是十分可怕的情形，一具干尸，连脸上都是凸起的血管，他忽然动了起来。赵静叫出声来："不！不要！别那么做！"最后已经十分凄惨，香柯一把夺下她的感应器，就在同时，王尹的腹部出现一个小小的血洞，上面还蒙着一层皮肉，但已可看到里面有什么东西在蠕动。赵静掩住脸："不，不要，他想自杀！"她哭了。但没人注意到，因为大家看见王尹的双手颤动着、痉挛着伸向自己的腹部，向那个血洞抓去，双手用力，一下撕开自己的胸腔，血"噗"地喷出来，水花般溅了一地，在胸腔中只有几片残缺的肺，一颗仍在缓缓搏动的心脏。

缓缓爬出来的白色虫子，白得透明，血流成溪，它们身上却是一尘不染的洁白，整个身躯都是白色的、半透明的，过了几分钟，"唰"地张开了双翼，白色的、天使般的双翼，缓缓扇动，几只小蝶缓缓飞升至空中，美幻如梦，若不是地上的死尸一边流血一边抽搐，谁能想象它们的食人身世呢？

彩蝶用双翼摩擦小蝶，用舌头般的长长的口器给小蝶喂食，然后，小蝶伏在彩蝶背上，它们飞向茫茫太空。

文旭道："它们怎能在真空中飞？"李则道："镭，镭能提供能量。真空并不是真的什么都没有，有许多微粒子束，像水流一样，这些蝶一定已懂得利用。"

赵静问："怎么办？"香柯道："返航。"

赵静问："贺佳等不到返回基地的那天。"香柯道："我知道了。"

所有人都在忙着调整航向，取消自动控制，改为人控，重新下指令，然后再改回自动控制。香柯来到病房，贺佳还在冷冻中，香柯在她身边坐下，对一起来的赵静说："你先出去吧，我想和贺佳单独待一会儿。"赵静知道队长与贺佳共事多年，有着深厚的友谊，而她只不过是刚刚毕业的实习生，她静静地退了出去。她想：这么紧要的关头，队长不在主控室，而来看朋友，至少队长不像她表现的那么高冷。

香柯问："贺佳，你现在有没有感觉？冷冻中会不会也感到痛？"她几乎要流泪了，但她说，"对不起，贺佳，我现在不能，也没有时间流泪。"她按下开启键，掏出光束枪。赵静推开门，她已想到，冷静坚定的香队长绝不会只是来看一看那么简单，她扑过去，光束划过玻璃容器的一角，坚硬无比的有机玻璃立刻熔化，氮气缓缓流出来，赵静拉着香柯迅速后退。

自动门落下，赵静到一旁按下解冻开关，然后面对香柯："杀人？香队长？"香柯道："我想过了，很值得。我不要我的朋友做那些畜生的饲料。"赵静道："不，不会的，我会想出办法来的。"香柯苦笑："你还不过是个孩子，所以相信奇迹。"赵静道："相信我，队长！我会让你看到，我是个受过专业训练的合格的太空医生。"

打开腹腔，里面是白色的像一粒粒珍珠般的虫卵，赵静没有受过训练的助手，只有香柯在侧，有时递送钳子都要赵静以手指点，翻动内脏器官，在缝隙间寻找每一粒卵，香柯忍着不呕吐，第一次发现医生这个职业与舰队队长同样伟大。只见赵静全神贯注地盯着贺佳的身体，时间渐渐过去，她的额头冒出密密的汗珠儿，擦了还有，擦了还有。香柯问："有什么问题？"赵静道："虫卵不应该这样分散，它们与片子上的位置不太吻合，有一粒找不到了。"香柯问："到了胸腔？"赵静道："刀口不能开那么大。"香柯道："管不了那么多。"赵静放下钳子，脱下手套，赤手伸进贺佳胸腔摸索。香柯看见她的脸色忽然惨白，右手颤抖着取出一粒开始蠕动的虫卵，一放在托盘里，那卵就裂开，白色的肉虫钻出来，蠕动着。赵静的手还在发抖，她说："小心，把它们放入密封箱。"

她们终于完成手术，虽然两人都在自己的小房间里发出呕吐的声音。

但当天贺佳的呼吸停止，启动人工肺后心跳恢复。香柯问："是不是还是不能救活她？"赵静道："中枢神经受损，也许虫卵可分泌抗毒物质，不然王尹不会活那么久，而且，幼虫本身不中毒可能就是这个原因。"香柯问："那么，提取幼虫的分泌液？"

一年后。

香柯迎接重回到她身边的战友："贺佳，欢迎你回到太空，来，同时欢迎赵医生正式成为我们中的一员。"

贺佳问："那些该死的虫子怎么样了？"香柯拍拍她肩膀，同她与赵静到主控室，打开屏幕："看，了解了，就不再惧怕。"贺佳道："蝶！同袭击我的那只一样！"一张网从天而降，将蝶网住，彩蝶用力挣扎，一道光束闪过，蝶那美丽的双翼血淋淋地被切割下来，两个机械手将蝶翼拾起，全身是血的蝶被扔在地上，痛苦地扭动着身躯，黑压压的虫群压过来，爬满蝶的全身，不过五分钟，一切就都结束了，只留下一摊血渍和几片残骸。贺佳颤声道："他们在干什么？这是为什么？"

香柯道："是蝶的血腥味引来它们，更不幸的是有些蝶被慢慢饿死。"贺佳问："我是问，我们为什么要这样做？"香柯道："这不是我们做的。是星际淘金者，镭是稀有金属，更贵重的是雌蝶和幼虫，可以做生化武器、特效止血剂，还有许多你想不到的用处。"贺佳问："他们不怕？"香柯道："不少人受伤，也有人惨死，但更多的人发了财，所以他们不怕。"贺佳呆了，半晌才问："我们对它，同它对我们有什么不同？"

一直沉默的赵静回答："有。它对我们所做的，是它的本能，为了繁衍，它们没有选择；人类不是，人类可以选择，但人类选择了猎杀。"

空中水母

小淇与艾薇是最好的朋友，她们每天一起上学一起放学，一起做功课，一起玩游戏。

小淇功课好，艾薇漂亮，她们都是爸妈与老师眼里的小可爱，做完功课她们在校园后山的草地上玩。

天气好，草很高，燕子飞来飞去，蜻蜓与蝴蝶有时会落在她们的衣服上。那真是一个美丽的下午。小淇与艾薇决定到草丛里玩捉迷藏。小淇在草丛外，背过身，从一数到二十，然后拨开草丛进去寻找艾薇，空气里有一种非常甜香的味道，像正在爆奶油爆米花。小淇很奇怪，没有人会到后山来爆爆米花的。小淇拨开草，向山上的小道上看一看，没有人。爆米花的香味是哪儿来的呢？

小淇有点儿不舒服，像是吃多了甜东西后腻腻的恶心的感觉。但她还是去草丛中找艾薇。整个草地都找遍了，也没找到艾薇，小淇有点儿累了，玩捉迷藏，就是捉到人才有意思，要不，见到人影去追也行，找遍整个草地找不到人还有什么意思？小淇从草丛里钻出来，站在林荫道上喊："艾薇！艾薇！你在哪儿？"没有回答。小淇说："我累了，我们不玩了好不好？"没有回答，那看来是艾薇不同意不玩，所以小淇还得找下去。小淇进草地时有点儿迟疑，因为那爆米花的味道更浓了，那股甜味，好像就在身后。小淇猛地回过身，没有人，但是，身后长长一溜的草却在摇晃，好像刚刚有人用手猛地拨了一下似的。小淇站了一会儿，忽然觉得恐惧，她慢慢从草丛中钻出来，然后猛地向林荫道跑去，一直跑回家。

从那以后，再也没有人见过艾薇。

安妮带着浅浅刚上完课回家，她觉得后面好像有人跟着她，几次一回头，都觉得好像有什么影子一闪，但是，仔细一看，又没有东西，是不是眼花了？浅浅好像有点儿不安，不时地回头去看，问他，他又不出声。

安妮于是加快脚步。

回到家里，电话正响着，安妮没来得及接，电话答录机已开始工作："文府，请留言。"接着听见一个女人的声音："文，我回来了，请同我联络。"

那女人柔和的声音好似有无限感慨，这几个字说得荡气回肠。

安妮同文易适刚刚结婚，忽然听到有别的女人这样亲昵地叫她的丈夫"文"，心里总有点儿不太舒服。

安妮把浅浅交给做特别护理的护士，自己去准备晚饭。

等文易适回来，安妮本想问那个电话是谁打来的，浅浅却在地上绕着圈子，不肯停下来，护士一时哄不住他，安妮过去帮忙。文易适脱了外衣，随手按了答录机，然后拿出笔记本电脑，准备放在桌子上。安妮正逗浅浅玩，听见那女人的声音不由得侧耳听，那女人话声刚落，只听"砰"的一声，那台昂贵的最新款笔记本电脑已经落在地上，发出破碎声，看起来已经光荣殉职了。

文易适看也没看摔了的电脑，过去将电话揪起来，连着线一起摔到地上。安妮惊诧：“你干什么？”那边浅浅惊骇地放声大哭起来，安妮急忙安抚他，也顾不上追问文易适原因。

文易适沉默半晌，呆呆地坐下来。

香柯喝着一杯茶，高杰笑看她：“大家是同学，人家三十，你二十五，再出一次任务，人家三十五，你还二十五，过几年你该叫我叔叔了。”

香柯道：“再过几年你们死光光了，我还是二十岁呢。”

高杰道：“香柯啊，整个世界都离你而去了，什么感觉？”

香柯道：“好像过年睡过了头，一觉醒来，年夜饭吃过了，鞭炮也放完了，只剩下初一的大太阳和一屋子狼藉，我躲在一角哭，哭被我错过了再也回不来，再来也不是那一个的年。”

高杰不语，咦，话头越来越不对，怎么高高兴兴的开始却渐渐往悲哀两字上去了呢？

香柯说：“我上了飞船才想，我不是离开我的孩子一个月，而是五年，把孩子扔下五年！”

高杰沉默了，他觉得一切都是文易适的错！

然后高杰说：“别想那些事，来，给你看个奇怪的案子。”

高杰打开电脑：“看，一个失踪孩子的父亲拍的录像。”

是全家在郊外野餐的录像，各种食物摆在红白格子的桌布上，然后孩子在草地上玩球。过了一会儿，是一家人在吃午饭。然后太阳西下，满天霞光，小男孩儿去草丛里捉萤火虫，漫天飞舞的一大群萤火虫，真是美丽。然后，一个男子的声音喊：“要走了，磊磊回来吧。”

没有动静，然后是一片草地，看起来是正在摄像的父亲扔下摄像机去草丛里找人了。

高杰说：“前一阵，这个地方附近还有个女孩儿失踪了，叫艾薇。跟一个叫小淇的孩子一起玩，那孩子说，她进了草丛，就再也没出现。跟这个差不多，你有什么看法？”

香柯说：“再看一遍吧。”

再看一遍，香柯说："在那群萤火虫那儿，停下来。"

看到萤火虫，香柯说："你觉得那是萤火虫吗？"

高杰说："这么远，看不清，不过，除了萤火虫还能是什么呢？"

香柯笑："真是丢脸，你没见过萤火虫吧？每种萤火虫闪光时都有自己的频率，但是绝对不是这种频率，世上没有一种萤火虫是这样闪光的。"

高杰诧异："你怎么知道？你怎么知道这些事？"

香柯道："有一个人是生物方面的专家。"

高杰立刻闭上嘴，那个生物专家就是文易适了。

香柯说："还有，你发没发现，这群萤火虫拍了有两分钟，看起来它们在乱飞，可是它们始终在一个位置附近振动，它们从没改变过队形，你不觉得奇怪吗？"

高杰说："是啊。"

香柯道："萤火虫又不是大雁，没有那么强的集体主义精神。"

高杰"啊"了一声，立刻开始研究这盘带子，一遍遍地看，忘了当初看这个带子只是为了给香柯解闷。过了一会儿，香柯说："我来是想问问，可不可以争取孩子的探视权。"

高杰半天才回过神："什么？啊，你同文易适的孩子？"

香柯说："文易适不愿见我，我不怪他，但我想看孩子。"

高杰道："去法院……"

香柯摇头："不不不，我不想让我的孩子去法院，我可以再同文易适联络。"

文家的电话响，文易适接了电话，听了个"喂"字，就将电话按灭，将话筒"当"的一声摔回去。安妮听到动静，过来问："怎么了，文？"

文易适沉默。

安妮问："是上次那个人吗？"

文易适半晌答："是我前妻。"

安妮这时心里才安稳下来，是旧爱，总比新欢好。安妮道："不知你们有什么过节，但是夫妻一场，你总要听她说完话啊。”

文易适道：“五年前，她并没有给我说话的机会。”

安妮问：“文，当初到底发生了什么？”

文易一脸惆怅，过了一会儿，才回答：“那天，她生下孩子才满三个月，我回到家，她已经不在了，留下一封信，说有任务，外出一个月。我等着，等到了一个月，她的同事拿来一叠文件，说是离婚协议，她已经在上面签了名，说如果我要等，要等五年。”

文易适忽然咬住牙，半天又接着说：“两年后，孩子被检查出有自闭症，我签字，同她离了婚！”

安妮诧异，原来没有争吵，没有厌恶，只有恨。文易适恨她，但是不等于文易适不爱她，那个女人用这种离奇的方式离婚，真让人不能理解。安妮问：“文，你到现在还这样恨她？”

文易适望着安妮，苦笑。

安妮怎么会理解呢？他那样爱香柯，那样爱她和他们的孩子，他们本来是幸福的三口之家，一夜间，什么都没有了，妻子离开了，孩子日夜不停地哭泣，文易适不堪其扰，将孩子留给保姆，自己每天去酒吧买醉。结果，不知是疏于照顾还是其他原因，孩子得了自闭症。文易适确实爱他的妻子，但是事情到了这一步，爱情已经无法弥合仇恨所带来的深壑。

她带来的爱与恨都那样强烈，文易适无法承受，唯一的解脱就是再不见她，也不要听到她的声音、知道她的消息。

高杰问香柯：“我们这个区有人报案说被人跟踪。”

香柯抬起眼，看他一眼，不语。

高杰道：“跟踪可是违法的，而且有损当事人的名誉。”

香柯道：“是我找的侦探。”

高杰道：“你想知道他的消息可以找我！”

香柯沉默一会儿：“我想知道他过得好不好。”

高杰冷笑：“他有什么不好？离了婚马上又娶比自己小十多岁的丫

头，有什么不好？”

香柯笑了：“难道还真能要求他等我五年吗？就像我从来不信杨过会等小龙女十六年一样，他又不是太监。”

高杰道：“你想得开就好。”

香柯美丽面孔上一丝惆怅：“想得开，只不过，对我而言，我只离开了一个月，这可真是……沧海桑田。我只是，一时转不过弯来。”

海誓山盟好像还在耳边，那个她爱的人，在她耳边唱：“我能想到最浪漫的事，就是和你一起慢慢变老。”转眼间，他就已经同别人去唱那首歌了。

高杰又打开他的电脑：“来，我给你看上次那个案子的进展。”

还是那群萤火虫。高杰指点着：“看见没有，这儿，草丛上面一点，有一小条三毫米宽、十五毫米长的黑影，这个黑影，宽不变，长度却在变化，这么看不清楚，将两个画面一比较就看出来了，长度不一样，是不是？我们做了许多假设，最后一个假设是，这是一个匀速运动的物体，假设它是向上运动的，结果，我们得到一个图像，你来看。”

香柯“啊”了一声，是个男孩儿侧面的剪影：“这是什么意思？”

高杰叹了口气：“不知道，但是那孩子的父亲一眼就认出那是他的孩子的侧影。”

香柯道：“那是说，那孩子当时在向上运动，他被这一群萤火虫吃掉了？”

高杰半仰着头，半天才道：“也有这么说的，但是，这不太可能，是不是？我宁可相信出现时间虫洞。”高杰笑了，“科学鬼怪，总比现实鬼怪好一点儿，好处就在于，我们无能为力，所以，不用采取行动。”

香柯沉默。高杰问：“怎么了？”香柯摇摇头：“不，不可能，我在胡思乱想。”香柯站起来告辞，“我有点儿事，先走一步。”

安妮下班回家，有一辆车慢慢地跟着她。安妮停下来，车窗打开，一个美女探出头来：“安妮？”

安妮扬起眉：“我认识你吗？”

那女人说："我是浅浅的妈妈，香柯。"

安妮诧异："你？"像吗？不像，那么年轻，那么美。而且，她的美丽是那样端庄大方，一点儿也不像抛夫弃子的毒妇。她，倒是有点儿像军人，那种挺拔的坐姿，修剪整齐的手指显得非常有力。

香柯打开车门："进来坐。"

安妮上车，一时不知怎么开口。

香柯说："五年前，上司说有一个特别任务，要走一个月。我接受了。然后，我却莫名其妙地怀了孕。我爱孩子，所以生下了孩子。我不能留在家里，我必须做我应做的工作。"香柯的声音低下去。

安妮侧头，看见香柯流下泪来。

过了一会儿，香柯道："文易适一直不原谅我，但是我有我必须去的理由。后来我被告知，这一个月超光速飞行，还要经过时空虫洞，我回到地球，将是五年后。我没有选择，一切都是按我条件准备的，不能临时更换人员，我也不想被换下来，我唯一不放心的，是我的孩子。"

香柯道："我只想见我的孩子，同文易适说，我想见我的孩子。"

安妮道："那当然，谁也不能阻止母亲见孩子。你放心，我去同文易适说。"

香柯眼圈又红了："谢谢你。"

安妮终于嗅到酒气："你醉了！你不能开车了。"

香柯趴在方向盘上，微笑。

安妮忽然发现："你看来很眼熟！"她轻声尖叫，"你是那个第一个冲出太阳系，去到银河系边缘的女宇航员！"

香柯已经闭上眼睛，睡着了。

安妮惊喜交加，面前这个美女，曾经上过各国报纸的头版头条。安妮一时忘了她们是情敌，恨不能请香柯给她一个签名留念。然后，安妮想："如果我有一个去到银河系边缘的机会，我会如何选择呢？"不知道，反正怎么选择都不会快乐了。大成就，要大牺牲来成就。

安妮打开汽车的自动驾驶系统，然后点"我的家"，请这辆漂亮的仿古白座红跑车将同样漂亮的女主人送回家去。

周末，由安妮带浅浅到香柯家。

安妮对浅浅说："浅浅，这是你妈妈。"浅浅侧头看着空气中不知名的东西。

安妮轻轻扳过浅浅的脸，让浅浅面对香柯："这是妈妈。"浅浅的眼睛依然斜望半空中。

香柯看着浅浅，愣住了。

怎么？这孩子是她的儿子？这孩子不正常？怎么了？她离开这一个月，发生了什么？香柯没有抱着孩子哭，她默默地退到桌子边，一边坐下来，一边给自己冲一杯咖啡。慢慢地倒水，放下咖啡豆，按下开关，看着豆子在机器里磨碎，看着咖啡汁一滴滴过滤。

安妮一手放在浅浅肩上，默默看着香柯，她应该早点儿告诉香柯这件事，但是她实在不知该如何开口。

香柯从咖啡壶里接出两杯香浓的咖啡，给安妮一杯，淡淡地说："这种现磨的咖啡比化学制成品口感要好。"

然后香柯抬起头："那是什么时候的事？"

安妮说："浅浅两岁。"

香柯问："为了什么？"

安妮说："不知道。"

香柯沉默一会儿："我早该知道，我是不适合怀孕的。"

安妮扬眉："为什么？"

香柯慢慢道："为了适应外太空，我的身体做了一些改进。"

安妮诧异："那你们还要孩子？"

香柯笑了："文易适没有对你说吧？他一直打避孕针，直到知道我要走，他偷偷地停了针。"

安妮瞪大了眼睛。

香柯那笑容渐渐变得极苦涩，她慢慢地低下头，看着自己手里那杯咖啡，沉默。

香柯说："或许，即使那样，我也不该赌气立刻出发，我应该再等等。”

过了半晌，一声轻轻的叹息：“再等，也是一样的。”叹息，得到那么多，也失去那么多，该怎么面对人生呢？永远不哭吗？

对着自己的孩子也永远不哭吗？

香柯慢慢站起来：“你带浅浅在这里玩，我失陪一会儿。”

这一会儿，是一个下午，香柯再没回到那个房间，她也没到别的地方去，她就站在自己卧室的窗前，一动不动，站了一个下午。

没有眼泪，至夕阳西下，肠子断了，也没有眼泪。

安妮带浅浅回家，她没注意浅浅手中拿着一个球形的玻璃制品，像是整体的玻璃球，并没有开口。浅浅一个下午都在玩这个东西，安妮以为是个玩具，所以没注意浅浅将它拿回家。

走到家门口，那种有人跟着的感觉又来了，同时有一股香甜的爆米花味，安妮四处看，哪有卖爆米花的？她想买一点儿呢。

霞光下，浅浅的一半面孔是粉红的，一半面孔是淡蓝的，大眼睛水汪汪泛着淡蓝色，他是个漂亮的孩子。

爆米花真香。

安妮的头发好像被什么东西拂过，她惊讶地抬起头，面前是一群七彩的美丽的萤火虫。

安妮很奇怪，市中心楼群里怎么会有这样一群萤火虫？而且，安妮见过许多萤火虫，可是从没见过这么美丽的。这些萤火虫，好像是装在水晶瓶子里的宝石，然后，安妮惊诧地看见浅浅举起手里的瓶子，那些美丽的萤火虫发出一波又一波七彩的光，安妮被这美景迷惑，忘了害怕。

安妮终于看清，在夕阳的最后一丝霞光里，看见那一群萤火虫是有轮廓的，它们好像是镶在一个水晶瓶子里，而那个瓶子足有五六米高。它们不是一群萤火虫，而是一个巨大的、椭圆形的东西，它的边缘不断地波动，让安妮认为它是活的，是动物，像是水母。

安妮终于感到恐惧了，她猛地抓紧浅浅的手，试图将浅浅拉到自己身后，她打算用生命保护这个孩子。但浅浅挣开了，还是用一只手举着他的瓶子，安妮隐隐看见瓶子里好像有什么东西在动，就像火苗上的热空气上升的样子。

安妮可以感觉到自己的骨头在打战，她的后背冰凉，但是她无法将浅浅拉回来，在那怪物面前她又不敢太大动作，她怕任何轻举妄动都会让她与浅浅丧命。

终于浅浅放下手，慢慢地退到安妮身边，那怪物也缓缓地升空，安妮觉得自己马上就要哭出来，她吓得手心全是冷汗，头皮要炸开了一样。

那巨大的水母升到半空中，忽然轻轻抖了一下，就像打了个嗝儿一样，然后吐出一个圆圆的东西，那东西“当”的一声落在安妮脚下。安妮吓得一抖，低下头，看见一个血肉模糊的头颅，她终于再也承受不住，尖叫起来。

高杰同香柯说：“我陪你去，不要紧张。他们遇到的正是那个吞吃了两个孩子的怪兽。”

香柯问：“这么肯定？”

高杰说：“那怪兽吐出一个头骨，已证明是失踪男孩儿的。”

香柯脸色苍白：“他们没有事吧？”

高杰说：“那个叫安妮的女孩儿受了点儿惊吓，孩子倒十分平静。”

香柯沉默，她的孩子不知道怕、不懂爱、没有反应，永远生活在自己的世界里。

高杰问：“丢的东西很重要？”

香柯道：“我们带上太空的东西里，包括三种水母，是海洋生物研究项目。可惜，这个项目失败了，它们不明原因地死亡，尸体已经封存，正在检疫中。我听说你的案子，就把档案复制了一份，放在电脑里，新型球屏电脑，可能被浅浅当玩具了。”

高杰道：“我听说，浅浅当时手拿一个玻璃球向那怪物打招呼。”

高杰敲门，安妮看见是他，打开门，微笑：“又要录口供吗？”已经恢复平静了。

然后看见香柯：“香女士？”

香柯有点儿窘："安妮，还好吗？听说你同浅浅遇到点儿意外。"

安妮道："只是受了点儿惊吓，你不用担心，浅浅没事。"

香柯坐下："我听说，当时浅浅拿着一个玻璃球？"

安妮想起来："哦，是……是，那个是浅浅从你那儿拿的吧？我以为是你给他的玩具。"

香柯道："是电脑，用了点儿新技术，让光线扭曲通过，看起来像是透明的。浅浅要是喜欢，给他玩也可以，不过里面的资料我得取出来。"

安妮忙把那个玻璃球拿出来，细看，果然若干边角处光线折射不正常，草草一看，就像普通的玻璃球一样。

香柯接过电脑，愣了一下，轻轻一弹已经开机，香柯抬头："谁打开的？"

安妮道："浅浅玩来着。"

香柯道："没有密码绝对不可能打开，有别人碰过这个电脑吗？"

安妮道："没有，一直是浅浅拿着。"

香柯愣了一会儿，关机，问浅浅："浅浅，你能打开吗？"

浅浅看着墙角，沉默。

香柯把电脑放到浅浅手里，浅浅这才看一眼，伸手捏捏，球面微微闪过一道蓝光，浅浅用一根手指按住，球面出现一个矩阵，浅浅的指尖在上面轻点，像熟练的舞步一样，一道彩虹之后，球形光幕把大家罩住。

光幕中，三个巨大的水球浮在空中，水球中，正是三种不同形态的水母。

香柯看看高杰，当然矩阵不是随机的，那是一个比较偏门的数学猜想，即使查到算法，也没有人能在短时间内计算出答案。而密码是数字答案提示的图书编码再加页行列提示的文字……

即使是解密高手也很难完成这种跨多个领域的密码解密。小孩子是怎么完成的？

高杰困惑地问："你向浅浅提起过？"

香柯摇摇头。

拿过电脑，换密码，再交给浅浅，六十秒后，电脑再次开启。

那孩子虽然不明白如何同人交流，在数字与记忆方面，却是个天才。

高杰看着半空中的水母，忽然间发现："香柯，这水母的光！"

调出案子里的萤火虫，两人面面相觑，闪光的位置与频率都是一样的！

香柯道："那三种水母中有一种是利用体内生物电发光来引诱捕食鱼类的，这个巧合……"

高杰道："这些水母经过失重、宇宙射线、时空虫洞后会发生某些变异？"

香柯道："发生某些变异是很正常的，但是这样大的变异，就有点儿像童话了，飘在空中的水母？不，不可能。而且，那些水母死了！我确定这一点！"

高杰问："尸体呢？"

香柯道："在宇航局。不过你这种推理太像神话，不可能被批准接触这一级别的档案。"

高杰道："我去交涉。"

日子一天天过去，浅浅做了脑干移植手术，有点儿冒险，但效果是好的。浅浅渐渐对周遭的刺激有点儿反应，如果你叫他，若他不是正沉浸在某件事中，他会看你一眼。虽然他对人不感兴趣时，还是会转过头不理人，但是你叫他，他不会像没听见一样，他会看你一眼。

高杰来看浅浅，是为另外一桩案子就密码问题来请教他。至于水母案，他当然没得到解密档案的权力。

浅浅今天多少有点儿心不在焉，这对于浅浅可不寻常，因为浅浅的毛病是他对于手头上正做的工作过于认真，无法注意到新刺激，所以人们觉得他总是沉浸在自己的世界里，称之为自闭症。但是今天，浅浅竟在破解密码时分神，这从来没有过。

终于，浅浅将那密码本子放下，到窗边向外看。

浅浅不想做事，谁也不能让他做，所以高杰也只好跟着他向外看。一道刺眼的白光闪过，高杰眼睁睁看着院子里给孩子们玩的滑梯像蜡烛一样向下淌着熔化的铁汁，然后软软地倒下来。高杰揉揉眼睛，还是那化成一摊的铁水！

还好现在是大白天中午吃饭的时候，所以院子里没有人，否则，会怎么样？

但是远处，沥青地面上一长条半米宽的深痕，像一条黑色的小河，沥青沸腾气化。路上的汽车，先是熔化，然后着火、爆炸。白光闪过，玻璃熔化，木制品着火，路上的人群争相逃避。这简直像世界末日。

高杰联系同事："快，马上过来，快！"他自己冲下楼去，希望有点儿作为。

一片云飘过来，挡住太阳，高杰没有看到那致命的白色光斑，但是，他抬起头，看见了一个很奇怪的东西！高杰从没见过那样的东西，像是一池巨大的水悬浮在空中一般。那东西晶莹剔透，浮在空中，没有参照物，不知有多高，所以也不知有多大，但是仰起头来，看见八层楼顶同它至少还有八层楼高的距离，而面积则比一层楼还要大些。它像半个水晶球一般浮在半空中，边缘还有些微触须，那些须子像在翩翩起舞。

高杰的同事奔过来，车子堵在路上，他们一路跑过来："天，发生了什么？恐怖分子？什么东西会把路面都熔化掉了？"高杰指指天上，又指指地上那摊正在凝固的铁水。王大力仰着头："天，不是真的吧？我眼花了，天上有东西吗？真的有个东西吗？"小刘过去看那摊铁水："这是什么玩意儿？超现实主义的雕像？"

高杰忙叫："别过去！"

小刘已经停住："怎么这么热？"

抬起脚来，脚底的橡胶底已经熔化。小刘怪叫一声："我的鞋！五百元一双的鳄鱼啊！"

就在这时，天上那片云缓缓移开，太阳从云层边缘将万丈金光泻下来，那半个水晶球，在接收阳光之后，瞬间将一道扇形的七彩虹光投到半空的云彩上。高杰同他的同事立时"啊"了一声，他们从没见过这种景色，没有人见过这样的美景，太美丽太壮观，梦幻一样。同时阳光在那水晶球体内不断折射，发出无数彩光。它还在缓缓移动，七彩光不断变幻，也许极光能同它一样壮观，但不会比它更美。

所有人都呆了，没有看到，经过半个水晶球聚焦的白炽的阳光将草地瞬间烤成枯黄然后冒烟然后焦黑，那光斑移向人群。

高杰还看着天上的彩光，耳边听见“噗”的一声，然后就是一股烧焦羽毛的味道。他回过头，看见一个黑色的蜷缩成一团的燃烧的物体正缓缓地倒下去，高杰第一个念头是：这是什么东西着火了？

然后听到小刘尖叫：“大力！大力！”

小刘冲过来，尖叫，叫王大力的名字，但是谁都可以看出，没有抢救的必要了。在光线照过来的一瞬间，王大力就已经被炭化了，他甚至来不及叫一声就已经死了，五秒钟后，地上只剩下一小堆白色的灰。

所有人呆在那儿，都一动不动。

然后有人尖叫一声：“快跑啊！”

像打开开关一样，所有人都在跑，没人知道哪里安全，楼里的人往外跑，楼外的人往里跑，东边的人往西跑，西边的人往东跑。高杰和他的同事只站在那儿，束手无策，连维持秩序都不能够，他们也不知道哪里安全，应该将人群引到哪里去。

就在这时，光斑再次向他们靠过来。

赵成眼睁睁看着光斑过来，他想逃，却发现双脚陷在沥青里，每拔出一只脚都让他耗尽力气，他不可能逃得过那靠过来的光斑。他狂叫着，拔出手枪，向天空射击。

那么大的目标，不可能射不中，那个大水晶球向上耸了耸，它受伤了。光斑一下子闪过去，一些液体像一盆水一样泼了下来，正淋在赵成脸上，赵成的号叫声，令所有人心胆俱寒。

小刘扑过去抱住痛得弯下腰的赵成，一声声叫着赵成的名字，然后，他自己也痛叫一声，甩开赵成抓在他胳膊上的左手。

小刘的胳膊，被抓过的地方，衣服已经烧出一个洞。

而赵成被他甩开的左手，冒着烟，五根叉开来的黑乎乎的指骨，这一甩，手掌上的骨头立刻掉了下来，落了一地。

赵成不再叫了，他张开双臂，站直，转过身。大家看见，那本来是面孔的地方，已完全变黑。

赵成倒下去。

一个孩子站在八楼的楼顶，正在打手势。

半空中，几乎看不见的一个透明的像一片海带一样的东西在慢慢地翻卷着自己的身子。

天空中的水母猛地一抖，只见它艰难地缩成一个球形，它不再是一个凸透镜了，火光没有再起。高杰举着枪，不敢动。他看见了浅浅，看见浅浅的手势，如果是别人看见了，不会想到是浅浅在同水母说话，但是高杰刚刚领教过浅浅破译密码的能力，他相信对于浅浅来说，水母的语言——如果水母有语言的话，对浅浅来说，一个下午就可以像母语一样简单了。他刹那间想起香柯说过，当时那个食人水母出现时，浅浅也打过手势。浅浅一直在观看电脑中的水母，他完全有可能很早就学会了水母的语言。所以，那个食人水母没有吃掉他！如果是这样，能解决眼前这可怕灾难的，就只有这个孩子了！

高杰往楼上跑，如果浅浅可以同怪物“说话”，那么也许可以将怪物引至安全地带。

安妮正在浅浅身后，浅浅站得太靠近边缘，她不敢猛地过去，怕惊到浅浅，让浅浅失足。高杰在他们身后喘着气，眼见安妮将浅浅从墙边抱下来，才过去：“浅浅！”

浅浅还在挣扎：“放开我，我的朋友需要帮助！”

高杰说：“安妮，放开他。浅浅，别到危险的地方去，就站在这儿，跟你的朋友说话。”

浅浅看他一眼，抬头，向那巨大的水母挥手。

高杰说：“告诉你的朋友，他伤到人了。”

浅浅又看他一眼，想了想，道：“他知道，他正害怕呢，不知该怎么办好，他不想伤害像我一样的人。”

高杰道：“告诉他，让他飞高点儿。”

浅浅做了几个手势，回头说：“他不能飞高，高的地方空气少，他会爆开。”

高杰道："那么，飞低点儿。"

浅浅道："那会撞到楼。"

高杰急道："糟糕！"

浅浅道："我让他缩成圆球，可是他这样支撑不了很久。"

高杰问："他从哪儿来？"

浅浅指指远处的江："水里。"

高杰问："回水里去？"

浅浅用惊异的眼神看着他："江水会堵住。"

高杰真想骂自己是猪，这么大的东西去到江里，江水马上会溢出来，那不是得给江水建坝吗？

高杰终于决定："浅浅，让他往空地飞，那边，那片稻田。"

浅浅看着他："然后呢？"

高杰被问得一呆，然后？高杰说："然后再说，不能让他在这儿伤人。"

浅浅用清澈的大眼看着他，终于答应："好，我跟他一起去。"

高杰调来一架直升机，同浅浅一起，陪那怪物去郊外。高杰同上司说："我们去西郊，准备好，具体情况问小刘，做好准备。"

高杰需要浅浅做翻译，他没想到孩子是不适合看到杀戮的。是的，高杰要在空地将这巨兽处死，所以没有什么然后。

浅浅说："他想回家。"

高杰诧异："回家？他的家在哪儿？"

浅浅指指天空："很远的地方。"

高杰问："哪里？不是江里吗？"

浅浅说："不，他复制的生命形态出生在江里，但他的家在很远的地方，不在地球。"

高杰问："他怎么回家？"

浅浅摇摇头："不知道。"

"砰"的一声，那巨大的水母震动一下，然后稻田里冒起一片烟，然后一阵爆豆般的枪声。浅浅站起来，隔着窗子瞪大眼睛。

那巨大的水母一阵阵抽搐着，七彩的光在它身体里飞快地流动着，然后一阵巨大的“哧哧”声，它体内的气体不住向外泄漏，它开始摇摇晃晃向下落。

直升机飞到它的上方，那水母努力向上挣了挣，又缓缓落下去。

浅浅回过头，看着高杰：“为什么要这么做？”

高杰没回答。

浅浅说：“快停止。”

高杰沉默，扭开头去看别处。虽然这只水母杀死了他的两个朋友，但浅浅清澈的眼神还是令高杰沉默了。

浅浅瞪着高杰，高杰扭开头，浅浅也垂下双眼，然后，他看了看他的朋友，那巨大的朋友，还在下面抽搐着挣扎。

浅浅忽然打开直升机的门，跳了下去。

高杰回过头时，只看见一个影子一闪，他冲到门口，看见浅浅小小的身影张开双臂向那巨兽扑过去。高杰回想赵成的惨死，浅浅就像扑向了一个硫酸池。

高杰惨叫：“不！”

一条小小的、不起眼儿的透明带状的东西飞起来，那东西那么小、那么脆弱，所有人都知道它撞上落下来的孩子会发生什么，所有人都知道，它这样做是无济于事的。但是这个小东西撞上去，试图将浅浅拦住，试图将浅浅带离这个硫酸池。

“噗”，像水花四溅，那条飘带粉碎并四溅开来，在太阳光下，像肥皂泡一般无影无踪。

浅浅接着落下去。

巨大的水母已经要落到地面了，它的触须已经拂到了地上青青的稻苗，在浅浅将要撞上来时，它向上猛地一挣，将浅浅弹起来，然后，它的触须将浅浅卷起来，甩到离它很远的地方。

浅浅昏迷了，他的身上还有飘带的血，将他的皮肤烧成黄褐色。

巨大的水母在最后一阵颤抖中，自己把自己压扁，最后无法承受那巨大的压力，身体“噗”的一声破裂开来。

什么都没有留下，只有焦黑的土地做证，这里发生过一次屠杀。

香柯道："我们带走的正是这三种水母，圆形的僧帽水母、带状水母，以及身体会发光诱捕小鱼的水母。可惜，一个残片也没留下，无法证实这些怪物的 DNA 同我们带走的水母是否有联系。"

高杰瞪着她："这些水母为什么会在空中飘浮？"

香柯道："没有任何证据说它们就是它们。"

高杰问："不是它们，又是什么？"

香柯仰看星空："不知道，宇宙太大，我们知道得太少。"

高杰问："又要走了？"

香柯点点头："一旦开始时空之旅，就不再属于这个世界了。"

城里又有人失踪，高杰问："浅浅，那个会发光的水母在哪儿？"

浅浅说："他说，他们回家了。"

高杰问："谁？谁说的？"

浅浅说："他说，他们回家了。"

高杰还要问，安妮轻轻挡住他伸过去的手："别再打扰他了。"

高杰抬起头看着安妮，安妮点点头："浅浅不会再说别的话了。"

蚂蚁的愿望

你绝对不会相信在哈培城会有这样一个美丽的地方。

哈培城同所有工业城市一样，钢筋水泥的丛林点缀着盆景般的绿化带——摆成图案的花与修剪整齐的树木还有地毯一样平整的草地，如果你觉得四则运算有一种规则美的话，你也会觉得哈培城是美的。

但是这地方不一样，一片绿色环绕着红砖绿瓦，你会以为自己错走进时光隧道，回到百年以前。屋前有水屋后有山，湖边草地上甚至有牛羊在缓缓走动。

艾美在湖边用面包屑喂鹅，虽然不是天鹅，但白毛浮绿水，已经让人觉得悠然。

艾美问：“奶奶，你一直住在这个地方，从没出去过吗？”

奶奶骄傲地说：“从没出去过，外面的人不会活过七十岁，我已经九十多岁了，我从没出去过，也不想出去。”

艾美叹口气：“可是奶奶，不想出去是一回事，不准出去是另外一回事。”

奶奶瞪她一会儿，笑了：“小艾美长大了。”

艾美很得意：“是啊，我说得对是不是？”

奶奶笑眯眯地道：“小孩子长到一定年纪，半大不大时，为了证明自己长大了，就一定要事事闹别扭，美其名曰‘为了自由’。《圣经》上说不准自杀，你觉不觉得束缚啊？”

艾美红了脸，将面包全扔到水里，叫一声“奶奶”，跑开去了。

奶奶笑着摇摇头，回想起当年：环境污染严重，精子质量下降，人们以为人类已经走到了灭绝的边缘。不，人类的路还远远没有走完。

为了保险，人类到最原始的部落里去征求干净的精子与卵子，艾美的奶奶是最早的卵子提供者之一，现在的人类，每一千个人里就有一个是奶奶的后代。

生活在天堂里的人类是最开始那一千个干净的人的后代，他们从小就生活在没有丝毫污染的环境中，传递着稳定而纯粹的人类基因，他们都是兄弟姐妹中的优秀基因携带者，他们都为自己感到骄傲与幸运，只有小艾美是个例外。

小艾美一直向往外面的生活，她总是问：“电视是什么样的？什么叫电子游戏？什么叫工作？外面的人真的每天可以见到成千上万的人吗？”

那天，小艾美一个人去森林里采蘑菇，她迷路了，走到了大人们从来不让她靠近的区域。远远地，她看见高耸的楼，天色昏暗，一盏盏灯亮起来，像黑格子里镶了水晶钻。艾美被这景色迷惑了，一步步靠近过去，那每一盏灯火后面，有一个什么样的故事呢？街边的灯亮了，两边的商店的霓虹闪烁，人群熙熙攘攘，艾美好像听见欢声笑语与细细的音乐传过来。高楼上一面墙大小的巨幅屏幕正在播广告，建在半空中的巨大车道、深蓝色的天空、紫粉色的彩霞，远处有几道车痕，一个银色水滴般的飞行器“唰”地率先过去，后面扬起一道白烟，飞行器撞破彩球，七彩的烟火蹿起来，在半空中绽开来，久久不散。飞行器打开，一个忧郁美丽的男子，一口饮尽手中饮料，将饮料瓶扬手丢出去。平直浓密的眉毛下，一双深深的眼眸盯着艾美，屏幕上打出一行字："车神马克选择冰蓝！"

艾美走过去，突然身子砰的一声撞到墙上，艾美伸出手，摸到一道巨大的无边无际的透明的冰凉的墙！

艾美扒在墙上，看着那个美丽的男人渐渐隐去，突然觉得自己失去了很多。

笼子里的人是不能恋爱的，因为他们必须终生提供干净的精子与卵子，尤其是女人，她们不能浪费时间在一个男人身上，不能冒着怀孕的危险，不能浪费一年用来生一个孩子，一年她们本可以提供十到二十个卵子的。

艾美喜欢那个忧郁的美男子，喜欢千变万化光怪陆离的生活，不介意在七十岁时死去。

艾美渴望着一种与她所拥有的一切截然相反的生活，就像生为贫民却发誓进入上流社会，或是身为贵族却要追求自由平等。这一定要付出代价的。但是艾美年纪小，越是牺牲越觉得浪漫，完全不管得到的值不值得牺牲。

艾美躺在草地上，这里是唯一可以不涂厚达两毫米防晒霜而不用担心得皮肤癌的地方。躺在草地上，有时蝴蝶会以为你是一朵花一棵草或一截枯木而落在你身上，白云蓝天、绿草地与斑斓的野花，微风吹来，空气中弥漫着淡淡的花香。这时，远处有一个黑点，越来越大，渐渐变成绿色的飞行器，艾美高兴地站起来，向飞行器挥手。

开飞行器的是艾美的朋友林雪。

林雪是绿色食品供应商，每一次送货，她都会亲自来，看看这里的湖光山色，也是一种享受。林雪是艾美的好友，但不要误会林雪同艾美一样是个孩子，林雪二十九岁，已经是家族企业的经理人，她喜欢艾美就像艾美欣赏外面没见过的世界一样，她欣赏艾美眼里她从没见过的纯真。换句话说，对于林经理来说，从尔虞我诈的商战中看腻了戴着盔甲的面孔，看见艾美，像盛夏喝了杯冰饮，清凉透心。

林雪下了飞行器，在隔离舱里换了衣服，出来拥抱艾美："艾美，又长高了。"

艾美笑："去年一百七十厘米，今年还是一百七十厘米，哪有长高？"

林雪也笑了："那么，是长漂亮了！"

艾美问："去年不漂亮？"

林雪道："那么，更有女人味了！"

艾美愣了愣，没再吭声。林雪一边吩咐人卸货，一边推推艾美："怎么了？青春期困惑？"

艾美说："没有。"她那透明的眼睛已经把全部心事显露出来。

林雪拍拍她："艾美，我们边走边谈。"

两人走到湖边。艾美将树叶丢下湖，湖里的鱼以为有人喂食，立刻一群群抢过来用嘴亲吻水面。林雪说："看，这里多美。"

艾美说："再美的景色成天看，也会腻的。"

林雪问："想看外面的世界？"

艾美垂着头："我觉得像被关在笼子里，就算是大笼子，也是笼子。金笼子银笼子，或是玻璃笼子有什么区别？"

林雪道："大小还是有区别的，你知道，我们所有人都只能在有限的可能中做选择，当然，选择余地越大越好，我们飞不出银河系，所以银河系是我们所有人的笼子。但是我相信，你有权利要求更大的笼子。现在同我说，你想要多大的笼子？"

艾美抬起头："我想像你一样。"

林雪微笑："你以为我是来往于你和你外面两个世界的人吗？不，我同外面的人一样，是被关在你的世界外的大笼子里的人，我进不到你们的世界，我来这里，是客人。我只能观光，像有些好奇的人在玻璃外面向里望一样，我进不到你的世界。你明白我的意思吗？艾美，你是要来我的世界吗？来了，可就回不去了。"

艾美抬着头，目光里充满渴望："林雪，我想像你一样！"

林雪过了半晌才微笑："来，看看我的身体，再考虑你刚才的想法。"

林雪解开衣衫，前胸平平的，艾美惊诧道：“你是……你是……”

林雪道：“人，外面的人统统只是人，你们这里才有男人或女人。”

艾美问：“为什么？”

林雪慢慢系上衣衫：“竞争这么激烈，女人不愿受生理周期困扰，男人呢，也不喜欢青春期的那种骚动与激情，一旦有人用这种法子胜出比赛，其他人就不得不跟上。艾美，外面的世界像一个疯狂的大马戏团，所有人都被鞭子赶得飞跑。”

艾美半天才道：“你是说，外面不再有男人？”

林雪过了一会儿，笑一下：“不，有的，只不过很稀有。”

艾美问：“那个开很小的飞行器的男人呢？”

林雪呆了呆才明白：“你是说开赛车的？哪一个？”

艾美脸红了，过了一会儿才说：“我那天在那边的玻璃墙那儿，看到一个从赛车上下来的男人，喝一种七彩的饮料。”

林雪笑起来：“给冰蓝做广告的？那是马克，赛车王子，是的，他是男人，他做那种工作需要雄性激素。”

艾美不说话，她眼睛会说话，她渴望那个男人。

林雪道：“但是，你要知道，他只能保证自身是个男人，他的精子，是不能用的。”

艾美红了脸：“我只是渴望看见他。”

林雪道：“哦，只是渴望恋爱，这里面没有好男人吗？”

艾美的脸还是红着的，只是这一回，是愤怒得涨红了脸，半晌，她才能说出口：“这里的男人都像公鸡一样。”

林雪问道：“嗯？”

艾美终于说出那句她本来不能出口的话：“他们成天只等着配种，什么都不会什么都不懂！”

林雪一时不知该怎么开口，艾美咬住嘴唇，低下头，轻声说：“当然了，我也是这样的。”

林雪沉默一会儿：“我为你想办法，可是艾美，你要知道，你离开这里，身体一定会受到外面世界的污染，你就再也回不来了！”

艾美的脸色苍白，她只是一个孩子，让她做这样的选择未免残忍，可是一个人也只有在她这样的年纪有勇气做选择。再老一点儿，对于手中的日子是不是自己想要的生活就渐渐说不清，即使说得清也不敢轻易放手，即使那只是一堆狗屎也不敢甩手说不要。

艾美苍白着脸抬起头来："我知道。"

林雪说："这里是你的家。"

艾美说："我知道。"

林雪问："一定要出去？"

艾美点头。

林雪说："下次我来，我们再讨论你的愿望。"

下一次林雪来时，艾美已十六岁，林雪微笑问："少年维特的烦恼还在吗？"

艾美问："你是想让我不治而愈吗？"

林雪点点头，然后问："你有没有痊愈？"

艾美摇摇头。

林雪说："将来你会后悔你的选择。"

艾美问："如果我选择待在笼子里，我就不会后悔吗？"

林雪想了想，笑了："你说得对，你一样会后悔的。"

艾美再次恳请："帮帮我，如果你能，帮帮我。"

林雪点点头："我能。但是，艾美，追求理想是要付代价的。"

艾美道："说，什么代价？"

林雪道："每年有一次体检，如果你不适合生育，就会被从这里剔出来，你可以选择离开或留下。"

艾美点头。

林雪说："我可以将你的体检书换出来，但是，如果你得的不是必须切除生殖器官的病，你会被留下治疗；如果是必须切除生殖器官的病，你就变成了像我一样的中性人。想一想，很大的代价，我认为是不值的。"

艾美低头。

林雪说："不用急着回复我，等我下次来也可以。"

艾美抬起头，仍是那苍白却坚决的小小面孔："不，不用下次，我决定了，我要出去！"

林雪看着她，轻声地再次询问："一定？要出去？"

艾美点点头："一定。"

身体切除一部分，你要问艾美那是什么感觉，艾美会告诉你："身体什么感觉也没有，即使有也不过是伤口有时有点儿麻，但是灵魂，灵魂好像觉得什么东西失去了，永不再回来，十分失落。好在我们手中的一切每一天都在随风逝去，永不回头。所以，没什么大不了的。"

你大约会觉得，十六岁的小孩子艾美要去找车神马克是一件无望渺茫并可笑可悲的事，但是不，艾美见到了马克，因为林雪的家族是很成功的商团，林雪认识马克是很平常的事。实际上林雪那一手流畅的飞行技术正是马克手把手教出来的，所以艾美从笼子里出来的第一天，就在林雪家中看见了马克。

林雪说："我的小妹妹是你的崇拜者，来，这是艾美。艾美，这是马克。"

两人的眼睛都在那一刻亮起来，马克说："从来不知道你有这样美丽的妹妹。"

艾美却一时说不出话来，这个人或这场恋爱是她用她的过去、她的家、她手中的一切加上她身体的一部分换来的！

舞曲响起来，马克伸出手："我有这个荣幸请你跳一支舞吗？"

艾美说："是我的荣幸。"

艾美的舞蹈，跳得极为轻盈，她像浪尖上飞舞的一个小泡沫，美丽晶莹。马克赞叹："你好像能站在水花上。"

艾美说："我看过你的比赛，很美。"

马克问："哪一场？"

艾美想了想，有点儿不好意思："你在摩天车道上滑过，然后喝饮料的那一场。"

马克愣了愣，立刻想起来那个广告，以为艾美同他开玩笑，不禁大笑起来，艾美也笑了。

跳完舞，林雪问："马克，有事吗？没事带艾美见识见识你的车技，她想坐你的车不是一天两天了。"

马克带艾美去赛车道，从起点滑下来，像过山车一样翻过三百六十度的弯，有时笔直上去，有时自由落体，艾美一直尖叫，落地时却兴奋得两眼晶亮。马克有点儿惊奇："你不怕？"艾美说："怕，但我喜欢。"微风拂来，艾美的长发像是会说话一样妩媚地飘过来搔了搔马克的下巴，马克抓住那长发："这长发淘气，搔得我心痒痒。"艾美不由得笑起来，看，很值得出来这一趟，笼子里并没有这样会调笑的男人。

送艾美回林雪处，马克问艾美："你会在林雪那儿住很久吗？"

艾美道："我还没想好。"

马克问："你有十七岁吗？准备升学吗？"

艾美有意将自己年纪夸大些："十七岁，我会和林雪商量升学的事。"

马克凝视她："太小了，不然我会追求你，你长得美，眼神清纯，真可爱。"

艾美咬住嘴唇，过一会儿才抬起头，鼓起勇气："我不小了，我十七岁，可以恋爱了。"

马克笑："十七岁真是很大了，我十七岁时也觉得自己很大了。"

艾美不能不为自己争取，她为了同他恋爱付出那么多，不可能为了他一句话就不再争取："马克，你还会与我约会吗？"

马克笑："要是你喜欢，我会再带你出来兜风的。"

艾美说："好，你喜欢叫兜风也行，你会再来的，是不是？马克，你喜欢我，是不是？"

马克回头看看她："当然，我喜欢你。"

艾美向他露出一个灿烂的微笑。

林雪安排艾美上学："政府有一点儿补贴给你，足够你支付大学费用，可是，按你现在的程度，恐怕要念一两年预科，你家乡的中学教育比外面要程度低些。"

艾美道："可是那些课程都不是我以后会用到的。"

林雪叹气："关键并不是你能不能用到，而是你要证明你会学得比别人好，才会获得学习更高一层学问的机会，明白吗？"

艾美不服气道："不明白。"

林雪无可奈何地笑，然后说："好，若你考不上公立大学，我可以补足余额送你去私立。"

艾美这下子明白了："不，不能总麻烦你，放心，我会得到公立大学的名额。"

林雪说："好孩子。"然后说，"我关照马克让他照顾你。"

艾美不太明白地看着林雪，林雪说："我有事会离开一段时间。"

马克从窗外探进头来："林雪，我送你一程如何？"

林雪笑："不了，我怕了你了，我对于冲上云霄再直落下来已不感兴趣。"

马克说："我不放心别的人送你到地球另一面去。"

林雪微笑着："马克，把心放到自己的胸膛里吧，或是交给爱你的人。"

马克被笑话了，只得讪讪离开。

马克的办事效率还真高，林雪虽走了，艾美还是被照顾得妥妥帖帖，准时进了预科，学的专业也是马克选的，遗传工程。艾美吓了一跳，这样大的题目？马克同她说："好处是可以念八年，同你说，世上最好的时光就是念大学的时光，能多念一刻就多念一刻，坏处是这八年可够累死人的。"

马克这么说了，艾美当然不反对。马克完全没有笼子里的男人那种大男子主义，笼子里的男人，动不动会说女人做不了这个做不了那个。其实大家都不过是混吃等死专门提供精子与卵子的人，倒是马克，见惯了风里来雨里去依旧雄赳赳气昂昂的女人，一点儿大男子主义没有。

马克时不时带艾美出去玩，这样一个英俊的男人，不见得没有女人追求，他却愿意带艾美出去玩。去玻璃街，所有的东西都是玻璃的，艾美独喜欢一块鹅卵石形状的血红色镇纸，那个颜色红得让人痛快。

马克又带艾美去看她生活过的玻璃笼子，远远看过去，也就像一个玻璃球里有村有树有人的镇纸，好像拿起来晃一晃会下雪的样子。马克问："美不美？我一直向往那里面的生活，像一首田园诗般，阡陌纵横，黄发垂髫，怡然自乐。"

艾美不出声，马克不知道她的事，林雪没同他说。也好，不要告诉他，免得他觉得是个负担，好像平白无故给了他个包袱似的。

几天后，艾美正在上课，接到马克急电，内容是：有急事，离开本地数日，回来再联络。

艾美以为三两天会有消息，马克却像失踪了一样。艾美急了，去问马克的车队，车队比她还急，马克请了一周假，已经过了十天，还没影子，只来了个电话，说是去月球。

艾美隐约听说林雪的手术有点儿问题，似乎要去月球的无菌室住一阵子。艾美年纪虽小，但很聪慧，一回想马克对林雪的神态，她渐渐明白，马克可不像林雪，把这段友谊看得那么纯洁无瑕，他不过是求之不得，退而求其次，他爱林雪。

一个月后，林雪同马克回来，艾美上去看林雪："手术还好吗？伤口痛不痛？"林雪的神态微微有点儿不自然："我没事。"

坐下来说一说分别后的情形，林雪说："好好学习，要在这个世界活得好一点儿，一定要好好学习，别的路只会更不好走。"

艾美答应："我知道，放心吧。"

林雪有点儿累了，对马克说："你同艾美去玩吧，我这里有护士。"

艾美说："不，不用了，我约了别人。"

林雪转过头来看艾美，艾美坚强地微笑着。

马克送出来，笑笑："才一个月不见，就用不到我了。"

艾美仰头看他："马克，我愿意同你在一起，可是我不要给你填空。"

马克说："你这孩子。"

艾美微笑："我真的是个孩子吗？真的是因为我是个孩子吗？"

马克沉默一会儿："我喜欢那个家伙不是一日两日了，只是她总以男人自居，这个傻女人。”

艾美说：“现在你有机会了，我祝福你。”

马克抓住她的长发：“我也喜欢你的长发，可惜，不能娶两个老婆。”

艾美苦笑：“鱼与熊掌，我是被舍弃的那条鱼。”

马克笑了：“林雪是熊掌？”

艾美接到帖子，参加马克与林雪的婚礼，她去得早，到后面帮新娘的忙，进去时林雪正在试婚纱，只穿着内衣的林雪，丰胸细腰肥臀。

艾美站在那儿，愣愣地看着林雪婀娜的身姿，她怎么了？她——什么时候变成了女人？

林雪看见艾美，对帮她的服装师道：“艾美帮我就行了。”

人们都走出去。

林雪说：“对不起，艾美。”

艾美微笑：“说什么呢？你踩了我的脚？”

林雪道：“马克，我不是有意的，我以前对马克一点儿感觉没有。我没有欺骗你，相信我。”

艾美说：“林雪……”

林雪说：“我想要个孩子，所以去做了个手术，恢复女儿身。”林雪苦笑，“一定是激素的原因，我完全不明白，为什么事情会变成这样子。马克送我去月球，到了月球应该让他走，我却忽然怕了，那么细腻的感觉，我从来没有过。马克留下来照顾我，我居然会欣喜。知道吗？以前我很烦他。忽然间，我喜欢上马克的样子马克的声音马克的气味，渴望见到马克，见到了才感觉安心。虽然从来没有经历过，我也知道，我恋爱了。艾美，对不起，是你先看上马克的。但是，我身不由己。”

艾美帮林雪拉上拉链，说：“不要紧，天下这么大，男人这么多，再说，马克年纪也大了。”

林雪沉默半晌，抬头道：“艾美。”她好像有话要说。

艾美等着，林雪却又低下头，没有说出那句话来。

天下那么大，艾美又认识了许多男人，汤姆、汉斯、高明……他们唯一的共同点就是他们都是男人，班级里大部分是中性人，艾美自己是中性人，但依靠激素保持女子外形，她不肯约会中性人，只与男人约会。

有一次艾美回到教室，发现大家在围观什么东西，看见她来了，便将电脑关掉，艾美是电脑盲，只看到学生档案几个字。她同高明说，高明自告奋勇，用了不少办法，才破解了学生档案密码，然后翻到艾美那页，只见上面写着：女人，生殖系统已摘除。

高明呆了呆，半晌才问："你是女人？不是人？"

艾美骇然而笑："女人不是人？"

高明道："我们这里没有男人女人，只有人。女人这个词，是专指那里面的人。"高明的手指一指玻璃城所在的地方。

艾美道："有什么不同？"

高明想了想，承认："没什么不同。"

但是别人不这么想，不少男人不肯再与艾美交往，比如汤姆和汉斯，也有一些学生慕名而来，想见识见识被废的"蚁后"是什么样子的。艾美不得不同林雪说要转学。

林雪回答："艾美，若你与众不同，走到哪里都会受攻击，岂止与众不同，但凡是有弱点的人就会受到攻击，千万别露出不敢还击的样子来。躲是躲不了的，艾美，别人的话与态度伤不到你，装作不知道好了，流言难道能吃了你？你走了，才真的输了。"

艾美觉得林雪说得对："可不是。"

只有高明还在她身边。

高明是她最好的朋友。

有一句话说，人生得一知己足矣。

对了，还有马克，马克始终还是艾美的好友。那天马克带艾美再次参观玻璃城，艾美觉得没必要再瞒马克："我出生在这里。"

马克吓得不轻地看着艾美："你发烧了？"

艾美笑笑："后来，生殖系统出了点儿毛病，切除掉了，委员会准我自行决定留下或离开。"

马克诧异："切除了生殖系统？"

马克好像忽然想起了什么，他的脸色阴晴不定，变得很难看，匆匆将艾美送回，就离开了。艾美有点儿失望，她还以为马克不是这样的人。

艾美这才觉得高明之可贵，不得不有点儿自卑地说："高明，我可从头到尾没有瞒过你，我是不能生育的。"

高明笑了："你放心，人造子宫很普遍，人人都用。我们这些人，为了生育竞争，多数人都注射激素，结果，大半女人想生育时都已不能生育。人人都用人造子宫，没有人把这当作缺陷。"

艾美道："可是，他们……"

高明道："再进步，人们依旧对与众不同的人有点儿好奇，有些人不愿成为众人瞩目的焦点，所以趁交往不深，早早做个了断。"

艾美笑了："那么，你呢？"

高明道："我泥足深陷，身不由己。"

第二日，马克来找艾美，似有话要说，又似有难言之隐。

艾美温柔的小手搭在他肩上："不用说了，不要紧的，我不介意，我了解。你怕人说你同一个'蚁后'来往，是不是？来断绝关系，不要紧的，艾美还有别的朋友。"

马克问："你真的不介意？"

艾美微笑。

马克叹口气："想不到你这样宽宏大量，艾美，我小看你了。"

若干日后，艾美与高明在立交桥上眺望夜景时，一架飞行器几乎将艾美穿到飞行器的鼻子上，停下来时，已经划破了艾美的衣服。高明正要教训从飞行器上下来的美女，艾美却惊叫："林雪！我的天，你疯了？"

林雪这样高速地驾驶飞行器，走下来却明显地让人看出她喝过不少酒。

林雪踉跄着过来，艾美急忙扶住她，她趁势抱住艾美，哭了起来：

"艾美，对不起，对不起。"

艾美不知最近是什么日子，总有些人来同她说些怪话。她只得拍拍林雪，温和地道："林雪，你醉了。"

林雪哭泣："马克全告诉我了。"

艾美愣了愣："这个马克。"又不是什么大事，无端端地去告诉林雪干什么？

林雪道："你早就知道了，是不是？亏我还像傻子一样做戏给你看！"

艾美彻底地呆了："谁？做戏？"

林雪哭泣："对不起，艾美，对不起。但我真的没有恶意，你说要从那里面出来，我真的没想出别的法子。我是在你同意后，看到体检报告上，你的一切条件都与我需要的器官相符，才想起利用这件事的，我不是一开始就谋划利用你的。对不起，艾美，我没经得起诱惑，我太想自己生个孩子了，我的器官不行了，我太想自己生孩子了，对不起。"

艾美开始没明白，后来林雪提到器官，艾美在刚刚看到林雪婀娜的身材时一闪而过的怀疑立刻浮现，艾美明白了，她惊骇地望着林雪："你？林雪，你！"

怎么？她最好的朋友，帮她出来，为的竟是要用她的器官做移植手术？亏她这样信任她。

林雪擦擦眼泪，从口袋里掏出支票本子："原谅我，艾美，我生完了这个孩子，就将子宫还给你！另外，我付给你补偿！"林雪急急地签了一张支票，在一个数字后面画了许多个零，然后交给艾美。

艾美呆呆地接过来，握着那张支票，半晌才问："这是我出租子宫的钱？"

林雪的泪水又落下来："艾美，原谅我。"

艾美忍不住露出一个惨笑来："不不，我们说好的，你帮我出来，我付出代价。不，没什么可原谅的，林雪，我们互相谁也不欠谁的。"

林雪明白了："你不原谅我？不再是朋友，是吗？"

艾美将支票还给林雪："我不认为你会介意。"

林雪将支票又送过来："求你，原谅我。"

艾美不语，高明从一边接过支票，微笑道："给艾美一点儿时间。"又说，"艾美，海纳百川，有容乃大。"

林雪微一欠身："告辞。"

艾美瞪着高明："你敢收钱！这钱你也敢花？"

高明扯扯耳朵："听不清，你说的是拉丁文吗？"

艾美怒叫："你这个市侩！"

高明道："有赔偿总比没赔偿好，你别以为你不收钱，人家就会睡不着觉，也许你收钱收得多点儿，人家大约会心痛得睡不着觉才是真的。不要钱，为了什么呢？人家家大业大，不用给人家省！"

艾美道："你知道什么？"

高明道："收了钱一样可以不原谅她。"

艾美道："你这个无赖。"

高明道："要是没有钱，下半学期的学费就无处可依赖了，那才真叫无赖呢。"

艾美到第二天早上还在同高明争吵："还回去还回去！"

高明道："人家给你赔偿你不要，等一下，你就不得不接受我的救济了。正大光明该收的钱不收，倒要求人，你什么意思？"

艾美怒叫："我绝对不求你！"

电话响起来，高明接电话："喂？"然后说，"找你。"

艾美接电话，那头说："艾美小姐吗？"

艾美答："我是。"

那头说："昨晚有一女郎酒后驾驶，又没开自动躲避装置，撞到桥上，伤重入院，昏迷中一直叫你的名字。我们在她口袋里找到你的地址，可否请你过来认一下人？"

艾美屏住呼吸，她在这里只同一个女子熟，她有种不好的预感："好，我马上去。"

高明问："喂喂喂？"

艾美道："要是我没猜错的话，是林雪的飞行器失事了。"

高明立刻道："我送你。"

一路上高明说："其实，她并没伤害你，反正你已经决定不要你的女人身份了，真不该让她死不瞑目。"

艾美不得不厉喝："闭嘴！谁说她会死？"

高明笑了："好好好，要是她死了，你就伤心哭泣；要是她没死，就死也不原谅她。"

艾美进了医院，立刻有人来带她："艾美？这边。"

林雪蜡黄着脸，坐在床上。

艾美立刻止步："原来你已经醒了！"

高明在一边笑了："没死，怎么办？"

艾美现在对高明恨得牙痒痒，但在林雪面前，总不能立刻教训男朋友，却见林雪面无表情，一动不动。

艾美诧异。警察道："她醒过来，知道孩子没了，就不肯再开口了。"

艾美"呀"的一声，不禁过去握住林雪的手："林雪！"

警察道："你认识她就好，请告诉我她家人联络方法。"

高明忙拉警察："我告诉你。"

艾美握着林雪冰冷的手指："林雪！"

半晌，林雪的眼里流下一行热泪："报应！"她哭泣，"报应，马克不再理我，孩子也没了，不是自己的东西，不该强求！"

艾美又气又急："你胡说什么？什么报应？酒后驾驶才有这样报应，你胡说什么！"

林雪痛哭起来，艾美怒道："我去找马克这个王八蛋！哪来这么多的正义感，爱一个人要什么正义感？她做什么都爱她就是了！"

高明接话道："没错，你做什么我都爱你到底。"

艾美忍不住恶骂："滚滚滚！"

高明道："我这就去找马克！"

艾美想起来："支票呢？拿过来！"

高明哈哈笑着走远："我做什么，也请你爱我！"

后来，林雪与马克和好了，高明与艾美从此幸福地生活在一起。艾美说："记得《海的女儿》中的小美人鱼吗？高明，没有你，我差点儿就成了蔷薇泡沫，好险。"

艳遇外星女王

张昊把这个星球命名为天堂星。

因为太美了。

他已经观察这个星球很多天了，卫星不断发回信息，氧气含量30%，温度恒定为24℃，没有黑夜，当然，星球的另一面是永恒的黑夜。空气湿度比较高，几乎常年处于大雾状态，这也是这颗星球能保持恒温的原因之一，阳光并不能直射地面。另外一个原因，就是整个星球都布满了沼泽，温暖湿润，而不会因为氧气含量过高，变成到处着火的地狱。整个星球表面覆盖着的是淡水！

通常人们对沼泽的印象不太好，肮脏、虫子、陷在泥沼里的尸体。总之，那不是人类的宜居地。

这个星球的沼泽不一样，高达几十米的绿色植物，一棵就像一个世界，整个星球因为潮湿、温暖、充足的阳光，几乎没有一寸土地是裸露的，全部覆盖在绿色植物之下。动植物种类，类似于地球热带丛林，随随便便哪棵树上，都很容易数出几十个物种来。

看了这个星球才知道人类生存的环境是多么险恶，寒冷与炎热在这个星球上是不存在的，没有干旱也没有洪水。从地势的平缓与土壤的古老年代来看，这个星球也没有太大的地质变迁，也就是说地震海啸甚少发生。

总体来说，可以用四个字形容：宜居天堂。

当然，照现在人类的思维，立刻就会想到移民……

其实那个美好愿景并未发生。

虽然大家一致认定未来的地球人口过高、污染严重，必须移民其他星球……

事实是，核电与太阳能广泛应用，污染很快停止。人们也不再认为生孩子是一项权利，繁殖只是一种国民应该承担的义务。很多道德高尚愿意承担义务的人会繁殖后代，而不愿育儿的人，仅提供精子与卵子即可。为了保持物种的多样性，提供基因样本是人类必须尽的义务。人工子宫会为不愿生育的人孕育后代，如果连抚养也不愿意，机器人保姆会照顾孩子长大，志愿者会提供关怀与亲情。在这种情况下，人类的数量是受控的，既没有过度增长，也没有过度减少。所有食物与衣服都是按需提供的，你可以一天换一套衣服，也有人常年只穿自己喜欢的。同样也有人天天换菜谱，但多数人其实只固定吃几种主食主菜，配菜由电脑安排。如果有人过度偏食，倒是真的会被电子医生干预。想吃山珍海味？没问题，所有肉类都是繁殖箱里种白菜一样泡在营养液里培养出来的，不管你是要粗纤维还是要细纤维的肉类，从鱼翅到熊掌都不过是差个基因的事儿。唯一受限的是住，每人二百平方米上限，如果有人想要更多，那就要用劳动来换了。有些人希望住个海景房，或者背山面水，对不住，啥人也不行，凡是自然风景区严禁任何人工建筑，有钱也买不到。

总之，在未来，所有人都要啥有啥，要多少有多少，资源不足这事是不存在的，只要能源足够，啥也不会缺。而能源，只要把太阳能充分利用了，那是取之不尽用之不竭的。所以，谁疯了要去异星从头开始建设一切？

当然，他们还是会去研究外星，作为科研项目。

虽然天堂星稍远了点儿，这种科研考察并不容易被批准，好在张昊生于科研世家。

长话短说，张昊年纪轻轻就这样成为外星考察项目的负责人，带着一位有经验的宇航员和一位生物学家来到天堂星——当然他们入选他的项目，是因为他们是张昊的朋友。肯定有人会对这个制度表示不满，然而漫长的星际旅行中，三个互相不认识的人处于一个不大的空间里并不是好主意。所以，允许项目负责人自主招聘项目成员也不是坏事。

他们的飞船进入天堂星环绕轨，一切都有自动驾驶，并无任何意外。

程宇在计算机提供的几个着陆点中选了一个："先下去看看，以安全为主吧。"

张昊道："我第一次到这么远的地方，你按规范来就好，我没别的意见。"

程宇微笑："说实话，更远点儿的地方我是到过的，但是，有生物的星球，我也是第一次。"

张昊回头："舒曼有意见吗？"

舒曼轻声："是否能事先扫描着陆点，标示一下生命体？"

点一下按钮，着陆点亮起红绿小点，绿色是食草动物，红色是食肉动物。

舒曼问："食物链顶端的动物是哪个？"

张昊道："这个计算机判断不出来，一般它们按程序定，就是细菌病毒。"大笑。

舒曼道："我们看看，是不是有智慧生物的可能性。如果你们没别的偏好，我们最好降落在离智慧生物比较近又不会惊动它们的地方。嗯，有人工制造物的地方。"

程宇设定降落地点。

发射了一个无人舱。

机械舱缓慢无声地停在地表半米上空，然后慢慢伸出蜘蛛腿一样的八只细脚，试了试地面的坚固度，空气取样，土壤取样，生命探测，三维扫描成像。只见淡蓝发白的光段不断地向四周扩展，数据即时传回飞船。

张昊与舒曼戴上虚拟现实的眼镜，数据传回后，计算机立刻建模，两位就在三维影像中，熟悉下环境。

因为舒曼要求着陆点离类智慧生物不远，所以，这里的动植物并不丰富。狼巢虎穴边上没兔子，优势物种聚居地，其他动物就少。

舒曼低头："真美，像地毯一样。"地表一层丝绒般的植被，整个覆盖住所有土地，厚度看起来有两三厘米，也跟地毯差不多。

最奇异的是，颜色是粉红色，深深浅浅的粉红色，童话世界一般。

张昊道："应该是苔藓之类的，这里的空气潮湿，土壤含水量很大。"

舒曼含笑："我猜想，可能是孢子生殖，你看这些小圆球，像不像棒棒糖？真是太可爱了。"

张昊喃喃："奇怪，我当初观测时没觉得这里是棒棒糖山谷啊！"抬头四顾，高大的植物还是正常的绿色。空中观测起来，因为高大植株挡住了粉红色地表，所以没觉得这是粉红屋。

两人招招手，周围景色自动后退，两人就像站在移动飞毯上一样，飞快前进。

很快前方就出现巨大的白色建筑，所有建筑都是雪白半透明的圆形结构，有的用白色绳子挂在树上，有的架在树杈上，有的直接把树干包在屋子里。两人刚要近前查看，忽听警报声。

登陆器正在发出警报声。

两人点了一下眼前的回到原点箭头，虚拟场景回到登陆舱附近。舒曼顿时就被萌到了："这简直是两个巨型毛绒玩具啊！"

巨大的、几乎一人高的头胸腹六足大虫子，流线型的身体，萌萌的大头。身体是粉色糖球样半透明的，隐约能看到内脏如玻璃般透明，六只毛茸茸的细腿，还有两只夹子似的前爪。虽然巨虫长着异型的大头，有点儿煞风景，但是整体来看，依旧是萌萌的。

程宇道：“有两只巨大虫子在登陆舱附近，要不要换个地点？不过，这个星球上，也挺难找没虫子的地方。”

舒曼道：“这地方挺有意思的，我们且等等。”

程宇道：“你们出去时小心点儿，我查了一下，这里的虫子体形都很巨大，跟史前动物似的。这两只长的是类似口器的嘴，只能进食液态食物，应该是不会咬人的，但有些虫子是有牙齿的，而且食肉。”

张昊道：“我们会启用保护罩，别担心。”

程宇道：“目前还没有观察到有能突破保护罩的动物。不过，外星探险总有意外。二位，尽量不要触碰异星动植物。”

张昊道：“放心，那个手册我已经倒背如流。”

在那个人类拥有无限能源与跨维度星际旅游能力的时代，宇航服如日常衣服一样，上面有一层纳米涂层，穿好之后，自动紧贴身体，所有接缝自动合为一体，且自动延伸保护裸露的脖子、手指，古书上一早有形容：天衣无缝。

因为此地空气支持人类呼吸，连空气转换装置也不需要。

防护罩整体如丸药大小，主要构成是一台微型计算机外加小型核电池。日常可以挂在胸前，有多种颜色材质可以选择，看起来就像是精美的宝石项圈。宝石，也就是主机镶在金色或者银色的托上，托上还有一圈小宝石，通常是十二到三十六粒。启动时，小宝石会浮在空中，然后在磁力驱动下做高速环绕运动，速度快到人眼根本看不到弹丸的存在，只感觉人的四周好像有一层透明的薄膜。如果有阳光的话，会觉得那是一圈不知哪儿来的金光或者彩光。如果你一只手按上去，感觉到的是一堵无形的玻璃，如果一把刀砍过去，你啥感觉也不会有，只是刀碎了。

当然防护罩也可能变成攻击武器，把本来挂在脖子上的项圈放到额头上，像古时人们戴的抹额一样。他们在两眼间内置了人机接口，计算机只要紧贴即可实现人机对接，目光所到之处即时瞄准，脑子里一动念即可发射。虽然金弹子不过米粒大小，而且弹性还挺强，但是速度快，任凭是什么猛兽也经不起一瞬间心脏上穿上几十上百个洞洞。

不过他们并不常使用杀伤性武器，通常的武器还是超声波脉冲，一抬手，脑子里想着发射，无形无光的脉冲就发射了，让攻击对象失去行动能力。

装备完毕，白衣飘飘的美女和文雅英俊的青年就走进两个透明玻璃柱内，各自深吸一口气，再深呼出肺部最后一丝气体，无色液体迅速充满，直到淹没他们的头顶，一圈蓝光从柱顶一直扫到脚下。两人消失。

同时，已经降落在星球上的登陆舱的玻璃柱里出现两个闭着眼睛的人。

当然这种传递过程并不太好受，有刹那的窒息感，不过比飞船起飞再降落的加速度好受得多。

登陆舱再一次扫描，周围二百米安全，刚刚在此的两只毛绒玩具样的虫子，也散步到远处去了。

真的登陆后，景色又同虚拟的不一样。

虚拟实景只是扫描后渲染，粉色的，它就给你按形状染成粉色。

而真实的景色，却远超过任何复杂算法与艺术想象。

两人走出登陆舱的那一刻，就惊呆了。

此地氧气充足，所有物种都特别高大，大树动辄上百米，树干粗壮如一栋楼，叶子从最顶层的绿，一层层渐变，黄的、红的、粉的、紫的、蓝的，颜色鲜丽得辣眼睛。但是树叶并不像热带雨林那么密，大树底下，虽然幽暗如秘境，还没到看不清的地步，实际上这里的阳光比地球上要充足得多，全仗着大团大团的雾常年存在，才没直接把所有动植物都烧伤。但是树叶就不是大片大片的，而是比较细长，太阳直射时间长了，一些叶子就直接卷成一根线垂下来了，顶层垂下来时，底层就得到阳光了，就这么一层一层次第垂下，阳光照到最底下，大团的水蒸气就把这地方罩住了，然后树叶再一层层地开放，因为每棵树的承受能力不一样，所以森林里，这里一个光柱，那里一团浓雾的。

而地面上的低矮植物就极为壮观了！

这深深浅浅的粉，大块大块，颜色复杂，千变万化。

更高大点儿的植物，倒是绿的，稍有点儿像地球远古时的蕨类植物，卷曲着构建童话的美景。

而高大的树干也染着深深浅浅的粉，并不像虚拟图像上那样，是米色或褐色。更不用提从大树上丝丝缕缕垂下的那缀满花朵的树藤，大团大团云一样的雾气，让这个世界像仙境一样。

舒曼轻叹一声："真美。"

张昊道："如果这个世界真的有一个上帝存在，应该是个女的。"

舒曼微笑："如果你是上帝，会创造一个什么样的世界？"

张昊想了想："白色为主如何？"

舒曼笑道："传说中的天堂确是白色为主的。"

张昊道："黑与红也是我所好。"

舒曼道："证明上帝真的是男的，天堂地狱为证。"

防护罩取下，戴到头上，说声："飞毯。"

张昊忍笑："磁力悬浮板。"

两块透明的板子从舱底飞出，悬空浮在他们脚下。是的，这东西是磁力悬浮板，不过同计算机连接时，可以随便给它取名，叫"小明"也行，只要不同自己的其他连接设备重名就行，不然叫一声，一大堆智能设备飞过来，效果也是挺壮观的。张昊是个技术宅，对于电子设备并无特殊爱好，该叫啥名就叫啥名。舒曼取名则明显有点文艺青年风格。

磁力板有一米见方，为了观察脚下方便，所以是透明的，于是，在外人看起来，两位宇航员就像神仙一样，衣带飘飘地在半米高的空中飘浮着滑行。

舒曼对脚下的粉色草坪好奇，一直让飞毯低点儿再低点儿，然后发现那些粉色的草，居然有许多种类。它们的种类按照地球人的观点，应该是水草，或者苔藓一类的，因为绝大多数根茎都是长在水里的。

有看起来像松树的针叶一样的，只不过是半透明的粉色。也有很像正常杂草的，还有一种伸出水面的叶子是红褐色，形状也不规则，而水面下的叶子居然像半透明的红色舞裙一样，在水里舒展开来，随波漂荡。

粉色低矮植被下面，是泥沼，有些地方有细细的水流，标准的沼泽地貌。

舒曼忍不住跪在飞毯上细看，针叶在水珠的洗刷下，晶莹剔透，饱满粉红，看着都是甜的；针叶下面的果子滚圆滚圆的，更是棒棒糖一样的存在。舒曼忍不住伸手碰了一下那个深红的果子，刹那间果子就裂开了，变成五个小花瓣样的爪子，一下就把舒曼的手指抓住了。舒曼被吓了一跳，尖叫一声就跳起来，亏了悬浮板是自动适应平衡的，她身子后仰，磁力板立刻向后移动，硬生生把她接住了，不过也侧滑出几十米，这平衡才算又恢复了。舒曼站在那儿刚松口气，只听计算机“嘟”的一声，直接在她面前打出个大大的惊叹号，一级警报！这个惊叹号一转，指向左侧，舒曼没来得及反应，只听“呜”的一声，巨大的粉红色向她扑过来，她惨叫一声，防护罩及时启动，刹那间，粉红色的一团，已经变成粉红色的一摊，果浆般四处飞溅。

两位神仙样的青年顿时就脸色惨白，惊呆了。

地球人类已经多年不杀生，包括对蚊子、老鼠。吃的蛋白质，都是人工合成或者直接从培养基里长出来的，任何一种生命，对人类来说，都是无比珍贵的，那是宇宙花了几十亿年在天文数字的各种星球上用天文数字的条件去碰撞才能产生的宇宙奇迹。

正常来说，有危险的生物只要近到一百米，计算机就显示位置，然后根据该生物的移动速度，一旦达到危险距离，会自动报警并离开，根本不会发生袭击事件。这次是磁力板的自动平衡系统与计算机的警报系统发生冲突，结果磁力板的优先级别比较高，不管多尊重生命，人的生命安全仍旧是第一位的。于是发生了这样的惨剧。

张昊与舒曼惊呆了，他们竟然杀死了一个外星生物！

这是他们工作以来遇到的最大事故了。

然后电脑再一次“嘟嘟”报警，红色叹号变成箭头指向空中。又有生物来袭，这次是飞行生物。

眼角只见粉红色一闪，舒曼因为离得太近，再次惊叫一声，防护罩启动。而张昊这回正确反应：“射击。”无声无光无形，半空中那个粉红色已经“呜”的一声摔到地面上。

留在空中飞船上的程宇忍不住叹口气："两位啊，不是手册倒背如流吗？你们这是同我开玩笑吧？还是你们把所有禁止都看成必须了？"禁止触碰不明外星动植物！禁止在悬浮板上蹦跳！非危急情况下禁止对飞行中的外星生物使用失能武器！它飞着，你让它失去飞行能力，那就是猎杀啊！那就是犯罪行为！

张昊与舒曼已经手足无措。

程宇轻声："就不该派新手来干这个。"科学界这股不正之风真是要命啊。不过如果没有这股不正之风，他的资格也不见得能排得上这种级别的星系旅行。要是一定排资格呢，现代人这么长寿，排到一百岁也轮不上科学新人出头。

再说，这也不算什么事，宇航新人对于杀生这种事是很惊怖，但对老宇航员来说，哪个没杀过呢？大虫子小虫子、高等动物低等动物，谁没弄死过两个？

程宇道："镇静啊两位，发什么呆啊？过去看看。"

一大团浓雾中，粉红色的一大块，不时抽搐晃动，明显是那东西受伤了在挣扎。两位新手依旧一副目瞪口呆的表情，半天才回过神："天哪，闭嘴。"张昊启动他的悬浮板，飘过去。

人没到跟前，已经觉得那东西惊惶地挣扎。张昊嘴里喃喃："别怕别怕，我们不想伤害你。"虽然应该是没啥用，但是表达友善的姿态和语气希望能起点儿作用。

然后挣扎停止了，不知道是幻觉还是因为雾气，张昊觉得原来一大团的粉色一下子变小了。

揉揉眼睛，真的变小了，透过雾气，隐约一个小小的影子，好像比原来小了一半的样子。

再飘近点儿，张昊就彻底呆住了！

一个人！

不，人形！

人形，类人生物！

以地球人的眼光来看，还是个雌性，嗯，如果让张昊说的话，这是个女神！

那张颤抖着抬起来的充满痛苦的小面孔，真是动人。

它，不，是她，看到张昊，立刻惊恐地向后缩了缩，背后“唰”地张开了两只巨大的翅膀。吓得张昊往后一仰，磁力板立刻后退。那精灵露出个恐吓表情。

张昊呆住了。巨大的绿色翅膀，想必上面覆着一层鳞片，光线下不住流动着七彩的光。赤裸的面孔和身体是淡粉色，翅膀背面也是粉色的。那个近于肉色的淡粉实在太接近人类的审美了，人面桃花般的粉，尤其是在这一大片粉色的背景之下，人眼自动调节色差，她就是面孔雪白的美女。

大眼睛因为试图恐吓而瞪得老大，眼神却是哀伤无助，长睫毛颤抖得像蝴蝶翅膀。那个表情实在太动人，以至于张昊立刻就无比内疚：“对不起，我刚到这个星球，有点儿……我不应该弄伤你。”

她应该听不懂，疑惑地看着张昊，可是张昊的声音语气却让她平静下来，她好像明白张昊是没恶意的。

张昊问：“哪儿受伤了？”

精灵默默侧过身，后背上一边翅膀明显有点儿歪，上面的鳞片中间掉了一大块，淡蓝色的液汁正慢慢渗出来。

张昊取出医疗机器，一个巴掌大的小圆蛋，一放手，就飞到精灵伤口旁，然后一道蓝光，扫描伤处，再扫描对称位置那只没受伤的翅膀，进行对比后，做出诊断，半空中显出伤处与正常肢体对比的三维图，一条韧带撕裂，这个微型机器人可以处理。里面的类几丁质的空心类骨骼结构断了，而且有错位，这个复位就要大型点儿的医疗机械手才能做到了。当然，人手也能的，计算机给出人手处置的方案和手法。张昊瞪眼，不不不，我干不了这个，真干不了。

舒曼终于鼓起勇气：“张昊，那东西，还好吗？”她真的不敢靠近了。

刚才被她的防护罩打碎的那只虫子，头胸和前肢全成了浆，可怕的是后肢仍在抽搐，那个从一大堆果浆中支出来的半透明的小爪，每过五秒钟，就抽两下，好像依然在挣扎着要活过来似的。舒曼看得快崩溃了。

张昊道："只是受了伤，我正在想办法治疗，你把那只虫子的信息收集一下吧。"

舒曼回答一声："收到。"又说一声，"扫描，取样。"悬浮板下的机器人已经自动工作。舒曼就地坐下，然后哭了。

程宇无语望天……哭什么哭啊！再这样，下次可不要带女人了。

然而，一转头，程宇觉得，还是更应该不带男人才对。

张昊要求把虫子带回登陆舱进行治疗，请求准入。

程宇咬牙："操作规程，你还记得吧？"禁止接触外星生物，绝对禁止让未密封的外星生物进入宇航员生活区。

张昊道："可是，我不能把摔伤的……的……的……"的什么呢？张昊看一眼那个一脸困惑地看着他的小精灵，不，小仙子，觉得这地方有各种奇怪的生物，不能把她扔在这儿等死啊！

程宇道："小子，未知生物入侵，登陆舱要进行全面消毒，且封闭一年。"

张昊轻声："但不是绝对禁止。"

程宇怒道："为了救一只虫子让我再放一个登陆舱给你，还是你要在下面待上一年，露宿野外？"

张昊沉默一会儿："我试着治疗她。"

程宇道："那倒是可以。"然后惊异地问，"她？"这人疯了，母蚊子是她？

张昊不理，切，你还管机器保姆叫"亲爱的"呢。

戴上头盔，近距离接触生物，为安全应该戴上透明头盔。透明头盔是柔性的，平时半圆形张开在脑后，一按按钮就启动。舒曼刚刚伸手去摸那个果子状的东西，是有点儿违规的。但是接触植物时还是可以不戴头盔的，他们只是没想到那个小圆球居然不是果子，而是会动的，至于那玩意儿到底是拟态的动物，还是会动的植物，他们还没时间弄清楚。

张昊先让医疗包给精灵各神经阻断脉冲，此种麻醉对多数有神经传递的生物都有效，而且是即刻起效完全无副作用的。

然后他深呼吸一下，看着三维的电脑演示手法，鼓起勇气，慢慢伸手抓住精灵翅膀，精灵再一次现出惊讶表情。张昊指指三维图上断了的那个翅膀，让精灵看电脑演示的修复过程，精灵惊异地看着，好像还是不太明白，但也没挣扎。

张昊笑笑，然后看着三维图，照图所示，微微拉开点儿，对齐，接好。一旦对接成功，电脑即时亮出绿灯，医疗包即时注入微型机器人，缝补韧带，黏结骨缝，五分钟后完成任务。这几个微型机器人被封闭处理，然后医疗包在翅膀外喷了一层胶水，胶水立刻凝结成一个壳子，类似我们骨折后打上的石膏。

张昊笑着说："好了。"收回小圆蛋。

精灵有点儿惊讶，明显不喜欢有人动她的伤处，但是因为不痛，她就没太挣扎。现在，她看起来不太喜欢翅膀上有块硬硬的壳，很不快乐地盯了一会儿，然后伸手掰了一下，没掰动，而且，有点儿痛。

张昊忙说："不要碰。"

精灵不开心地继续抠那块硬壳，抠不动，急了，"唰"地张开翅膀，扑打甩动。

张昊急了，过去按住："不要动！不要碰！"

精灵一把推开他，转着圈子，然后猛地扑打翅膀，飞了起来。张昊焦急地大叫："不要飞，休息两天，让翅膀长好！"

那粉色身体、绿色翅膀的小精灵，在空中转圈，飞旋，打滚，过了一会儿，好像平静下来，张开翅膀，飞向远方。

张昊微微惆怅，就这么飞走了？不说声谢谢？语言不通啊。

他转身呼叫舒曼："你在哪儿？"

舒曼轻声："在你身后。"

张昊转身，原来舒曼还在那粉虫的尸体旁，看起来已经取样完毕。舒曼眼睛微红微肿，看起来是哭过了。张昊忙过去安慰："你不是有意的。"

舒曼点点头。

忽然间计算机再次警报，一个箭头指向空中，张昊抬头，看到粉绿相间的一片云般的精灵，正笔直地朝着他飞来，忽然间满心欣喜，一动念，悬浮板迎上去。精灵绕着他飞了两圈，语言不通，但那双闪闪发亮充满喜悦与感激的眼睛是宇宙通用语言。

张昊微笑："不痛了？但是尽量还是要少飞，免得再次拉伤或者错位。"

精灵飞了两圈，忽然来个悬停动作，身子直立，大大的闪亮翅膀在身后扑扇。她慢慢伸出手，居然是同人类一样的纤细小手，只不过手指看上去真的像古文描绘的那样，柔荑一般，半透明的粉，从表皮能看到淡淡的蓝色血管和雪白的指骨，指尖碰到防护罩微微一惊，收了回去。张昊忙收了防护罩，微笑，也伸出手，手掌对手掌。

精灵忽然发出"咯咯咯"的笑声，那声音有点儿像皮革摩擦的声音，可是节奏特别有感染力，张昊情不自禁地笑出来。

精灵伸手一拉张昊，张昊完全没想到那只小手有那么大力气，整个人几乎被拉得平卧了。要知道他脚下的磁力悬浮板是自动平衡的，忽然间重心前倾，磁力板必定高速前移，然而张昊被拉平后，摩擦力已经不够让他踩住板子，只听一声尖叫，磁力板飞出去了。可怜的电脑系统差点儿没让他给调戏死机了，当即重新计算张昊的位置与重心，然后"嗖"的一声回来，平托在张昊的肚子上，这下子张昊看起来就像同精灵手拉手在比翼齐飞了。

精灵一见张昊真的能飞，顿时欢乐尖鸣一声，先来个一飞冲天，再俯冲向下。这些动作都没啥难度。她向上冲天时，张昊就被拉得直立了，磁力板立刻就下去托他脚；下冲时，又改去托腰了。除了感觉有点儿大脑充血之外，没啥大不了的，这点充血的感觉，经过短期宇航训练的张昊还承受得了。然后小精灵开始玩特技了，来个侧滚，整个仰面朝天，滑翔。好吧，张昊小心地翻个身，虽然有一种一翻就要掉下去的感觉，磁力板还是果断重新调整了自己的位置，稳稳托着他在空中躺着飞。接着绕圈向上绕圈向下，张昊从来没感觉到过这种飞翔的自由，平时一高速飞行就觉得心惊肉跳，此时同精灵拉着手自由飞翔，这种自由自在的快乐忽然间压倒了一切恐惧，他第一次感觉，他在自由飞翔！这才真是实现人类飞翔的梦想！

可惜电脑系统不会说话，只能一次又一次冒出“！”表示这动作危险，翻译成人类语言就是：“我 ×，我 ×，你在干吗啊！”

下面的舒曼一声声地尖叫：“张昊，你还好吗？”然后呼叫基地，“程宇，张昊被虫子捉走了……”

程宇一脸黑线：“防护罩坏了？”

舒曼焦灼地道：“我不知道，可能是他自己关掉的，然后那只虫子拉着他在天上飞，怎么办？”

程宇呼叫张昊：“启动防护罩！”

张昊吓得：“不行！别伤到她，我刚救了她一命，我猜她这是表示感谢。”

程宇怒吼：“我不管她在表示啥！你给我启动防护罩！你不能违反安全手册！”

张昊道：“安全手册第一条，服从项目负责人命令，我是项目负责人。”

程宇说：“靠！”把茶杯摔地上了。

舒曼呆了，三方通话开着呢，她听到了。

她以前不觉得张昊是如此活泼不羁的可爱人类啊！你不是出自科学世家吗？自小八小时读书学习，性格孤僻内向吗？

怎么会忽然间变成这样？

项目负责人威严地下令：“舒曼先把取样带回去，我马上同这只蝴蝶仙子道别。”

舒曼问：“是不是你从小生活太过压抑，所以，现在叛逆期到了？”

张昊呆了一下：“你骂人真文雅。”

咦，精灵已经松开他的手，“嗖”地飞到半空，然后再猛扑下来。

张昊急忙道：“你快回去。”哎哟一声没出口，精灵已经猛停在他面前，笑盈盈的美丽面孔，让张昊忍不住微笑：“啊，真淘气，你还会吓人呢！”

不但会吓人，小精灵忽然间欢快地发出“咯咯”“哈”“呜呜”“哈哟”的声音，听起来像是在说话，但是语气欢快、节奏鲜明，又像音乐又像诗歌。她轻轻抖着背后的翅膀，不知是调整了鳞片的位置还是什么，七彩的闪光，一波一波在绿色底子上变幻着大小和形状，而且跟那“咯咯”声的调子和节奏还挺配合。张昊微笑，这是一个人乐团啊，还自带舞台效果的。

计算机忽然间警报声大作。

虽然“嘟嘟”与惊叹号出现太多次，张昊都有点儿木了，可是这长长的“呜”一声，以及血红色的大大惊叹号还是让张昊猛地站了起来。

不远处，迷雾中粉色的一大团是什么？

是刚刚那种粉色的虫子。

张昊惊慌之下，立刻后撤，然后，即使他没动念，感觉到危险的计算机也自动启动防护罩了。

小精灵惊了一下，再次向张昊伸手，张昊忙关了防护罩要把小精灵拉进防护罩内，只听“呼”的一声，一只巨型虫已经扑过来，两个夹子，夹住小精灵的翅膀，其余六个爪子把小精灵紧紧抱住，精灵满面惊怖，尖叫挣扎。

宇航守则第一百零四条：不得干涉外星生物进化过程，不得因个人喜好干涉外星生物生存竞争。

就是，你喜欢大熊猫，然后阻止竹子大范围开花，这种行为是不允许的。

你觉得梅花鹿好漂亮啊，然后阻止老虎吃掉它，这种行为是不允许的。

张昊惊恐地看着巨型怪虫捉走小精灵，我应该怎么办？

程宇呼叫：“负责人，该区域出现大面积异星生物，您老人家处境危险，请即刻离开，退到安全地点进行远距离观察。”

张昊来不及计较程宇把他的名字改成“负责人”和“您老人家”，呆呆地看着另外一只巨虫扑上去夹住精灵用力往外拉，它们就像群狼在争抢食物。精灵的惊叫变成惨叫，惊恐变成痛苦，一只翅膀已经裂开，淡蓝色的血液染蓝了大半个翅膀，引得群虫更加疯狂地扑上去攻击。

张昊默默地关上了记录仪——他做不到无动于衷不干涉。

程宇忽然间失去了张昊的踪影，一惊：“张昊！记录仪关闭了？”

张昊默不作声，发射。

超声波所过之处，十几只巨虫应声而落，从几十米的高空直直摔到地上。

张昊微弱地哽咽一声：“对不起，抱歉，我不应该这样做，我不应该，但是……”

一念动，悬浮板已经带着他飞快地扑过去，在虫子雨中，准确地抱住小精灵，然后防护罩启动，边上扑过来的巨虫顿时被打得粉碎，变成一阵粉红花瓣雨。

小精灵紧紧抱住张昊，全身瑟瑟发抖。张昊轻声：“没事了，我会保护你。”

然后，小精灵“咯吱咯吱”地又说了什么，张昊吩咐计算机：“收集信息，进行语言分析。”

其实只是看着小精灵那个感激依赖的目光，就明白她在说什么了。不过张昊觉得精灵的声音很复杂，听起来有一个语言系统的样子。

虽然宇航守则禁止干涉外星生命，但是如果智慧生命遇到低等生物袭击，倒是可以救助的。而智慧生命的标志是，有一个完整的语言系统，有语法，只是食物食物、危险危险，这个不算的。

计算机数秒给出答案：“资料不足，无法判断。疑似动物求欢……”

张昊当即红了脸……她在跟我说话啊！你说动物求欢！

就在这时，周围的巨虫越聚越多，一开始只是绕着他们飞，在小精灵“咯吱咯吱”声变得越来越响、越来越悠长后，越来越躁动，忽然间一只巨虫撞过来，然后无数只巨虫冲过来。

张昊惊怖地看到防护罩外无数巨虫冲过来，然后在防护罩上被打得粉碎。没有任何意外，这种防护罩的速度，快到一粒磁性弹就能挡住倾盆大雨，子弹都打不进来，何况只是虫子，所以，这是一场屠杀！

粉红色的血浆把防护罩外的一切都染成粉红色。

张昊惊叫："离开这里！快速离开！"

磁力板高速飞行，立时杀出一条血路，张昊不敢回头，一气飞出几公里，后面再没有虫子了，他终于停下来。

乱红如雨，不堪回首来时路。

忽然一阵悦耳的"咯吱"声传来，张昊侧头，看到精灵半仰着头，一脸喜悦与仰慕，正大串大串地说着什么。

张昊苦笑："我听不懂。"

忽然间计算机已将"咯吱"声翻译成字幕，打在他的隐形眼镜屏上："你是我的英雄，你杀了所有竞争者，你是我的英雄，你是我一生的唯一，你是独特的一个。"原来，刚才那一大群虫子"吱吱咯咯"不停说话，再加上小精灵一路都在"咯吱咯吱"，虽然资料不足，计算机依旧能够给出推测中的答案了。

张昊不解："这是啥？翻译器出问题了？"

计算机默默打出："推测为歌词。资料有限，部分翻译为推测。"

张昊很无奈："好吧，你能翻译我的话吗？"

计算机回答："可以尝试简单对答。"

张昊问："你叫什么名字？你住在哪儿？我送你回去。"

计算机发出一串"吱吱咯咯咔咔呜呜"声。

小精灵回答："咯吱……"

计算机翻译："我是歌姬，我住在花间。"

张昊只得翻翻白眼："你指路。"

小精灵手指之处，真是繁花深处，一树的花像瀑布般垂下来，几十米高的花朵瀑布，很简单的单瓣花，拇指大小，从树枝上一大丛一大丛地挂下来，很是壮观。

你住在花间……你不是指你就住这地方吧？

张昊微微无奈："你一个人？你的同伴呢？"

小精灵挺坦然地回答："他们不敢来。"

张昊很困惑，为啥？这地方有危险？

张昊四顾，到处是花丛瀑布，这地方倒是躲藏的好地方，歌姬受了伤，在这儿躲着挺合适，只是，他还是觉得，把歌姬独自一个扔在这地方有点儿不放心。奇怪，既然有完整的语言，那就一定是群居动物啊。

张昊问："你，有父母兄弟吧？"

歌姬忽然从悬浮板跳到树上，张昊"喂"一声，歌姬向他招招手，张昊即时把一脸问号变成叹号：不！不不不！我不行，我不敢，别……

歌姬已经又跳回来了，拉着张昊的手，在一连串的"不不不"中，把张昊拉到树上，张昊只觉得手臂被拉得好痛，不得不跟着跳，好在他跳了之后，悬浮板也跟着他跳了。所以，他只是看起来站在树上，其实依旧站在悬浮板上。

歌姬回头笑："别怕，来！"

张昊默默，这有十几米高呢！

张昊哆哆嗦嗦地伸出一只脚，结果立刻被歌姬拉着飞跑，整个人在一串惊叫声中扑向树干，一把抱住树干死也不肯松手了。歌姬那愉快的笑声啊……

然后张昊想起来："喂，你翅膀上的伤不要紧吗？"

抱着树干回头，只见歌姬面孔绯红，一张红宝石般的嘴正凑过来，轻轻吻在他脸上，张昊只觉得一阵晕眩，轻声："伤口得治一下。"嘴巴也被堵住。

不知如何形容那个让他脑子里烟花绽放、钟鼓齐鸣的吻。

只知道清醒过来时，他的双手已经离开树干，环抱着歌姬的细腰，而他的腰间不知何时被几股细细的白色纤维牢牢地粘在树干上。

歌姬竖起翅膀，她的翅膀向前拢过来，慢慢像个帐篷一样罩住两个人，热吻、抚摸，意乱情迷。

那只细小的手，轻轻抚摸他，解开衣扣，抹去头上的计算机，她的身体光滑如丝缎……

张昊内心微微焦急，不不不，不行，那是宇航服，还有微型计算机是呼救防卫急救的中心，不能这样……

然而，一瞬间无数极光缀满天空，他也仿佛人在空中，狂喜之中，自由飞翔。那从未体验过的喜悦与美好，淹没世间一切烦忧。

有什么不对？一定有什么不对。

这种喜悦太过强烈，不像是……

这种可怕的喜悦终于让张昊感到眩晕以至想呕吐了，他抬起手，想推开精灵……

他的手抬起又落下，他睁开眼睛，又慢慢闭上。

万里极光，无数烟火，渐渐寂灭……

张昊醒来时，看到的是飞船那纯白的天花板。

他再次闭上眼睛，生命中的狂喜好像已经消耗尽他一生的力气。此时的他，疲惫沮丧，全身无力，嘴巴干渴："水。"

机械手臂即时取杯子，注水，放入吸管，然后抬起床头，放到他嘴边。张昊喝一口水，屏幕上出现程宇那张微带讽刺的脸："醒了？舒曼救了你的命。"

张昊轻声问："出了什么事？"

程宇道："联络不上你，我们就冒着违反第一准则的风险定位了你的计算机。舒曼找到你时，那虫子正趴在你身上吸血，当然，我们错误推测有吸管状的嘴的大半是素食动物，其实吸管可以用来吸血。虽然你大量失血，我们还是来得及把你送回飞船急救。"

张昊轻声："那只虫子？歌姬呢？"想要支起身子，却无力，"那个精灵呢？她还好吗？"

程宇的脸微微困惑："精灵？你还给它取了个名字？我还真不知道你有这么博爱啊。"

张昊道："你没看到？那是个类人生物，骨骼稍有不同，外表同人类很近似。就是，我给她治伤的那个，同我一起飞的……"

舒曼出现在另一半屏幕上："我可以调用一下你的记录吗？"

张昊道："对，打开记录仪，让我看一下歌姬安全不。"

程宇还一脸困惑，舒曼已经微微恻然："你看到的，是一个精灵？雌性？长得很漂亮？"

张昊轻声："很美。"

记录仪打开，张昊的两手正抓住一只巨虫的翅膀，然后医疗包在上面喷了固定胶。那只虫子惊恐挣扎，巨大突出的复眼、三角形的巨大头颅、细腰大肚子。实际上，从人类的角度来看，这虫子长得挺萌的，只不过，那三角形的面孔，并不是像人类一样大眼尖下巴，而是前面尖嘴后面老大的眼睛，就像蚂蚁、蜻蜓，或者蚊子。

张昊惊呆了：“不！”

不可能，这不是真的！

不，在异星遇到一只精灵，才更不像真的！

接下来就是张昊同一只巨型飞虫在空中快乐游戏的情景。

舒曼道：“那只虫表现得很友善，虽然我觉得这样有点儿危险……所以我没阻止你。”

程宇道：“对了，你身体里被注入了一种类似麦角酸的物质，虽然我们不知道这玩意儿能起啥作用，但是从结构来看，有可能是有致幻功能。”

舒曼道：“那个歌姬，后来是自己飞走了，所以，如果你担心她的安全的话，她应该没事。你也休息一下吧。迷幻剂、失血，好在我们没发现其他损伤。但是因为你近距离同异星生物接触，所以隔离是制度，你知道的。”

张昊轻声：“我知道，谢谢。”声音已嘶哑。

爱丽丝仙境，只是一段迷幻之旅。

只是，爱怜也是假的？

呵，喜悦是假的，快乐是假的，所以，我爱你的感觉当然也是假的。

泪流满面。

那只小精灵，只是我的幻觉？

一切只是为了吸血？

一个月后，隔离期终于结束，虽然按规定张昊仍然需要身着纳米衣，戴着呼吸器才可进入生活区，但是至少可以自由活动了。大家不用担心异形在他体内产卵之类的恐怖情节，全身扫描与各种体检每天进行，确信他身体没啥奇异变化，沮丧的心情只是迷幻剂后遗症。

程宇报告："你看起来恢复得不错。有个坏消息，登陆舱被虫子们搬走了。"

张昊瞪眼："什么？"

程宇道："看起来这些虫子是有智力的，他们知道你们是从那个登陆舱里走出去的，听他们的意思，好像他们的女王还想见你一面，所以登陆舱被他们给绑架了。"

张昊很惊讶："女王？"

程宇道："歌姬，发音是歌姬，所以计算机直接给你音译了，根据我们收集到的资料，在他们的语言系统里，歌姬是女王的意思。"

张昊无言掩面。

天哪，不要再提歌姬的事。

程宇道："还有，那只母虫子，每天三次到登陆舱口呼唤你，有件事希望你能冷静，虽然我认为那不是真的，歌姬说怀了你的孩子。"

张昊差点儿没一口老血喷在程宇脸上："什么？！"

程宇沉吟半晌："嗯，我也觉得这事不可能，但是歌姬很认真，而且……而且，听他们的意思是，你杀了所有竞争者，才得到与女王……嗯，呃呃……的权利，所以，女王如果有了孩子一定是你的，而且，那东西看起来，还真像是……嗯，呃，这个……"望天，"虽然……但是，我也不知道这事该怎么办，还有，女王的丈夫是国王。"掩面，他也说不下去了。

张昊怒吼："我！我同一只……"内心说不出什么感觉，羞愤、恶心，然而依旧叫不出口"虫子"二字，那只精灵、那些笑声、那感激的眼神，都只是幻觉？

程宇道："所以，我们推测，那天，那只虫子把你弄晕，可能不是吸血，而是——呃，交配行为的最后一项，摄取足够的蛋白质以孕育后代。还有，你之前弄死的那些虫子，也不是要伤害你的小精灵公主，那是他们的求偶行为。"

张昊呆住，想起歌姬唱的那首歌："你是我的英雄，你杀死了所有竞争者！”我的天！我的天！所以歌姬后来开始跳舞，还有她全身那种奇异的色彩变化，那是求偶！

舒曼一直沉默，此时终于道：“关于DNA匹配的问题，通常是不行，但是，也不是没有例外，尤其是同一科的，虽然可能性极小，但是既然她那么肯定，我觉得，似乎应该查一下。”

张昊瞪着她，瞬间想象蚂蚁窝里一百多只长得和自己一样脸孔的小蚂蚁，整个人顿时就颤抖了，摇摇晃晃跑回自己的隔离室，吐了。

有些星球对异星间的跨物种结合很宽容，觉得宇宙间有那么多种类的生物才有如此多元的文化，生命如此多姿，宇宙才能如此精彩美丽，多一种不但没什么不好，简直是奇迹，不但不反对，而且出台各种优惠政策鼓励。当然产生新物种并不容易，如果两个物种间基因差异太小，像马同骡子，不一定能被他们认定为新物种，享受各种优惠。

地球是保守星球，坚决拒绝外星移民，虽然迫于星际联盟的压力，不得不让跨物种结合合法化，承认他们只要智商够，就可以算智慧生物，来地球生活工作都是可以的，只是绝对得不到公民资格。但是他们对于这种结合的看法就是“我出去吐一会儿”。

所以，程宇和舒曼看到张昊真的去吐了，只是默默交换一个同情的目光。

还有一个大麻烦他们没谈呢。

如果，他们伟大的小负责人，真的同外星生物弄出新物种来了，哈哈，如果该外星生物的智商没达到智慧生命标准，这事就跟正常人同弱智媾和了一样，有可能被宇宙智慧生物联盟认定为强奸，那就不是出丑的事儿了，那叫犯罪。

所以张昊面色惨白地回来了，要求返航时，两位同伴就只能劝他慎重了。

“那个，咱们得商量下，负责人同志，你知道咱们的考察任务所有行动实时录像不？你知道这录像到时要上交不？你知道上交的意思是外星生物的控诉可能会被看到不？虽然人家不一定会看到，毕竟咱们这一路上已经录了海量的录像了，然而，按原计划应该在这地方待上一年半载，这才一个月就返航了，不管你提啥理由，项目委员会可能会觉得咱们没尽职，有浪费公共资源之嫌，就可能会稍认真点儿调录像，所以负责人你的意思是咱私下删掉控诉部分呢，还是查一下外星生物的控诉是否不实？如果他们是胡扯，咱不就没啥事了吗？如果他们说的是真的，你真在这儿留后了，咱是不是得处理下？”

张昊面如死灰：“你们是说……”

程宇急了：“你真的不明白？如果他们智商没达到八十，你就涉嫌强奸和干涉外星生物进化进程。”

张昊沉默，他知道，不得干涉物种进化。干了这种事是犯法的，虽然法警不会跑到光年距离的星球来执法，但是他这个违法者，就别想再回地球了。

张昊掩面：“我不是……我不是自愿的啊！我当时被注射了一肚子迷幻剂啊！”

程宇道：“当然咱们知道你是被下药了，但是光拿你的血检生化报告是不够的，这证据不足，因为还有你私自使用违禁药品的可能性啊，那你这是双重重罪啊。你必须得证明，这种生化结果是他们造成的。当然，最好是证明女王怀孕同你根本没一毛钱的关系。”

这个可怕的世界！

你以为是个奇遇，然后发现是个噩梦；你以为只是噩梦，然后发现你面临法律问题了。

张昊掩面：“删记录的话……”

程宇长叹一声：“哥们儿，妨碍公务这罪名虽然不大，但是我同舒曼的职业生涯就结束了。当然，咱们是好兄弟，也知道你冤着呢，所以，如果真的是逼不得已，哥们儿肯定会帮你扛的。删记录啥的伪证罪也不在话下。但是！现在还没到那地步，咱先把证据收集齐了呗。我知道你心情不好，但是，你想想联盟监狱那伙食和网速，以及未来十年你可能会心情更不好，你能振作点儿，把情绪上的事忍了吗？”

张昊沉默半晌，只得点点头：“我能。”

张昊实在无法面对巨型虫，程宇和舒曼只得出面同女王大人商谈。

地点就是他们曾经看过的那些白色圆形建筑物前。无数巨虫几乎遍布整个地表。

不知是啥心理，两位在知道面对的是女王大人时，忽然间觉得这只母虫的举止，确实比其他虫子更优雅点儿。

歌姬是被抬过来的，她趴在一个粉红色的半圆里，缓缓抬头，同程宇对视了一会儿："你不是我的英雄，他在哪儿？"

程宇道："你知道我们是不同物种，是吗？"

歌姬沉默半晌："你们是神。"

程宇无奈："这个，呃……你真的怀了他的儿子？"

歌姬回头，轻轻揭开一点儿白色的覆盖物，露出膨大的粉红色半透明肚子，隔着肚皮也能看到，一肚子的卵。

程宇呆住。

舒曼轻声："有些物种，不受精也能怀孕产子。"

歌姬微笑："那些白色大个儿的，就是未受精卵。里面还有一些小点儿的，你细看。"

舒曼上前："冒昧了。"低头细看，顿时脸色惨白。

一粒粒拳头大的白色卵团中，夹着数十个小恐龙一样的胎儿，看外形确是人类胚胎无疑。只不过在一只巨虫的肚子里看到密密麻麻粉红色的婴儿胚胎真是一件极度惊悚的事。舒曼苍白着脸，手支着头，缓缓后退，然后向程宇点点头。

进行下一步吧。

叹气，这星球上没有别的人类，既然不可能是程宇，那就一定是张昊的了。

程宇叹气："那么，那么，我想问一下，我们发现时，张昊，就是你的英雄，他几乎被吸干了血，身体里还有一些有毒的成分。那个……"

歌姬淡然道："我需要他的血，我当然不希望他受伤害，但是我们一直这样繁殖后代，张昊，我的丈夫，可能是体形稍小，血量不太够，如果他同我的同类一样，应该不算什么太大的伤害。我想，你们是神，他应该不会死。他还好吗？"

程宇点点头，然后问：“你，知道他不是你的同类，为什么……”

歌姬道：“他参加求偶之战了，胜的人将是我的丈夫，而且，有他在，别人不能接近我，而且……”歌姬回头看看自己的肚子，“作为女王，一辈子只有一次能够飞上天空，然后，就会失去翅膀，再也无法飞翔，这是我一生唯一的一次机会。我也会一次收集到足够的精子，够一辈子用的精子，建立我的王国。如果我不能受孕，我对我的王国就没有任何用处，他们将寻找新的女王。”

程宇震惊：“等一下……”问题好多，但是他首先关心的是，“等下，你是说，你这一辈子会生下无数张昊的孩子？多少？”

歌姬道：“每年几十个，我大约能生二百年……”当然，这是计算机换算过的时间。

舒曼同程宇脸色惨白地互相对视了一下，那就是上万个小张昊啊！我的天啊！我的妈啊！这这这……

舒曼艰难地问道：“有多少是有生殖能力的？”

歌姬摇摇头：“我不知道，每年会生几个女王，我们是没法知道的。”

程宇踉跄一下，几个！每年几个！于是，这几个，又能生上万个张昊，不是，这几个又能每年生几个女王，这是天文数字级的繁殖啊。如果不让自然淘汰高效运行起来，有生之年就能看到，小张昊把宇宙里的每个星球都给铺满了。

当然人家星球上没铺满虫人，因为人家有自然法则。而自然法则的意思是生下的孩子多数会死掉，只有少数生存。而作为地球人，是无法接受让自己的孩子死掉一大半这种事的，按地球人的伦理道德，张昊必然对自己的孩子负责，保护孩子的安全，提供足够的生存条件和良好的教育。

这种繁殖方式，能把地球人给吃崩溃了！

程宇和舒曼面面相觑，原来，最大的麻烦并不是张昊的强奸罪名。而且这位女王看起来说话挺有逻辑，智商八十以上没问题，那么，来解决接下来的问题吧。

程宇先说：“地球不会给他们公民资格，所以……这些孩子跟我们没关系，也不享受我们地球的按需分配的权利。虽然，其实地球对长期居留的人民也一样是按需供应……”

舒曼轻声道：“即使只是永久居留权，我们也……接收不起这么恐怖的移民。”

按星际法则，不能干涉其他星球的进化历程。他们不能把数万个小张昊留在这个星球上，如果张昊还保护这些小张昊的生存，那这个星球很快就资源耗尽了。

两位宇航员默默转身，他们需要回去好好考虑一下。

歌姬道：“我想见我的丈夫。”

程宇沉吟半晌：“虽然，他因为无知，闯进了你的求偶之战，但是，他当时并不知道，而且，他身体里的一些药物让他产生幻觉，我们认为，他并不是自愿……”

歌姬轻声：“啊，我知道，求偶季到了，原来最讨厌的雄性也会变得英俊迷人。这很正常，不是吗？你们不是这样吗？过了发情期，所有光圈会消失，不再有原来那种恋爱的感觉。但是，两个人仍然应该齐心合力抚育孩子。”

程宇呆了一下，还真是！人类发情期一样会产生荷尔蒙，让两个不相干的人忽然间如胶似漆谁也离不开谁。

两位宇航员回到飞船上，把事情经过一说，张昊就踉跄着回他的隔离室一头扎在床上，呕吐不止，然后发烧感冒了。直过了一周，张昊才勉强起床，问道：“咱们人类的绝育药，对虫子好使不？”

两位宇航员不置一词，这个，好不好使我们不知道，就算好使，请问你怎么把药喂到女王的嘴里去？

张昊犹豫道：“撒到他们觅食的植物上去……”

呃，那就不是给虫王绝育了，是给整个食物链绝育啊。

张昊捂脸，然后哭了。

完蛋了。即使他不进监狱，也会断送前程，后半生，那有好几百年呢，他就只能终生混吃等死，再别想有任何科研项目了。大把的人在等科研项目，犯了错的人再无翻身机会。

程宇沉吟半晌：“或者，你去同女王谈谈？虽然，她现在的样子，嗯……”你见过拖着肚子的大白蚁没？就那么恶心。

舒曼道：“我们知道，这对你来说，很困难。尤其是，你很恋家。这是一个意外，不是你的责任。当然，或者我们都应该更慎重一点儿，但是，我猜，你一见她时，她就在发情期，她自己承认发情期会分泌一些让你产生幻觉的信息素。所以，你也不必太自责，这只是个意外。但是，既然事情已经这样，作为成年人，坚强一点儿，面对问题，解决问题。一味回避，可能只会让事情更糟。不管我们遇到什么，都应该尽力往好的方向努力，我想，只要你努力过，即使没有什么好的结果，至少，你可以告慰自己，你尽力了，做不到并不是你没有做。人都有做不到的事。你说呢？”

程宇瞠目，以前没觉得这纯纯的小清新女子，这么……这么有道理啊。

张昊沉吟半晌，点点头，同程宇一样，对小女子的坚强面对感到有点儿意外，这也是小丫头敢于跟两个新手跑来宇宙大冒险的原因吧。

舒曼道：“那么，我们先给女王做个体检吧。这也算是宇宙级别的观察项目了！咱们整出这么大事，不能再入宝山然后两手空空而回。既然负责人已经倒下，我就来挑这个担子吧，不管怎么样，科研项目得继续下去。”

张昊穿了全套宇航服，就是说，包括了呼吸器，他连呼吸过滤器都不放心，直接自备清洁空气。

所以，这回他是直面真相了。

不算丑，女王在一个雪白的半圆形大盘子里，看起来像个大果盘上的虫形冰激凌，身上还盖了一层白色晶莹又柔软的织物。

只不过，这长着三角形头的虫子，明显不是他曾经与之共舞的那个精灵。

张昊微微侧开头，不敢不忍不愿再看。

歌姬轻声："张昊，你的样子跟那时也不同了。我记忆里，你是粉色的很美的粉，你脸上那个……是什么？"

张昊道："呼吸器，免得吸入迷幻气体。"沉默一会儿，解释，"我只是想清醒地面对。"

歌姬微笑："你看到了，别担心，我知道，我会散发一些气味，你会看到你想看的，但是，也许那时你看到的，才是真实的，也许，当你看到真实的我，反而因为偏见，看到的是假象。"

张昊沉默一会儿，缓缓取下呼吸器。好吧，既然已经知道真相了，让我们互相看到想象中的同类，也许真的更容易看到真相："你还好吗？"

歌姬道："谈不上好不好，这是我的宿命。我将在这个大碗里度过我的后半生，不停地生卵，过几年或者几十年后，肚子会膨胀到走不动站不起来。交配成功，就是我人生至大成就，许多女王，飞行中就出事，被捕食，摔伤，没有力气飞回家，翅膀就断了。或者，有些男人会反抗，拒绝被吸血，她会饿死。也有些女王独自寻找自己的新王国，饥寒交迫。也有些男人，愿意终身陪伴女王。我当然希望，后半生有人陪伴，当然，我不能强求任何人做那样的牺牲，我只是不愿这样就放弃，我希望，至少，我要同你谈谈。"

张昊沉默一会儿："我，我觉得，我不知道……我当时不是很清醒，如果我知道同你发生那样的事后，需要终身相伴的话，我会慎重考虑。我愿意陪你度过比较困难的时期，给你帮助，但是，我有家人，我有父母，在我们的星球上，孩子应该奉养父母终老的。所以，我很抱歉。"

歌姬点点头："我猜也是，在我们的童话里，被神选中的人，总是会很吃苦的。"微笑，张昊此时能看到歌姬在微笑，他忍不住问一声："你在笑？"

歌姬温和地道："是的，我发散的信息素也会传递我的心情。"

张昊沉默半晌道："那么，那天我看到的，你的笑容，你的……"

歌姬道："都是真的，如果你看到我爱你，也是真的。我在当时，真的在恋爱。当然，我现在已经能看到你的真面目，同我原来看到的，有点儿差别，但是，依旧还好。”

那个大眼睛尖下颌的精灵又回来了，半垂着眼睛，无限哀伤，嘴角一个无可奈何的微笑，慢慢抬起眼睛：“如果你要戴上呼吸器，我并不介意，因为，我好像看到天神再次现身。知道吗，这种信息素并不是对所有物种都有效，我们之间，也许真的有点儿什么缘分。”

张昊垂下眼睛：“我很抱歉。”

歌姬道：“如果你能留在这里几个月，我会很感激的。几个月后，我将有我的孩子，孩子们打理一切。”

张昊呆了一下：“几个月？你是说，你几个月后会生下孩子，还是说几个月后，你的孩子就能打理一切？”

歌姬道：“我很快就会产卵，两周后就会孵化，几个月后孩子们就什么都会做了。”

张昊呆呆地道：“包括我的孩子？”

歌姬问：“嗯，我还没问，神的孩子怎么照顾？”

张昊轻声：“十月怀胎，两岁以前都需要喂食，十五岁以前都不能独立生活。”

歌姬面色大变：“什么？”

张昊呆呆看着她：“你的意思是，你以为你只需要花两三周照顾下孩子，就改由孩子们照顾你了？”

歌姬沉默良久，点头：“是，因为几个月后，我就开始孕育第二批孩子了。你的意思是，那时候你的孩子还不会动？当我开始孕育孩子，我会一次比一次更虚弱，如果无人照顾，很多天我都只能靠自身储备的能量渡过难关？”

张昊弱弱地说：“即使孩子们长大，可能也不会飞，我觉得人类的身体构造不太适合飞翔……”

既不能干活，也不能生育，那就是一群废物啊。

张昊微微不安：“如果是这样，他们，是不是会过得不太好？”

歌姬看他一会儿：“如果这样……我们缺少食物的时候，会把废物吃掉。”

张昊呆住。

歌姬道："我们的族群越来越大，食物并不好找，不是食物少，是我们人数太多。要么战争，要么饿着。饿的时候，废物会先被吃掉。"

张昊仰天长叹："你能不把他们生出来吗？已经存在的，我就不说了，那些没存在的孩子，你能不生吗？"

歌姬轻声道："这不是我能决定的。"

张昊道："如果你愿意，我可以想想办法。"

歌姬沉默一会儿："如果我不能生出一个女王，我们的族群……"

张昊道："在我的家乡，每个人都可以有自己的孩子，男人女人，都将有自己的孩子，不是只有女王才能产子。所以，孩子们都会有自己的伴侣。至于你的族群，嗯，应该还有其他女王吧？你不希望自己能够自由活动？"

歌姬道："族群不够大，很快会灭绝。"

张昊轻声："我会帮你。"

歌姬轻声问："多久？"

张昊道："到孩子们长大。"

程宇同舒曼都在望天，老天啊，我们的科研项目大约是一到两年，负责人承诺十几年都要留在这里！

我们不想陪你玩了！

张昊沮丧地抱着头想："我不该取下呼吸器！不该看到精灵那悲恸的面孔，如果我看到的是一只虫子，结果一定会不同。可是我面对着一个哀伤的少女，她将面临后半生都不能动，不停地产子，却只能生下废物儿子，被族人当食物的儿子。天哪，太可怕了，尤其那废物儿子还是我的儿子。"

不管怎么样，科研项目还是要继续。

舒曼报告："他们可以同性生殖也可以异性生殖。也就是说，一部分受精卵是雌雄结合的，另一部分，是完全雄性或者雌性自身的DNA，雌性只提供了一个卵子外壳。也就是说，那些看起来像人类胚胎的，是你的复制品，不过皮肤可能是粉色的，因为线粒体全由雌性提供，这个星球上的线粒体结构是粉色的。因为你的DNA同他们的不匹配，所以，你的儿子全是你的复制品，那些卵就是歌姬完全自体繁殖的她自己，没有生殖功能的她自己。而女王一定得是受精卵，也就是说，歌姬不可能生出下一代女王，我们现在要做的，只是取出她体内储存的你的精子以及血液DNA，这个，很容易做到。既然你的儿子需要十几年才能独立生存，我觉得或许可以建议歌姬暂停产卵。我想，我可以提取她体内的孕激素，人工合成，再注射到她体内，让她的身体认为她一直在孕期中，不进行再次排卵。她的第一批孩子，可以同她原来的母族生活在一起。她和你的孩子们，也许可以得到地球的永久居留权。虽然远一点儿，如果你同歌姬正式结婚，啊，我知道你不愿意，但是，这样歌姬才能得到永久居留权，你的孩子们才能得到永久居留权，然后，你才能有理由申请远航飞船到这么远来看望他们。我是说，如果他们不愿在地球定居的话。”

第一年，真的像噩梦。

如果张昊没有留下来，他的孩子一定会全部饿死，变成虫人的食物。

因为歌姬根本没有奶，幼虫们吃的直接就是不会飞的雌性自体繁殖的中性虫人嚼碎的外星生物尸体，这种蛋白，虫类可以消化，分解成氨基酸，提供给胎儿。幸运的是，人类需要的所有氨基酸都充足，但是这种蛋白，人类婴儿无法消化。幼虫们所食用的植物，也是纤维素一类的多糖，婴儿也无法消化。好在这种蛋白质可以在仪器中分解，纤维素也可人工制成糖，所以，张昊与他的团队人工合成人体所需的所有营养物质，也就是人工牛奶，养大了所有婴儿。

张昊开始了漫长的法律诉讼过程。

星际联盟判决这些小张昊有权获得地球公民资格。

地球以小张昊身体内有异星红色线粒体，并非完全的地球人类为由，拒绝接受。

星际联盟威胁开除地球联盟成员资格，地球人公投要求脱离联盟。

然后地球蓝色电视台采访当事人，张昊拒绝出镜，但是小张昊中的一个接受了采访：

是的，我们的DNA同父亲完全一样，线粒体的DNA完全同母亲一样。

是的，所以我们在地球生存时也是有一点儿困难的，我们需要含量更高一点儿的氧气，虽然地球的空气我们可以接受，但是会有些缺氧现象，因为我们的线粒体，跟人类的有些不一样。

是的，有些人觉得，我们会把这种奇怪的基因传给下一代，制造更多不适应地球的人，需要额外提供氧气才能活下来的人。但是，其实我们同地球女性结合时，孩子体内的线粒体完全来自母亲，所以我们的下一代，将会与地球人类完全一样。

我们在母星需要合成食物，如果父亲得不到科研经费，或者，他撤回地球，我们将在母星饿死，因为从DNA上来说，我们是完全的地球人类。

不，我不认为地球是我的家园，我依然认为母星才是我的家。我很抱歉，我需要地球的食物，却不能把地球当作自己的家，我知道这样……让地球人觉得不公平。我们并不想这样，我们只是，只能这样生存。我很抱歉，给所有人带来麻烦。

地球再一次公投，给予小张昊们地球公民权。是的，地球拒绝接受任何外来威胁，可也受不了把几十个地球人给活活饿死在异星上，即使这些地球人觉得自己是外星人，他们也受不了。

星际联盟的所有智慧生物都惊呆了，地球人这是在玩哪样啊？明明是为了拒绝给小张昊公民权才公投脱离联盟的，然后又公投给小张昊公民权了？

然而，地球人认为自己有效地维护了地球人的自主权利，同时，他们是善良宽容的好人，小张昊们思维上不觉得自己是地球人，但是他们需要有公民权才能活下来。那么，他们有权活下来，即使违背了地球人的法律，他们也有权活下去。

当然，这也是一个聪明的选择，给后世立下两个规则。第一，地球人不接受外来星球的任何干涉；第二，智慧生物可以得到公民权，但需要全民公投。

张昊带着小张昊们，第一次回家，飞船里轻柔地响着一首古体歌：

醉漾轻舟，信流引到花深处。尘缘相误，无计花间住。

烟水茫茫，千里斜阳暮。山无数。乱红如雨，不记来时路。

虽然小张昊们不觉得自己是地球人，但是他们能听懂，他们比多数地球人对古文更熟悉，因为张昊本来就是一个孤僻的学习狂。其中一个小张昊问："父亲，这首诗好像在讲你同母亲相遇的事。"

年过不惑的张昊愣了一下，回忆起多年以前的那个美丽的误会。是的，当年的少年，无论如何也不会想到会同一只虫子相爱，流落异星十几年。

还有二十多个跟自己一模一样的儿子。

新世界

1

吸血鬼罗密十五岁时，妈妈答应送他一个人做礼物。

收容所里的情况不算好。

每个幼儿都被关在一米宽两米长的笼子里，一条薄被，当被当褥，都是这一条。笼子里面一个桶，要大小便就在众目睽睽之下解决。上下两层的架子，一个笼子挨着一个笼子，一间房里放了不知多少幼儿。

一个瘦得可怕的男孩子刚被关在笼子里，收容所的义工，拿着高压水龙头，向笼子里冲水。

那赤裸细瘦的男孩儿被水冲得踉跄一下，立刻抓住笼子，低头、弯腰，顽固地对峙，高压水在他身上激得四溅，细瘦的手指在铁栏杆上握得指节发白。

那孩子黑瘦，瘦得能看见身上每一块骨头的形状，个子也矮，身上无数伤痕，手脚都有厚厚的茧子。

可是这孩子有一双极大的眼睛，在黑色的面孔上闪闪发光，那眼睛里闪着豹子一样凶猛野性的光，那么一个小人儿，慢慢从笼子边上站起来，也给人一种危险可怕的感觉。他周身散发警惕与敌意，一双眼睛盯住人时让人觉得害怕。

可是这个孩子极其漂亮。

罗密微笑，回头对赵敏说："妈妈，我要他。"

罗密很开心，温柔地对小人说："我给你取个名字好不好？"

那小人冷冷看他一眼："我叫天翼。"

罗密愕然。

连赵敏也惊奇了，这小人不但会说话，而且有一个正常人类的名字："谁给你取的名字？"

小人沉默一会儿："我妈。"

赵敏有点儿惊讶："你跟着妈妈长大的？"

天翼点点头。

这在诺翰国可是件稀罕事。多数小人生下来，像农场养的其他动物一样，都是集中喂食。少数宠物才会养育自己的孩子，可是也多半两三岁就被抱走送人了。

罗密拿来一个牌子，天翼的瞳孔忽然收缩一下，脸上露出一个痛恨的表情。

那是一个指甲大小、椭圆的半透明的银白色扣子，天翼向后微微躲一下，又停住。他不想要名牌，但是他知道他无法拒绝。罗密凑过去："咦，你额头有个印子。"

天翼苦笑，罗密也明白了："有人收养过你？"

天翼沉默。

罗密问："有伤痕，你自己弄下去的？很痛吧？"

天翼没有回答，慢慢地把那个扣子按在额上。

这个小小的扣子，可以打开所有罗家允许他通行的房间，罗密保证三两天后就为他打开大门的锁。有了这个名牌，天翼在街上乱跑再不会被吸血鬼骚扰。他要坐车，车上也会自动扫描他的名牌，把账记在罗家账上。

晚饭时罗密见到了罗家的所有人，父亲罗大同、哥哥罗非、罗非的宠物可可。

可可是个身高一米九几的黑人，长得极粗壮，可是对罗非的态度十分温顺。罗非招手："过来，可可！"

可可用疑惑的眼神看着天翼，慢慢走过来，他眼中的敌意那样明显，以至于天翼忍不住退了一步。

罗非拍着可可的肩膀："可可，这是你的同类，他叫天翼，我们刚收养的，以后你就有伴玩了，别欺负小孩儿啊！"

罗非转过头去叫罗密："对了，你有没有买天翼的餐具？"

罗非转头的工夫，可可那硕大的拳头已经飞快地准确地砸在天翼脸上。

天翼十分机警灵活，可他到底还只是个少年，虽然他一早侧头躲避，那大黑拳头还是打到他的鼻子，他整个人顿时向后飞了出去，桌子椅子倒了一片。天翼眼前一片金花，半晌才能从地上爬起来，只觉得鼻子异样，伸手一摸，一手的血，半边脸已无知觉。

天翼也不出声，霍地爬起来，一只手已握住桌边的叉子。无论是谁，无论是伤害他的身体还是伤害他的自尊，他都要对方付出血的代价。

罗非转回头来看见天翼一脸的血，已经厉声："可可！你这个坏孩子！"

可可忽然像被烫到一样大叫一声跳了起来，然后惨叫着跌倒在地，翻滚着抽成一团。

天翼愣了一下，马上明白了，转过头去，看见罗非手里握着另一个小小的纽扣样的控制器，正一边厉声呵斥："可可！你再敢欺负小孩儿！"一边一下下按着控制器上的电击键。

天翼的眼睛忽然红了，热血猛地冲上头顶，狂叫了一声，手里仍握着他唯一的武器——一把叉子，他知道这种武器对于吸血鬼来说不过是玩具，他知道自己的所作所为可能招致与可可一样的惨叫，他还是愤怒到无法自控。天翼一只手抢那个控制器，罗非不松手，天翼另一只手里的叉子毫不犹豫地向罗非的手刺下去，罗非吓得立刻放手。天翼把那个控制器扔到地上，抓起一把凳子向那个红色扣子砸下去，一下又一下，扣子迸出蓝色火花，然后“噗”的一声着起火来，小小的红色扣子直烧成一小团乌黑，地毯烧穿，地板留下焦痕。

罗家大小人等全都呆住，一个个张大嘴看着天翼，而天翼，独自站在中央，一脸悲愤，大口喘息。

可可呜咽着爬起来，看到地上烧成一团的控制器，他惊得瞪大眼睛，然后一步步直退到墙角，抱着头缩成一团，在墙角瑟瑟发抖。

没有人出声，终于，天翼平静下来，他回过头，看着罗密，用手轻轻指指自己头上的那个扣子，冷笑道：“我等着。”

罗非此时已扑过去：“罗密，把控制器给我！”

罗密拒绝，罗非扑过去抢，罗密一边尖叫一边死命抓住兜里的控制器不放。罗大同厉喝：“罗非！”罗非不理。罗密抢不过大哥，张嘴咬罗非的手，罗非松手，控制器落地，罗密狠命地用脚踩下去。罗家再一次听到轻轻的“噗”的一声，再一次烧起蓝色火苗，地毯上再增一个洞。赵敏竟气笑了：“罗密、罗非，你们两个小子今天是要拆屋吗？”

天翼看看地上那个被罗密踹烂的控制器，沉默了。

友情，同黄油蛋糕一样，是奢侈的东西。天翼多年未见过它了。现在，天翼看到一个小吸血鬼给予他的友情，他面无表情，不知该感动落泪还是冷笑一声。

天翼洗了脸，鼻子没什么事，嘴唇有点儿肿。

他坐在赵敏对面，赵敏把牛排与土豆泥放到他盘子里，问：“会用刀叉吗？”

天翼说：“筷子。”

赵敏把筷子给他，天翼说：“您说，我听着。”他没有吃东西，一边说话一边吃东西是不礼貌的。

赵敏问：“你母亲，还好吗？”

天翼说：“她死了。”

赵敏沉默一会儿："我很遗憾。"

天翼笑了，可是他没说话，他心里问："人会对一只陌生的狗的死亡感到遗憾吗？"不过不要紧，人对陌生人的死也不见得真的感到遗憾，他很欣赏赵敏说这句话时所表现出来的礼貌。

赵敏问："你愿意讲讲这些年来的经历吗？"

天翼沉默一会儿，道："去年，我母亲死了，春天时，有人到我们居住的长白山打猎——我想，是叫打猎吧？我与朱丽被抓到。我被卖到农场，朱丽被送去拍卖场。后来我从农场逃出来，被一个浑蛋抓到，我再一次逃出来，被抓到收容所。"

赵敏点点头，这孩子说得很简单，而且一句不抱怨，可是赵敏知道农场里的情形，也知道一个浑蛋吸血鬼会对人类做什么事，她不禁沉默了一会儿，然后她伸手拍拍天翼的肩膀。

天翼微微放松了肩，放低了自己昂着的头，沉默了一会儿，天翼说："对不起，我砸了东西。"

赵敏说："那没关系。不过，你要知道，天翼，罗非不是一个滥用控制器的浑小子，我们不会允许他这么做，今天可可的行为太过危险，罗非是有点儿过分，可是为你的安全着想，教训一下可可是有必要的。天翼，不是所有人都像你，可以用语言沟通。可可是个弱智，我很抱歉，我们尽可能地教育他，但是他已经不能恢复应有的智力了。有的时候，小孩子如果一定要玩火玩电爬高，做母亲的也会打一下他们的手，让他们记得那是不可以做的。"

天翼沉默半晌道："如果你有个弱智儿子，你大约不会用电击教他守规矩吧。"

赵敏也沉默了，然后叹息一声："是的，不会。不过，还是会有必要的惩罚。"

天翼点点头："我明白了。"

赵敏问："有人用控制器电击过你？"

天翼沉默，过了许久，赵敏以为他不会回答了时，他说："一整夜。"

一整夜，难怪天翼对控制器反应过激。

赵敏说："那是吸血鬼中的败类！"

天翼没有说话。

赵敏握住天翼的手："你是个有智力的人，所以我们向你说明情况。天翼，你现在要做的，是尽量学习如何适应这个世界，如何利用这个世界的规则来为自己争取权益，我不希望再发生那种无理性的暴力事件了，那对你的处境毫无改善，明白吗？"

天翼很想抽回自己的手，可是赵敏的手确实很温暖温柔。

半晌，天翼点点头："我明白了。"

赵敏笑道："好，吃完饭，同罗非、罗密一起关禁闭去吧。对了，天翼，记着罗非只是性子坏点儿，他不是坏人。"

天翼点点头："我明白。"

2

早餐是一碗白粥加一个煎蛋，一小碟腌黄瓜。

很好吃，很爽口。

清晨的阳光照在雪白的餐桌布上，清新明朗。

天翼得到新礼物，是一个腕上微型电脑，小家伙很快学会了使用电脑，在网上发帖寻找妹妹朱丽。

罗非很生气，当他发现天翼会上网帮罗密查资料时，他气大了："妈妈，我不干，可可只会傻笑，我也要一个会帮我找资料的人！"

赵敏笑："这样的人可遇不可求。罗非，就算到拍卖会上去投拍都不见得会买到这么聪明的人。而且，可可是你自幼的朋友，你不能抛弃他。"

罗非怒道："我才没有那种蠢朋友。"

天翼手腕上的微型电脑轻振，天翼表示歉意："我出去一下。"

罗密追出去："天翼天翼，谁找你？"

天翼苦笑，他的隐私呢？好吧好吧，天翼苦笑着把手腕伸出来给罗密看。

罗密惊奇道：“朱丽？！你妹妹找到了？”

天翼道：“二百个人声称自己是朱丽，问我有什么事，这不过是其中之一，不必高兴太早。”

回到房里，轻轻点击，弹出一个小小透明画面，上写：“如果你是人类天翼的话，请同我联络。”

下面是号码，天翼微微发呆，回过头：“这个比较像，是不是？”

罗密用力拍他后背：“这次一定是，打起精神来，高兴点儿！”

天翼拨号，电话上出现一个穿着淡青色制服的中年女子：“你好，这里是白凌川。”

罗密一下坐直，差些没站起来敬礼，他刚要问：“是不是拨错号了？”

天翼已发问：“朱丽在吗？”

那严装女子立刻转身吩咐：“叫朱丽接电话！”然后回过头来，“请稍等。”

罗密捏住天翼手臂：“白凌川！我们打电话到白凌川！”

天翼皱眉，被捏痛了：“白凌川是什么东西？”

罗密愕然：“我还以为你喜怒不形于色呢，笨蛋，白凌川是王宫啊！”

天翼也是一惊，然后笑：“王宫里的狗，是否比你们家的狗高贵些？”

罗密要回骂，一时不知如何开口，张着嘴，屏幕上已经出现一个美丽少女，长发披肩，鹿一样的大眼睛却又带一点儿俏皮。罗密就那么张着嘴，慢慢地涨红了小脸。

真是一个美女。

当初罗密挑上天翼，就是因为天翼漂亮，可是同这个少女的美貌不能比，这个少女，似一朵百合。

天翼轻声道：“朱丽！”

那少女眼睛已湿润：“哥哥！”

然后沉默了。

沉默。

这美丽的兄妹俩，就这么默默相对，良久无语。

罗密轻轻推推天翼，天翼微笑："干吗？电话费很贵？"

罗密再一次涨红脸："我不是那意思！"

天翼回过头去，对朱丽微笑："还好吗？"

朱丽擦擦眼睛："主人对我好极了，你呢？你还好吗？"

罗密忍不住道："天翼很好，我们是好朋友！"

朱丽吃了一惊："那是……"

天翼不情愿地介绍："罗密，我妹妹朱丽。"

朱丽微微畏缩一下，好似不知如何招呼，罗密微笑："你好，我是罗密，天翼找了你好久，能找到你，真让人高兴。"

朱丽迟疑一下，轻声道："谢谢主人。"

听到她叫主人，天翼臭着脸，沉默，罗密道："叫我罗密好吗？我同你哥哥是好朋友。"

朱丽再次轻声："是的，主人。"

她身后一个女子高声："你叫谁主人呢？"

朱丽被一把掀开，一个短发粗眉大眼的女子出现在屏幕上，怒目圆睁："我看看谁敢让我的朱丽喊他主人，奶奶的！"

天翼与罗密都不由自主地向后退了退，这声势惊人的女子是谁啊？王宫里的厨子也不会这样没水准吧？

只听那女子厉声："你们两个小鬼！站起来，见到公主殿下，还不起来致敬！"

两个男孩儿对望一眼，虽然不是同类，但表情是一致的，都是张大嘴瞪大眼，半晌罗密道："你你你，你唬谁啊！"

那边朱丽好容易把小脸挤进来一个角，焦灼地道："快站起来，这是香文雅公主殿下。"

罗密惊得跳起来，天翼却禁不住"哧"的一声笑出来："文雅？"

香文雅公主的手指差一点儿戳破屏幕，从屏幕里伸出来指到天翼鼻子上："就是你这个小鬼吓唬我们朱丽吗？臭小鬼，你是不是想找死！"

天翼笑不可抑："对不起，公主，我是小人儿，不是小鬼。"

那公主暴骂："我看你也是个小人！"然后忽然惊悟骂错了，一时有点儿尴尬，"你是朱丽的哥哥？那么，那个小鬼才是你主人了？"

罗密恭敬地鞠一躬："很荣幸能见到殿下。"

香文雅讪讪地道："没啥好荣幸的，天翼，你是叫天翼吧？你主人对你还好吗？朱丽天天担心呢。"

一听就是个好主人，天翼收起笑容，站起身来："他很好，谢谢你照顾朱丽。"鞠躬。

香文雅再次讪讪地道："嗯，你们聊吧，好好聊，我出去了。"

两个小朋友再次低头弯腰。

天翼同朱丽并没有聊很久，彼此很客气地问候了对方，罗密以为自己在边上让他们的沟通出现障碍，结果他离开后，两人轻声说："那么，既然这样，安全就好，如果有什么问题，你现在知道如何联系我。"然后是再见。

过了大约半个小时，天翼腕上电脑振动："公主同意你到白凌川探访我，可否？请回话。"

天翼拉拉罗密衣服，让他看朱丽的留言。

罗密欢欣："啊，公主要接见我们！"

第二天，两个孩子都回家，罗密向哥哥借车子，带着天翼去白凌川。

罗密坐在自动驾驶的车上，手指不住轻敲桌子，有事无事，一脸笑容。同时向天翼解释香文雅公主也叫青丸公主，青丸是她的封号。天翼静静地坐着，眼望窗外。

城里都是低矮的一座座二三层小楼，一片绿色，倒是城郊，楼高入云。每次在城市上空飞过，天翼都觉得窒息，在空中可以看到，他要对抗的，是一个多么庞大的机构。不知道还有没有别的人也像他，自幼已立志要反抗吸血鬼。

天翼低头看着自己小小的一双手，一粒沙想要改变沙漠。

罗密问："你不开心？"

天翼回头微笑："我还好。"

罗密讶异："你要见到你妹妹了，要是我，一定高兴疯了。"

天翼没有解释。

天翼看到的灰色与黑色太多，他无法欢笑。

王宫停车场指引罗密的车子停在草坪上，穿着白衣黑裤的女仆过来引路。

穿过草坪，只见一个短发少女身着便装坐在马上，正同一中年女子说着什么，两人都十分严肃，那中年女子脸色铁青，却尽力以平静克制的态度说话。那少女则毫不客气地以不字开头说话。

女仆过去，站在一边良久，不敢插嘴。天翼与罗密忍不住往前走了几步，终于那中年女子转身而去，女仆才上前通报："殿下，罗密先生来了。"

那少女暴怒："谁是罗密？"

女仆低声道："是朱丽的哥哥的主人。"

少女想了一下，哼了一声："老子今天不爽，谁也不见，带天翼去见朱丽，让那个什么罗密在外面等！"

女仆转回来，差不多转头就看到了罗密，微微有点儿难堪："罗密先生！"

罗密涨红了脸，差一点儿就要流下泪来，他一声不吭地站在那儿，只想有个地缝钻进去。

女仆苦笑："罗先生请稍等，我带天翼去见朱丽。"

天翼冷冷道："老子今天更不爽，罗密，我们走！"

一声嘶鸣，那少女已踏马过来，本来就有点儿倒竖的眉毛，现在成了倒八字，真像一只小狮子。她怒吼："你好大胆子，敢在我面前说老子！"

天翼怒道："公主殿下，守约是美德。不管你是公主还是女仆，如果你不打算见我们，大可不必开口邀请我们，我们毫无损失！既然我们来了，你怎么可以说不见就不见！"

那小公主倒竖着蛾眉，叉着腰，怒视天翼，可是瞪了半天，也找不到话来反驳，竟气笑了：“朱丽说你是个刺头，一点儿没错。”

天翼沉默一会儿：“让罗密同我一起见朱丽好了，你不想见我们，我们也不想见你。”

青丸跳下马来，哼一声：“难道你没见到我吗？你是个人，我不同你计较；要是吸血鬼，看我不痛打你一顿！”

天翼轻声：“我是一个人，我很以此自傲。”

青丸上上下下地打量天翼，微笑：“现在会说这话的人可不多了。”然后她转过头去对罗密说，“小罗先生请原谅我的无礼，我刚被宫中的女管家啰唆得不行，看你的宠物的样子，你一定是个宽容的主人！”

罗密通红的小脸儿好容易缓和了，结结巴巴地说：“天翼是我的好朋友。”

青丸笑道：“希望你们会一直是好朋友。咦，朱丽还没来，那我们过去吧。”

朱丽不在她的房间，青丸一愣，略一深思，惊道：“糟了！”

回身上马。

罗密追上去，天翼虽然久在丛林生活，身手敏捷，到底与吸血鬼的身体构造不能相比，无论如何也追赶不上。

天翼远远见那青丸公主短发为风吹拂，衣衫在身后猎猎作响，整个人如同与马融为一体，那种飒爽英姿第一次让天翼觉得自惭形秽。

忽然间，青丸的马人立而起。

那样一个十几岁的少女，在马背上，小小的一团，天翼忘了她是吸血鬼、她有百万马力，吓得差点儿大叫出来。可是青丸似长在马背上一样，不管那匹马如何腾挪跳跃，青丸贴在马背上，那身手让天翼惊艳。

跑近一看，原来青丸不住策马去践踏刚刚同她争执的那个中年管家。

青丸那匹马跳起来，前腿不住向那中年女子踢踩。

天翼惊骇地看着这个坏脾气公主，耳里忽然传来朱丽的哭叫声：“哥哥，哥哥！”

天翼转头，看见两个女仆正架着朱丽，然后听见青丸怒叫：“放开她！”

两个女仆看着管家，不肯松手，青丸冷笑："好！今儿终于知道这白凌川里谁是主人了！"

这小丫头，忽然俯身自马背上抽出箭来，一手搭弓一手执箭，对住那管家，她冷笑："我文雅做人时也没受过这种气！我倒要看看，我今天射死你能不能被判死刑！"

那管家被箭对住也吃了一惊，然后发现箭头上银光闪闪，竟然真的是射死吸血鬼用的银头箭，她不禁大惊失色："公主殿下！"

青丸阴沉地道："放开朱丽！"

管家暴怒了："别以为封你做公主，你就真是贵族！三代以下没有贵族，何况你不过是个新鬼！我才是真正的贵族，你敢动我——"

她的话未说完，青丸的箭已经射了出去。

正中大腿，银箭射入身体，只听"刺"的一声，冒出白烟来。天翼第一次听到吸血鬼的号叫声，那惨厉的声音、变形的脸、伸出来的獠牙、暴起的血管，真让人惊骇。

青丸一手自马背上再一次抽出箭来，冷冷看着那两个女仆："谁，是白凌川的主人？"

两个女仆立刻放手，朱丽大哭着跑了过来。

青丸仍一手执弓，冷笑："我同你们客气，倒客气出一群祖宗来！罗密，你先把朱丽带走！来人！"一个马夫跑过来，大惊："文……公主，你做了什么？"那马夫浓眉大眼，甚为英俊。

青丸道："做都做了，安德鲁，先送他们走。"

天翼问："朱丽怎么了？公主，我们带走她，可会给你带来麻烦？"

青丸冷笑："不干朱丽的事！这些王八蛋，说宫里的规则，女人都要绝育才能在宫里做宠物，你快带朱丽走，这是我的事，不是因为朱丽，而是任何一个人，我都不会让他受到这样不人道的待遇！我非得让这些个王八蛋明白，这宫里谁才是主人！"

安德鲁已起来："三位，请随我来。"

天翼不再多说："保重，公主殿下！"

三个小孩儿，转身离开王宫。

罗密坐在车上，一双手，还瑟瑟发抖。

虽然他们上车并没有受到拦阻，可是刚才的事，还是令罗密惊惧。他第一次见到公主，第一次见到贵族，第一次见到银箭，第一次见到银箭伤鬼。

天翼低声：“对不起，给你带来麻烦和危险。”

罗密轻轻拍拍天翼的手，那只颤抖的小手，努力地还想安慰他人，天翼苦笑。罗密是良家子，不像他，见惯了生生死死，经惯了事。

可是罗密真是一个好人。

天翼转过头去看朱丽：“朱丽，怎么回事？”

朱丽同罗密一样，在发抖，半晌才道：“宋平管家要带我去绝育，公主不肯。宋平说，绝育是宫里的规矩。她们吵起来。后来公主不在时，有两个吸血鬼要把我带走……”

两个小朋友都不太明白这种事应该如何处理。过了一会儿，天翼想起，他电脑上有号码，天翼拨号，并不抱什么希望，可是竟然拨通了，屏幕上先出现的是一只穿着马靴的大脚，那只脚支在桌子上，然后听见笑声，摄像头自动抬起，对准发声处。青丸笑道：“呵呵，不好意思，朱丽怕是要在你们那儿住几天了。”

天翼问：“你还好吗？”

青丸笑道：“我被软禁在这儿了。”

天翼说：“谢谢你为朱丽出头。”

青丸大笑：“你不必那么想，我在自己的王宫里应该有执行自己的意志的权力，不是为朱丽，而是不能这样对待人类。”

天翼问：“我们能做点儿什么？”

青丸摆摆手：“好好照顾我家小猫，掉一根汗毛，我同你算账！”

本来天翼最恨人家把他们比作猫狗，可是青丸这样说，他只是点点头，毫无脾气道：“好。”

3

回到家里，罗大同与赵敏对车上多了一个少女大吃一惊，但是他们很快表示欢迎朱丽的到来。

天翼坦白："对不起，罗先生，夫人，朱丽可能会给你们带来麻烦。"然后他讲述在王宫见到的一切。

赵敏皱眉："这件事，可大可小，可是青丸公主这个性情，怕是不肯妥协，非闹大不可。"

罗大同点点头："我支持青丸公主。"

赵敏黯然："我都快忘了，我们曾经有过被人叫贱民的日子，想不到三代以下无贵族的说法，到今天还有人敢提。"

罗大同苦笑："你还记得未央城的那场暴乱吗？"

赵敏道："我的朋友就死在那场动乱中，自此以后，废除一代吸血鬼的观察期，每一个吸血鬼都是平等的。可是，无形中的歧视依然存在。宋平的这些话，传出去，怕是又一场风波。"

天翼瞪大眼睛，他从来不知道，原来吸血鬼内部还有这种等级制度，看来，赵敏所说的不公平普遍存在，倒是个真理。

赵敏弯腰对小朱丽微笑说："放心留在我们家，尽管当作自己家里好了，你是我们尊贵的小客人。"

朱丽不安地说："谢谢主人。"

罗非最晚回家，看到朱丽顿时惊叹一声："咦，真漂亮！"转头向赵敏道，"妈妈，这回这只宠物，一定得归我了！"

赵敏笑："胡说，这是青丸公主寄养在我们家的，你别太放肆。"

罗非摸摸朱丽的长发，捏捏朱丽的脸："真漂亮，味道也香。"

朱丽只是瑟瑟发抖，连躲也不敢躲。

赵敏皱眉："罗非，朱丽与你有同样智力，她会觉得受辱。"

罗非笑笑，没有弱智的好玩儿，弱智的可以亲亲抱抱，绝不懂提出抗议。不过，一般家人也不会买异性宠物给青春期的孩子。

天翼低声向赵敏道谢，赵敏未待答言，听到一声惊叫，回头，原来是可可，正学着自己主人的样子，一只巨手揽住朱丽，另一只巨手轻摸朱丽的长发。

虽然动作温柔，可是他的巨大手臂强壮不可撼动。朱丽惊恐不已。

可可并不懂发生了什么，他的鼻孔张开，呼吸急促，身体发热，手指颤抖，他不知道发生了什么，只知道怀里这个小人给他带来极端的甜蜜感受。

罗非气笑，他刚刚玉树临风的样子，被可可用笨拙的动作重复一次，还真是丑怪，居然敢学他！罗非骂道："放手，可可，小心我阉了你！"

可可不理，大手在朱丽头上轻抚，温柔地捞起朱丽长长的发丝在鼻端嗅，他的额角青筋跳动，离得老远的人都可以听到他心跳的声音。

罗非不得不过去，狠狠捏住可可手腕，硬生生把可可拖开，可可立刻发出号叫声，凄惨地大哭挣扎起来。

天翼扑过去，拖开惊魂未定的朱丽，搂住朱丽："别怕。"

可可被拖走，赵敏过来安抚："别怕，朱丽，我会处理这件事。"

天翼轻轻放开朱丽，沉默一会儿："你们，会把可可怎么样？"

赵敏道："我们会郑重考虑，做出对可可最好的选择。可能会带可可去打针，降低他的性欲。可可到了青春期，这件事，我们早晚要面对的。"

第二天一早，赵敏同医院联络："好的，我们最后确定一下时间，这是我的电子签名，我已同意支付账单。"

然后向罗非点点头。

罗非过来拍拍可可的肩："多吃点儿，今天的天气好，我们出去走走。"语气那样和蔼，让天翼慢慢地抬起头。

呵，罗非的眼睛里倒真的有一点儿关切与忧虑。

可可点点头，毫无疑问地跟着去了。

天翼看着罗非与可可走出大门，一路上罗非还轻轻地拍着可可的后背，这少见的温柔让天翼的胃缩成一团，那有着一点点清甜的白粥忽然都成了苦味，天翼放下勺，站起身来。

追上去，阻止他们！

不可能的，如果可可真的强奸了人类少女，怎么办？

可可是个宠物，生在这里长在这里，即使他们肯放他走，他也无法在别处生存。

他要在这里生存——受人照顾，白吃白喝，就一定要付出代价。

有一天，这命运会不会也落到天翼头上？

天翼忽然弯腰，吐了起来。

罗密过来收拾，把吸尘器放到地上，小小机器人自动扫描，发现目标，呜呜呜滑过来，扫扫吸吸擦擦，把地上收拾干净。罗密给天翼一杯水，轻声道："我哥只是带可可去打一针。"

天翼厉声："你哥为什么不在自己屁股上打一针，我看他发情发得比可可还厉害！"

罗密默然。

赵敏轻叹："对不起，天翼，这件事，对我来说，也不是一个容易下的决定。我没想到更好的办法。你不用担心，这种事绝不会落在你头上。"

不会吗？真的不会吗？

赵敏想了想，又说："药物不是永久性的，有效期一年，如果以后可可有了合适的对象，如果他想留下后代的话……我觉得这样对可可比较好。"

天翼沉默了。

赵敏说："这件事我已考虑了很久，从可可开始发育那天起，我一直希望找到一个比较好的解决方式，不是因为可可做错事而惩罚他，天翼，这只是不得不解决的一个问题。我们收养了可可，要对他负责，可可无法控制自己，如果放任不管，有一天会出事的，我不想可可做出无法挽回的事。"

天翼沉默了，半晌他抬起头道："谢谢你。"

最让天翼感激的是，赵敏真的为可可忧虑。

在赵敏眼里，可可虽不是一个平等的人，至少也是一个平等的生命。

可是他发呆的时间更长了，对食物与游戏都不再感兴趣。

天翼在网上发了一个帖子，查询那种针剂的副作用。搜索之后，收获甚丰。

包括一篇上万字的科学论述：此针剂的主要作用是抑制大脑边缘神经活动，主要针对性欲区域起作用，但是由于食欲以及其他一些会产生快感的神经束很难区分，经常会有其他欲望，包括生存欲望同时也被抑制的现象。

少数抑郁型人类会产生严重的药物性抑郁症，如不及时发现，可能会导致其自残、自杀死亡。

若干帖子在热烈讨论：

“不知道，谁关心，你是个人类吗，还是养宠物？养宠物是一种极端无聊的行为。”

“我家两个宠物打过那个针后变得像另外一个人似的，脾气奇坏，不住捣乱。送到驯化所后，有一个竟然从十五楼跳下自杀了；另外一个，也有自杀冲动，正在医院做心理康复治疗。”

“比阉割还痛苦，阉割灵魂比阉割肉体还痛苦。这种生活，再没什么值得留恋的了。没有任何事能引起我的兴趣，生活没有任何乐趣，我不想吃东西，我不想同朋友交谈，我不想做爱也不再爱人，生命中所有的诱惑对我来说，都是狗屁，我现在已经六根清净。只不过，这样的人生，有什么继续下去的理由？”

“我家宠物打针之后，再不骚扰别人家的宠物了，表现良好，有一点儿消瘦，不过更漂亮了，我很满意。”

“你怎么不往自己屁股上打一针试试？”

接下来的帖子是两个人互相谩骂。

还有一个视频：

画面打开，是一个看上去极清秀的男孩儿，他微笑：“我叫命运，我的主人的名字我不方便说，她对我很好，她是个好人。不过，我没有高贵的血统，只是一个普通人，所以，像每一个普通人一样，我必须控制我的欲望。但是，我爱上了她。我选择了注射药物，我现在已经不爱她了，注射之后，我不再爱任何人任何事。”

命运微笑，那笑容温和而凄凉，他举起右手，手里一把锋利的刀：“我抗议这种注射，我也抗议阉割，我宁可选择死亡。”

刀尖划过命运的手腕。

命运喃喃：“我宁可选择死亡，也不要这种生命。”他终于慢慢倒在地上，张开的双臂下，两大摊鲜血，像红色的翅膀，也许，他的灵魂借此飞翔。

命运瞪着眼睛，看着半空中不知名的地方，眼睛里的光，渐渐熄灭。他不再痛苦了。

天翼坐在那儿，一动不动。

他曾经有过的短暂的幻想，人与吸血鬼的平等和平友好……

幻想却裂成碎片。

4

天翼与青丸通话，青丸的样子看来有点儿沮丧。

天翼歉意：“公主。”

青丸倒笑了：“公主是我的名字？”

天翼问：“你没事吧？”

青丸叹口气：“没事，刚被女王陛下暴骂一顿。”

天翼沉默。

身后一声怪笑：“你倒笑得出！”

天翼一惊，回头看到罗非。

罗非笑嘻嘻地说：“满街的报纸，都是青丸公主的玉照，真是风头一时无两啊。”

青丸坐起来：“这个讨厌的家伙是谁啊？”一见到吸血鬼，青丸立刻现出不客气的一面来。

罗非欠欠身：“在下罗非，是朱丽的哥哥的主人的哥哥。”

青丸愣了一下才明白这关系，本要发作，也禁不住被逗笑：“我晕。”

难为罗非的嘴巴能说得如此清脆。

罗非咧开嘴笑："我刚看了娱乐版，据说，你是因为不满意管家为宠物进行结扎手术，用违禁的银箭射伤了管家？顺便问一句，公主哪儿弄的银箭啊？"

青丸耸耸肩："只是个银箭头罢了。我没被你们逮住之前，是吸血鬼猎人。"

罗非愣了一会儿，说："那也太酷了吧。"

青丸探过头来："像你这样的小吸血鬼，我杀过几十个。"

罗非目瞪口呆："可是你的祖先香柯就是吸血鬼啊，你自己根本就是半个吸血鬼啊！接受圣血之后，你就是最正宗的吸血鬼了！"

青丸道："没错，我们家老祖宗香柯是吸血鬼，不过，吸血鬼猎人组织也是她创建的，还有那什么圣血是你们逼我喝下去的，我根本不愿意做一个变了种的妖怪人。"

罗非拍拍自己的额头，表示这一团乱麻真是吓到他了。然后他微笑："谁介意你真相是怎么回事，总而言之，你要想自己日子好过，千万别提你的信仰宗旨什么的，不要碰那些危险话题。这些话题虽然很时髦，可是咱们吸血鬼多数都不爱听，你只要说你想弄几个刚出生的小人玩玩，那狗屁管家不但不许，而且藐视地称你为新鬼，不配做公主，她才是真正的吸血鬼贵族。公主，努力把自己打扮成新鬼代言，咱们的法院吃过亏，对这类话题一向不太敢碰，肯定有你的好处。"

青丸一只手支着下巴，一只眼斜着罗非："你说得像是有点儿道理。"

罗非微笑，眨眨眼："不是白比你大两岁的。"

青丸大笑，然后问："小子，想要什么好处，我能办得到的。"

罗非低下头，轻轻吻了一下公主三维图像的玉手，微笑："您是公主大人，罗非早晚用得着您的。"

青丸道："哦，好，我欠你个人情，我想你是不会忘了来要的。好了，你别挡着屏幕了，天翼，朱丽好吗？"

天翼简洁地："她很好。"

青丸只觉天翼目光闪烁，欲言又止，只当朱丽有什么事不方便说，便向两位罗先生示意："我同天翼有点儿话说。"

罗非、罗密立刻出去了。

青丸手指轻点屏幕，把天翼拉近，笑问："在想什么？"

天翼沉默。

青丸道："你好像有什么想法？"

天翼低声："介绍我认识猎人。"

青丸沉默，良久道："相当危险。"

天翼道："我不怕危险，我只怕做一辈子吸血鬼的宠物。"

青丸看着天翼，这个年轻人的眼神那样冷、硬、凌厉，他确实无法做一只宠物。青丸抬起手，拍在屏幕上，指纹验证，然后密码验证然后开启三维识别系统，青丸站起来，三维扫描过后，屏幕上跳出一个会客厅，青丸添加客人，然后让天翼分别留下指纹密码与三维数据。这过程中，有一个男人问："谁？"

青丸回答："我，文雅，我来加一个客人。"

那男人沉默了，过一会儿说："文雅，你在王宫里闯祸了？"

青丸叹息："是，气闷得紧，一时没忍住。"

那声音叹息一声："你总这样，文雅，做大事不要太多妇人之仁。"

青丸赌气道："仁义这东西，哪那么容易收发自如？"

沉默。

青丸说："好了，天翼，以后你可以进到这里来，至于他们是否接纳你，就看你自己的了。"

天翼的命运正在缓缓展开，他等了两分钟，这已经是身份验证的极限速度了，没有更慢的了。终于"咔"的一声，大门打开，天翼的心脏跳动，吸血鬼猎人组织向他敞开大门，如果被这个国家的人知道，怕会立刻被人道毁灭。

进去后是个大厅，没有任何说明，大厅里是一个走廊，里面很多扇门，天翼沿走廊前行，随便点了一扇门，门上慢慢出现一个红色的大字"滚"。天翼呆了呆，再去点另外一扇门，那扇门只是慢慢地变黑，然后隐入墙壁中。

天翼再敲。

十几扇门，没有一扇能打开，转过一道弯，面前忽然出现上百扇门，每一扇门上都写着“请勿打扰”。天翼呆呆地看了一会儿，转身回到大厅里，在大厅里找了又找，连墙角都敲过了，什么也没有；再次去走廊里敲门，所有的门都没有反应；转过弯去，敲那些请勿打扰的门，忽然屏幕一黑，上写六个红字：“你已被踢出局！”

天翼暴怒着打开网站再一次登录，大门紧闭：“凡被高级会员踢出者，一周之内不得再入内。”

天翼气昏。

5

因为青丸打伤管家非常有娱乐性，又无政治背景，广大吸血鬼群众喜闻乐见，电台竟花大价钱买下庭审直播权。

天翼在电脑上看到与平时不一样的青丸，沉静端庄的青丸。

有朱丽那样的美女在一边比着，很难让人对青丸想到美丽二字，可是青丸确是一个长得十分端正的女子，她的下巴有点儿宽，颧骨有点儿高，眉毛太浓太凶，嘴角太过坚定，目光太过闪亮，可是这一切搭在一起，在一个正式场合，显得那样高贵庄严。

在一番简洁正常的答辩后，青丸道：“我如何处置我的宠物，我的处置是否正确，并不重要。重要的是，我是否有处置我的宠物的权利？一个普通吸血鬼有的正常的权利，我有没有？如果我没有，在我的白凌川里谁有？我到底是白凌川的主人，还是囚犯？我曾多次向女王陛下申请更换管家，至今未得到答复，我不应该同一个下人动手，不过，这个下人并不认为我配做她的主人，她称我为——新鬼！她说：‘你这样一个新鬼不配做我的主人，我才是真正的贵族！’我记得宪法规定，在吸血鬼世界，每一个吸血鬼都有平等的地位与权利，人人生而平等！原来并不是这样，我身为一国的公主，尚且如此，其他第一代吸血鬼，有什么平等的权利可言？”

整个法庭立刻呆住。

新鬼与贵族——吸血鬼世界最敏感的话题。

主审的安德鲁法官现在唯一的想法就是：“休庭，我要休庭！”可是他没有理由，他不能说因为这个话题太敏感，他不敢判，所以他要休庭！

律师也呆了，他接手这个案子只想做一个故意伤害与误伤的辩论，有可能会在娱乐版露露脸，卖弄一下嘴皮子。忽然间他意识到，这个案子会使他大红，或者臭名昭著。机会来了，机会来了，可是这个情况好生棘手，如何才能把握好？

记者们是最先反应过来的，哈，著名的新旧鬼之争，再一次被爆料公主提了出来，哈，他们真是生逢其时。

沉静了一分钟之后，忽然间庭上“咔嚓”声一阵阵响起，闪光灯亮成一片，照得庭上简直如正午太阳底下一般，所有的吸血鬼都禁不住眯上眼睛，只有青丸公主沉静地高贵地态度如常地站在那儿，她早有思想准备。而庭上的其他人则呆若木鸡，相形之下，青丸高贵如鹤立鸡群。

安德鲁喘了口气，借机道：“肃静，不得扰乱庭上秩序！”可是哪有人管他。闪光灯不停地闪，记者像见到大餐的饿鬼一样，举起照相机，让小马达自动带动快门，连拍个不停，拍完公主拍庭长，拍完庭长拍律师，拍过律师拍原告，连庭上法警与坐在后排的观众都照顾到。

安德鲁站起来：“鉴于法庭秩序无法维持，暂时休庭！”

青丸没有表情，直到离开，嘴角才浮现一个有控制的微笑。她的律师扑过来：“公主殿下，下次再有什么话，千万先同我说一声。不要走，来来来，我们研究一下案子。”

青丸微笑：“鉴于你今天在庭上的沉默表现，你被解雇了，我已找到新律师，而且，他会代我向律师协会投诉你。”转头，“彼得。”

青丸身后转过一个身材高大一身深灰色西服的男人：“我是彼得，青丸公主的律师，这边谈。”

效果很好，青丸成功地制造了混乱。

在此后的几场庭上辩论中，彼得表现得沉稳而凌厉，他最后的陈述像一场华丽演说。

王室不得不出来声明，女王陛下早已斥责过宋平，要求她满足青丸公主的合理要求。至于更换管家，从未有未成年公主提出此种申请，王室也从未有过此种先例，故此正在慎重考虑。王室从未有轻视新鬼的想法，宋平的言论只代表她个人，不代表王室态度。

同时女王对青丸公主私自向外界透露王室内务表示不安。

可是小报的头条写着“青丸公主遭遇新鬼歧视”，第二条是女王斥责青丸公主。

天翼看完报纸，发现可可抱着一大捆白布，天翼问道：“这是做什么？”

罗非笑着把白布圈到打印机上，开动机器，印上血红的标语：“支持青丸公主”“新鬼有平等的权利”“还新鬼自由”。

罗大同与赵敏在一边，目瞪口呆，良久相顾道：“罗非——是不是有点儿过分？”

罗非抬头微笑：“没关系的，妈妈，我不过是觉得好玩儿，等真要出乱子，我保证第一个跑回家。”

罗大同愕然：“那么，你只是作秀。”

罗非吐吐舌头：“我只是小试一下组织领导能力。”

这下子，罗大同与赵敏一起面面相觑，异类啊！罗家一家子好人，罗大同虽然是个议员，但他也不是个政客，他是真觉得必须站出来说话，所以才站出来说话的。这个罗非，像谁呢？夫妇俩相顾一会儿，也明白了，这孩子像他叔叔，西大陆重工集团的总裁罗斯福。罗大同轻叹一声，斯福也是这样一副唯恐天下不乱的嘴脸。

罗大同喃喃地道：“也不知谁给青丸公主出的馊主意，让王室这样难堪，岂会不遭到王室报复？这孩子，真是莽撞。”

罗密差一点儿就说出来，是罗非出的主意。

不过，罗密不是一个会告密的孩子。

天翼已转身去问罗非："公主会不会遇到大麻烦？"

罗非笑："她本来就遇到了大麻烦，公主殴打自己的管家，被告上法庭，她的政治生涯已经完蛋，现在她至少可以死得像个英雄。"

天翼被他气昏了："你不是故意陷害公主吧？"

罗非一脸蔑视："你懂个屁！我不同白痴讨论问题，等你真的明白什么叫政治、什么叫上流社会再来指责我吧。我的主意，对青丸公主个人来说，尤其是从长远来说，绝对是最好的主意。"

天翼哑口无言，他只有一个感觉，那就是罗非不是个好人，可是他确实不懂，他帮不了青丸公主，连骂人都做不到。

天翼沉默。

他觉得沮丧，可是他惊骇地发现自己的沮丧居然是因一个吸血鬼而起的。

难道，这是——传说中的爱情到来了吗？

他对青丸的关心，超过对朱丽的关心。

天翼忽然沉静下来，记忆中的摆在桌上的青丸的大脚，那只脚轻轻打着拍子，轻轻地拍打着天翼的灵魂。不知是痛是痒，一下一下，触动他的灵魂。

天翼冷笑："我爱一个吸血鬼吗？而且是吸血鬼公主？"当宠物爱上主人，后果是什么样，他不是已经见识过了吗？爱情对他而言，是无用的。

女王表示不安的当天，已有小股抗议人群在街头聚集，天翼看着罗非兴致勃勃的样子，不知道他是在玩还是帮青丸。

第二天，已有上万人聚集在法院门前、国会广场、白凌川前举着条幅游行示威。

大量警察出动，防暴部队进城。

不知道发生了什么，宋大管家无声无息地撤回指控，白凌川中换了新管家。一场骤然而来的动荡，骤然而去，只有报纸上电台上，还在说着当年的未央城动乱。

天翼在电脑上搜索未央城暴乱：×× 年，一位刚刚成为吸血鬼、正在头两年被监视居住期的能源专家，离开自己的城市但未向当地警察备案，在城郊被四个警察飞车追上。这位暴脾气的专家王某拒绝回到警署备案，拒不停车，与警车发生轻微碰撞后，被四个警察拉下车，用警棍毒打。

其整个过程被路上电子眼拍下，并被几个黑客在网上非法传播，使本来就对新鬼须经“二年内监视居住、五年内定期向警方报到、十年无选举权及其他法律限制的权利”的规定不满的吸血鬼大为震怒。这些新鬼，占吸血鬼人口的百分之六十，要么曾与人类有过激战，要么具有非同一般的学识与能力，都为吸血鬼国家的成立做出了牺牲与贡献。可是新鬼审查法规正是限制了他们的权利。

王某起诉四个警察的当天，法院内外围满了人，那位高贵的贵族吸血鬼法官傲慢地宣布四个警察无罪。

半个小时后街头已人潮涌动，那位高贵的法官回家时，发现道路堵塞，他摇下车窗，向路人询问：“发生了什么事？”

结果站在路上的那位刚刚看了直播的新鬼，大叫一声，顿时人群将他的车子围住，木棒石块打碎了车玻璃，这位高贵的法官被人群殴打践踏而死，最后要靠路边找到的头骨碎片与内脏组织做 DNA 鉴定才能确定他的死亡。

整个暴乱死了几十个吸血鬼，伤了上千个鬼，经济损失达几十亿鬼元。

天翼看罢，对罗非的大胆再一次有了深入了解，如果一个十几岁的孩子明知道一句话能造成这样的风波，他竟敢怂恿一个不知情的新鬼去说，这胆量真是非同一般。也许，只有十几岁的热血少年才有这胆子，而罗非并不是热血少年，那么只能说他是一个小小野心家。

事情没有演变成大暴乱，但游行示威依然继续，罗非仍带领自己的同学，在国会大厦门前请愿，请求简化成鬼审查程序，废除不平等税收政策。一时支持者众，罗非成功地在电视上露面，发表演讲，成为当地吸血鬼领袖。罗非的同学，大多是第二、第三代吸血鬼，但他们的父母都是新鬼，知道不平等税收对他们的家庭的影响。罗非的举动深得民心，虽然一时没能成功，但对于罗非个人来说，他已经成功。

没多久，他加入新鬼党，在党内享有很高名望。

整件事唯一从中得益的就是罗非。

青丸虽然免去了与自己管家对簿公堂的尴尬，但王室的报复也是严厉的，青丸被送入号称管理最严格的紫萱贵族女子寄宿学校，据说那个地方连上网都是有时间限制的。学习期间，甚至是不允许走出校门的。王室的公主们，通常叫那个地方为“王室女子监狱”。

6

天翼锲而不舍地去猎人网站里转，只要一点“请勿打扰”，铁定会被踢出来。所以天翼只得敲那头几扇门，头几扇门要么隐身，要么沉默，要么出现“滚”字，有时也出现“关门，放狗”。

当然没有真的狗出来，可是三维立体的恶狗流着口水嘶叫的画面也很恶心。

有时，大厅里会出现几个灰蒙蒙的影子，一开始，直吓得天翼以为见鬼，后来才发现进入网站时可以选择隐身，别人看起来就像灰蒙蒙的鬼了。天翼每次见鬼都扑过去询问，可是往往说声“喂”，对方已经消失在墙壁里。

天翼去到第四次，撞上从墙壁里出来的一个隐身人，才大叫一声：“我要加入猎人组织！”那鬼站住，好像在上下打量天翼，天翼重复：“我想加入猎人组织，请指点我，怎么做？”

那鬼含糊地说了句什么，手指指一个角落。

天翼这才看到角落的一张桌子上慢慢出现了一个小本子，他伸手碰了一下，那本子打开来，上写：“请留言预约。”再回头要问时，那个鬼影也消失了。

天翼愤怒地写上：“有没有活人？出来一个！”

忽然听到一个很轻很温和的声音问：“你找谁？”

天翼又惊又喜又愤怒又委屈，一刹那，差点儿没哭了，第一句话是：“我已经来了很多次了。”

转过头来，看见一个英俊文弱的年轻人，看上去有二十多岁，他长得非常英俊，白而瘦，一双大而深的眼睛柔和地带着一点儿羞涩的笑容。这年轻人，活似邻家英俊秀气的大哥哥，天翼同他比起来，更似野生动物。

他听到天翼的抱怨，就打开留言本，看了一眼：“你今天才留的言。”

天翼道：“我今天才看到这里有留言本。”

那年轻人微笑：“如果你非常想见我们，总会见到的。”

天翼明白他的意思，这里不是游艺大厅，不必写清游戏指示，如果你愿意找总会找到，如果你找不到也不是他们的损失。

天翼压下气来，沉默。

那年轻人翻看着那个本子，不知为什么，天翼看时只有空白的本子，在那年轻人手下，却显出许多页来，上面密密麻麻写着不知什么。过了一会儿，那年轻人抬头，叹口气，天翼发现他不笑时，有一双悲怆的眼睛，他问：“我可以为你做些什么呢？”

天翼沉默一会儿，想了想说：“我来自诺翰国野外，被吸血鬼捕到后，曾被送到农场采血；我逃走了，然后被一个残暴的吸血鬼抓到，受到狗一样的待遇；我再次逃跑又被抓到收容所，在高压水龙头下，幸运地被又一家吸血鬼收养。如果早些时候遇到你，我希望，能偷渡到人类国家去。”天翼顿了一下，那年轻人耐心地倾听，他接着说，“现在，我希望，我能为自己与这个国家的人类做点儿什么。请告诉我，我能做点儿什么？”

那个年轻人有点儿意外，他微微扬眉，然后微笑了，那是一个无比亲切具有魔力的笑，他说：“啊，请坐！”天翼轻点鼠标，让自己坐下，那年轻人点开一个记录本：“你是天翼吧？噢，天翼，你的处境很不错，罗大同是有名的人类组织领袖，他的妻子也是著名人权活动家，一个有地位有权势有爱心的家庭，你应该得到很好的照顾。”

天翼轻声道：“我的愿望并不是得到很好的照顾，我的愿望是做一个人，我不要做宠物。我不是用来给人玩的，也不是用来给人爱的，我是一个人，我愿意用劳力智力换取生存的权利。照顾——那是什么意思？那个词好似有辱我的自尊！”

那年轻人显然没想到会听到这样的回答，他的笑容淡去，微微沉默了一会儿，他点点头，轻声道：“说得好！”他的脸上忽然现出一种肃穆、一种执着、一种因坚定不移的信仰而带来的力量，他凝视天翼时，眼睛里有一种让人恐惧的吸引力。

他向天翼走过来，天翼近距离地看到他紧抿的嘴唇上的坚定棱角、他目光里的坚韧与执着，他伸出手，说：“说得好！如果你愿意，请考虑加入我们，我是张杰明！”

天翼觉得张杰明十分耳熟，轻轻点了点搜索，立刻出现数十页张杰明，其中最多的是张杰明与新兰市爆炸案的报道。天翼禁不住“啊”了一声跳起来，屏幕上的天翼，忠实地表露出他的讶异，也跳了起来。原来，是那个张杰明！

张杰明微微不好意思地笑了：“是的，我是全球通缉犯。”

他在全球通缉犯里排名第一，是全世界吸血鬼的敌人。

天翼张大嘴看着面前文弱温和的年轻人：他？

这个带着一丝羞涩的笑的年轻人？这个样子？他看起来，好像刚毕业的学生。

张杰明微笑着：“参加我们是非常危险的，随时都有可能牺牲，你好好考虑。”

天翼伸出手来，两个人在虚拟空间，握住彼此的手，天翼说：“我同你一样，愿意用生命来维护人的尊严！”

张杰明点头，没说什么，他眼中的赞许目光，把他想说的表露无遗。张杰明不爱说话，可是有一双会说话的眼睛。

张杰明伸手在墙上轻点，出现一扇门，他示意天翼去开门，天翼手掌按在门上，掌缘与门之间闪过微微的蓝光，然后门开了。

张杰明与天翼一起进到屋里，张杰明说：“别怪他们不理你，在这里，每个人都有一张真实的脸。也就是说他们如果在这里见过你，在外面的世界就能认出你，让陌生人知道自己的猎人身份是极其危险的。”

天翼点头：“明白了，不过，留言册放得那么隐蔽，是否表明这里并不欢迎访客？”

张杰明笑了，过了一会儿，想了想：“即使这样，大量的留言仍令我们无法处理。”

天翼瞪大眼睛：“每天都有很多人申请加入你们吗？”难道他这么幸运，正巧遇到张杰明，申请立刻被批准？

张杰明笑了，这一次是真的笑了，他笑道：“不不不，天翼，不，来自别的国家的申请很多，但是诺翰国的，我们有个统计数字，同申请流亡偷渡的人比起来，简直九牛一毛。天翼，我并不是说诺翰国的人类懦弱，实在是这个国家的环境太恶劣。你想，那些人自幼接受自己被吸血鬼统治的命运，甘心成为其宠物，天底下再找不到那么好的待遇了，不必付出任何努力，锦衣玉食、受人宠爱。只要不要自尊，那真是天底下最好的职业，即使遭遇坏主人，他们的愿望也不过是换个主人。天翼，你是异类。”

天翼想起朱丽说的：“主人待我好极了！”好极了，给她买最好的衣服、最好的食物，打扮得似个芭比，为了保护她与同类争斗，好极了，什么也不付出什么也不必做，只要可爱，做个可爱宝宝吧，无助地等在那儿，主人有大量大量的爱施舍。还有可可，新宠物来了，要受他一拳，因为罗非是他的主人，他不允许别人分宠。

天翼沉默一会儿：“呵，是！”

是的。

天翼才是异类。

张杰明说：“尽管我们一直没放弃帮助真正面临生命危险的人类流亡，但是……流亡是不可能大规模进行的，那对诺翰国全体人类的处境，没有帮助。”

天翼问：“我们能做什么？”

张杰明的眼里再一次流露悲怆：“帮助那些愿意自助的人。天翼，我会为你提供你所需的培训、武器、金钱，甚至志愿者，以及有限的指导。

可是你问我，在诺翰国能做什么？我只能说，我个人的看法是，现阶段只能尽力提醒诺翰人类，让他们知道除了忍耐还有别的生存方式。”

天翼轻声问道：“你是否觉得我们已经不值拯救？”

张杰明摇摇头，过了一会儿，他说：“哪怕只有一丝希望，我们也不会放弃努力。天翼，知道吗，有时候，奴隶比奴隶主更不愿废除奴隶制。”

天翼道：“怎么提醒？教育？这里没有我们大声说话的权利。”

张杰明轻声道：“爆炸！爆炸会告诉所有人，我们不满，我们可以反抗！”

天翼轻轻合上双手，思考。

张杰明十分欣赏面前这个年轻人，以他在猎人界的声望，一般人听到他的建议都会现出恍然大悟的表情，对他的指导奉若神明。可是这个年轻人，郑重考虑他的提议，一个来自诺翰国的、有自己的思维能力的年轻人，一个不可能存在的年轻人，他这些年是被什么人教养的？当然不可能是吸血鬼，吸血鬼是无论如何也养不出这种人来的。

片刻，天翼道：“你有目标吗？”

张杰明说：“我觉得，你年纪还小，现阶段，应该做的是学习。”

天翼点点头：“我知道，不过，我喜欢有目的地学习。”

张杰明道：“大型的公共场所、有代表性的建筑，都是可以最大量地伤害吸血鬼，却不伤人类的地方。”

天翼轻轻点点头，然后问：“若我失败或暴露了，有流亡的可能吗？”

张杰明道：“可能性很小，天翼，三个人类国家都与吸血鬼国有引渡协议，即使你流亡，也不可能过正常人的生活，你将是一个活在黑暗中的，没有身份的人。”

天翼直起后背：“引渡协议？！”他无法想象，人类国家竟然并不保护反抗吸血鬼的人类，引渡协议？！人类会把自己的同胞，反抗吸血族的同胞引渡给吸血鬼？！

张杰明苦笑：“天翼，人类与吸血鬼的战争是如何停止的，你知道吗？清照国向诺翰国投了两颗核武器，诺翰国死伤的吸血鬼达十万之众，可是，更多的是人类，被炸死的人类，是吸血鬼的五倍。作为报复，清照国被投了二十枚原子弹，至今北国四岛寸草不生，整个国家等于已经不存在。因为岛上发生大规模动植物变异，整个海域被列为禁区，准进不准出。没有人类国家再敢投核弹，但是，吸血鬼也同样不敢，他们发现一个可怕的事实，人类的减少导致吸血鬼的血荒。他们试图开辟新的战场，人类国家结成联盟，几乎所有国家都在有准备的情况下选择在城市沦陷时启动核爆。吸血鬼最后不得不提出和平协议，停战，彼此承认生存权利，人类国家承认吸血鬼国家政权，每年提供相当数量的血液，吸血鬼国家愿意付黄金或石油来交换，对吸血鬼的内政不干预，对在吸血鬼国家犯罪的人类有引渡的义务。同时，吸血鬼承诺，不再扩展疆土，不再大规模繁殖，停止感染未受感染的人类，除非那个人类自己提出申请并得到吸血鬼国会的同意。不进入人类国家，进入人类国家的任何吸血鬼，在未犯罪的情况下应驱逐，在已犯罪的情况下可以按人类的法律判决。”

张杰明摊摊手：“就是这样。”

天翼沉默，啊，这样——

那么未来，某种情况下，人类会想办法消灭吸血鬼吗？从各方面来说吸血鬼都是较优于人类的一种生物，他们唯一的缺陷是需要人血，那么一旦他们找到替代品，是会放过人类还是会毁灭人类？或者有一天，他们会放过彼此吗？

7

青丸一学期结束，来到罗家看望自己的小宠物，一把抱起朱丽，亲亲朱丽的脸：“亲亲，宝贝你受苦了。”

朱丽红着脸，笑着推开青丸的烈焰红唇，然后紧紧拥抱一下：“公主，你才受苦了。”

青丸说：“那还用说，我这辈子也没吃过这么大的亏！”

“快说来听听！公主监禁所里什么样？”不是别人，正是不安分的罗非嗅到味道赶了过来，正倚在门框上微笑。

高大、白皙、英俊，有着完美身材与贵族气质的罗非，笑得那样温柔，青丸立刻排开众人，走到他面前，对着他伸出中指：“去死！”

罗非大笑：“别这样，我至少让你免留案底。一个留有案底、被判过有罪的青丸，在可预见的未来所遇到的麻烦，一定比女子监狱要大。”

青丸笑笑：“狗头，你从中得到的好处可不少啊。”

罗非搔搔头：“我擅长从各种事件中渔利，这是我的本事，不是我的错。”

一刹那，大家只觉眼前一黑，定睛再看时，罗非已在屋子的另一角呻吟。青丸轻轻拍手：“咦，原来学过的柔道还是很好用啊。”罗非呻吟：“你这个野人！”

青丸走过去，罗非伸手投降：“哎哟哟，大侠饶命！”

青丸伸手拉他：“滚起来吧，虽然你出的是个馊主意，而且动机不良，不过我还是喜欢你的主意。哈哈，你没见他们的脸色，真叫过瘾啊！”

罗非爬起来，拍拍衣服，赔笑道：“只要姑奶奶开心就好。”

青丸笑道：“罗非，再想个办法把我从监狱里救出来！”

罗非呻吟道：“你真的那么恨那地方，可以放弃公主身份啊！”

天翼终于不得不开口：“殿下别听他的！”

青丸回眸一笑：“我又不傻，公主的头衔价值每年二百万鬼币，眼看再过两年我就成年了，再没有人可以把我送到这个那个学校去了，哼！”

罗非鞠躬：“公主殿下英明，所言极是！”

青丸这下也明白了：“敢情你是教训我呢！”

罗非微笑：“公主且忍忍，等羽毛长成，再收拾那些看不顺眼的人！现在，先给我们讲讲监狱里的事，你没给那些教师点儿苦头吃吗？”

青丸恨恨道：“要是真有教师，我当然会让他们好看。整个学校，根本就没有一个人！”

这下大家都吃惊，青丸恨恨道：“除了学生，统统是机器人！如果不遵守规矩，那些机器就不住重复校规，不肯开门。”青丸咬牙切齿，罗非与罗密，忍不住爆笑起来。是的是的，如果是有老师的地方，难免被刁蛮顽劣的公主们修理；全部机器管理，顶多砸烂再赔，真是好主意。

热闹到此时，罗密也走了过来：“咦，公主，你好似有什么地方变了。”

青丸叉起腰：“你来说说，是变好了还是变坏了？顺便告诉你，我可是柔道黑带！”

罗密大惊，后退一步：“那个那个，好像变漂亮了，也高了！”

其实公主倒没长高，只不过在学校里被训练得自动挺胸抬头收肩缩腹，看起来昂扬了不少。

青丸笑道：“算你识相！”转过头来叫天翼，“天翼天翼，过来抱抱。”

天翼笑而不答，远远站着，青丸笑：“啧，真有气节，看我柔道黑带的黑手。”扑过去抱住天翼。天翼微笑，也没有躲开，忽然之间有一种让天翼鼻子发酸的感觉涌上来，天翼沉默着，轻轻抱了青丸一下，青丸在他耳边笑问：“兄弟们还好吗？张杰明还那么英俊吗？”未待天翼回答，青丸已笑着走开。

天翼远远见青丸拉着朱丽讨论朱丽的衣服头发，心里微微酸楚，她拥抱他，只是想问问张杰明吗？可是自己的手臂与胸膛都还记着那吸血鬼少女的温度与柔软，天翼无端地觉得头晕，眼前有几个快乐的星星在轻盈地跳着。天翼咬紧嘴唇，不，那太可笑了，即使青丸不介意，人类的爱情也会令公主成为笑柄。是，公主曾是人类，但现在公主是吸血鬼，要在吸血鬼中生存，需要这个社会的社会地位。

只听罗非嬉笑道：“你说朱丽受苦了，可是怪我们照顾不周？”

青丸正容回答：“不，是因我照顾不周，我不是一个细心周到的人。”

罗非纠正：“细心周到的鬼。”

青丸回答：“干你……”后面本来有名词，可是因为同罗家的关系，青丸忽然不好意思骂出来。

罗非大笑，张开手臂：“欢迎，我的荣幸！”

然后被一脚踹中肚子，呈“大”字倒在地上。

罗密到底是亲兄弟，心疼哥哥，过去扶他起来，罗非咧着嘴，半是哭半是笑："君子动口，小人动手。"

青丸笑道："不爽你咬我啊！"

罗密叫："爸爸妈妈！"

果然，赵敏与罗大同站在门口，罗非正容道："公主殿下，请允许我介绍我的父母。"

青丸伸手过来："罗先生、罗太太，久仰，感谢你们为人类所做的事，也感谢你们照顾朱丽。"

罗大同欠身："我的荣幸。"以为公主是何等顽劣人物，原来，也见人说人话，见鬼说鬼话。

赵敏嘴角带笑："殿下，不必见外，只当我们不在一样。"

青丸笑笑，心想，我哪敢当你面踢你们宝贝儿子的肚子？

罗大同道："我支持公主殿下在新鬼问题上的立场。"

青丸微笑："我自己是第一代吸血鬼，是由人变成的吸血鬼，当然站在自己的立场上说话。"

赵敏微笑："公主现在是吸血鬼，却对人类有担当，这才真正难得。"

青丸自嘲："皆因我上岸不久，双脚未干。"

赵敏笑道："也有过河就拆桥的。"

两人相对而笑。

然后所有年轻人全去露营以庆祝青丸殿下归来，大太阳在峡谷里缓缓沉下，大家都累了，青丸半倚在山石上，侧头笑问天翼："你可向张杰明提过要求？我介绍过去的，他应该优先安排。"

天翼坐在一边，回答："他已允我成为一名猎人。"

青丸霍地坐起来："什么？"

天翼回过头看着瞪大了眼睛竖直了眉毛的青丸，这个张飞般的女子，发怒时，真的像一只小狮子。

青丸左右看看，低吼："你疯了！"

天翼笑了。青丸一直知道自己挺吓人的，想不到有人会在自己怒吼时笑出来，倒是愣了一下子。天翼微笑："怎么，你把我介绍给你的朋友，是让我逃跑的吗？”

青丸瞪着天翼：“我打赌，你不是一个好宠物，你在这个世界，一天也活不下去！”

天翼说：“青丸，谢谢你。”

青丸骂道：“你把事情搞成这个样子，还谢谢个屁！”

天翼道：“如果人人都逃走——”

青丸道：“啧，别同我说这个，自有逃不走的人。天翼，你该不是想当英雄吧？这这这，我从小到大可是受够了英雄好汉！天翼！”

天翼问：“你是在说张杰明吗？”

青丸愣了愣，终于忍不住斜着眼睛：“你小子眼睛贼溜溜的，是找抽吧？”

天翼笑：“你好似在为他苦恼。”

青丸沉默一会儿：“你觉得他是一个什么样的人？”

天翼道：“我很敬重他，他有他的尊严与追求。”

青丸笑：“天翼你可以做个外交官。”

天翼道：“没有尊严、没有人格、没有追求的人太多了。”

青丸笑一声：“快连我也骂上了。”

天翼道：“我想你没有放弃任何一样。”

青丸点头：“是的，不过，在我心里，最重要的却并不是这些，或者，最急迫的并不是这些。”

天翼沉默一会儿：“可是在他心里，最重要的，却是人类的尊严。他也会为爱人写诗，可是感情生活不是最重要部分。”

青丸惨白着一张脸，想必她早已知此事，只不过从别人口中印证了她的看法还是令她呼吸困难，半晌她道：“你知道个屁！”

天翼沉默。

过了一会儿，青丸说：“诺翰国的形势严峻，天翼，答应我，不管张杰明要求你做什么事，你先以自身安全为重！”

天翼点头：“当然，留得青山在。”

青丸苦笑：“你同他，一定谈得来。那个人也一样，爱惜自身，因为身体是革命的本钱。”

天翼笑：“是。”

8

傍晚，天翼带可可去散步。自从天翼来到这里，罗非发现了天翼的利用价值之后，像带可可散步之类的天翼可以替他做的，就都归为天翼的责任了。

可可自打了针之后，一直闷闷的，他不会表达，可是大家都看得出他贪睡，没胃口，没精神，后来补打了一针后又开始双手颤抖，有时走路会无故摔倒。天翼同赵敏谈过，认为为他做药物阉割或许会更好。朱丽依旧惧怕可可，因为朱丽的存在，让可可停药是绝无可能的，即使可可在这样萎靡不振的情况下，仍会呆呆注视朱丽美丽裙子下刚刚发育了的完美身体。那充满欲望的目光像一条贪吃的舌头，在光洁美丽的皮肤上舔过来舔过去。

有可可与朱丽的房间，大家好似可以看到男性的荷尔蒙在飞。

可是朱丽不在的时候，可可像摊烂泥。

天翼相信罗密是个君子，不过，罗密同朱丽在一起时，空气中有另外一种东西在噼啪作响，火花四溅。多少次天翼想提醒罗密注意，朱丽只是外形与他相似，实质上与法律上，他们都是不同种类的生物。这种不仅跨种族且跨种类的爱情自来不被祝福，在法律上是违法的，尽管只是罚款，但毕竟也是一种违法行为，是不为吸血鬼大众所接受的行为。

天翼一边同可可沿着公园的林荫道散步，一边考虑是否要同罗非谈谈这个问题。有时候，你必须同你不喜欢的人合作，达到你喜欢的目的。

天翼问可可：“你想念朱丽吗？”

可可转头，眼神微微一亮，然后又黯然：“朱丽。”朱丽是他的生命之光，不过穷他一生，几乎不可能得到朱丽。这也没什么，有许多正常男子也得不到自己心爱的女人。不过，可可可能会一辈子得不到一个女人，这就有一点儿悲哀，如果在一个有自由的社会中，可可或许会有相应的感情生活。

当然无论在什么样的社会里，弱智人士的生存，都是有一点儿悲哀的。也许这个吸血鬼社会里，对于弱智人士倒是仁慈的，至少他们得到无偿的宠爱与照顾。

如果天翼真的令所有人自由，像可可这样的人，如何处理呢？在一个人鬼平等的社会里，不会允许人类的宠物身份存在，那么，谁来照顾这些弱智人呢？把他们投入到正常社会的竞争中去，他们必然会沦为底层。

天翼转开眼，社会问题永远是最复杂的问题，他的大目标如果被复杂的小问题纠缠住，将永不可能达到。

不过，如果他的大目标不关心小问题，又可能被小问题绊倒在地。

不知不觉，走得远了，天色微微变暗，太阳的余光扫过天际，留下瑰丽的影子。

天翼叹息："可可，我们回去吧。"

天翼与可可回头，路边有人喊他们："嘿，你们，过来，说你们呢，黑大个儿，和那个小孩儿！"

天翼看见三四个站在路边、手拿一杯啤酒的青年吸血鬼，都染着七彩的长发，看上去比彩霞更艳丽，身上皮肤也染作淡金色淡银色，煞是好看。可是他们的脸上，有一种暴虐邪恶的笑容。天翼拉住可可："别过去，我们走！"

可可喃喃地道："主人！"他分得出吸血鬼与人类。天翼低声道："你的主人是罗非，不要理这些鬼！"

可可服帖了，他只对罗非忠心，可是不等他们走出两步，一个吸血鬼已追过来挡在他们面前："叫你们，没听见？"

天翼知道有些吸血鬼对人类不友善，虽然自己戴着名牌，但新闻也说过有戴着名牌的人类被吸血鬼围殴致死。天翼拉着可可的手，意欲离开。

挡在他们面前的吸血鬼却大笑起来："快来看，真的是两条狗啊，我还以为这小人是个吸血鬼呢！原来不过是个人。”

那个人伸手戳戳天翼的胸：“臭小子，你认不认识张杰明？你是不是小恐怖分子？”身后传来三四个人的哄笑声。

天翼被戳得胸口剧痛，心里惊骇，他知道这几个人并不知道他做了什么，他们只是想发泄自己生活中的不如意。可是越是这样的人越是可怕，天翼可能会不明不白地死在这些街头小流氓手里，而且私刑折磨比官方的药物注射可怕得多。

天翼启动便携电脑，按下紧急呼救，希望罗家有人能及时赶到。

天翼觉得自己做错了，不该带可可到这么远的地方来。

那长发吸血鬼笑着向天翼吐出一口烟来：“小人？学个狗叫。”

天翼道：“让开，我们有主人。”

那鬼吃了一惊：“会说话，喂，快来看，传说中会说话的人类啊！”然后那些人大笑：“有主人？”一把扯下天翼额上的名牌，扔到路边，“在哪儿？没看到！”然后回头笑道，“我们今天有烧烤吃了。”

原来天翼与可可遇到了传说中的吃人吸血鬼。

什么样的人都有，什么样的人变成了吸血鬼还是什么样的人，像罗大同一家，做人时是国际绿色和平组织成员，成了吸血鬼之后，就很自然地选择人权组织。在街头混饭吃的小混混儿，成了吸血鬼之后，就自然选择弱小的人类来欺凌。

天翼看着名牌落地，知道自己最后一线希望也落空了，天翼最后挣扎：“我们的主人是个医生，你拿名牌可以向他要许多钱！”

那少年嬉笑：“你以为我们缺钱吗？”边说边打了天翼一拳，天翼痛得脸色惨白，好像骨头已被打断。

可可见天翼挨打，终于怒了，大吼一声冲向那个拎着天翼的吸血鬼，可可不会打架，可是个头儿大，扑过去死死扼住那鬼的喉咙，一边大吼：“天翼，跑，跑！”

那鬼被扼住喉咙，一惊之下松了手，天翼落地，立刻如猫一般地站起，他有太多丛林经验，疼痛对他来说根本不算回事。天翼看了一眼旁边的玫瑰丛，他已有了计较，可是可可救他，他不能扔下可可不管。

天翼扑过去，抬脚狠狠踢在那鬼的要害部位，一边拉住可可：“快，跟我跑！”

可可见那鬼身子瘫软下来，也松了手，转身同天翼一起向玫瑰丛跑去。后面那几个鬼到现在也反应过来，有一个扶住受伤的鬼，另两个追了过来。天翼弯腰钻进玫瑰丛，可可一钻进去，就哎哟一声，玫瑰刺划伤皮肤，血淋淋的几道口子。

天翼怒喝：“快跑！”

可可低下头，可是他身形巨大，在低矮灌木丛中吃足苦头。

那几个鬼追过来，看见尖锐的花刺就迟疑了，看看这一丛灌木面积不是很大，立刻决定：“从那边包围过去。”

可可本来行动就有点儿不便，此时被划得遍体是伤，人就微微有点烦躁了，开始对身旁的树枝拳打脚踢，天翼拉他：“快跑，可可，快跑，那些人会杀了我们！”

可可咆哮，就差像人猿泰山一样狂吼。天翼现在最想做的就是逃跑，他拉住可可的手，厉声道：“你听着，被他们捉到会杀了你吃肉！”

可可受惊，发狂乱打着开始往前狂奔。

天翼往四处看，吸血鬼们没有追进来，那么，他们在哪儿呢？这些家伙当然不肯钻到满是荆棘的花丛里，可是他们的速度快，如果在前面堵截，他与可可仍是死路一条。天翼想了想，拉住可可，转身往回跑，跑出花丛，吸血鬼果然不在原来的路上。天翼四处寻找报警按钮，然后在路边看到自己的名牌，这是个屈辱的标志，可是没有它寸步难行。

两个人跑了一条街，终于在街角发现一个报警器，天翼戴上自己的牌子，站在报警器前，按动按钮，报警器里自动回答：“已收到，正在处理中，请不要离开。”

就在这时，听到一声呼叫：“在这里！”

天翼与可可再一次亡命狂奔。

郑适正在调试程序，看到电脑下角红色闪烁，点开，反向搜索报警人，郑适向青丸报告：“标志为天翼的电脑，在翠枫公园发出警报。”

青丸的回答是："全力救他。"

郑适锁定天翼位置，进入公园管理网络，打开夜间班车路线，更改行车时间与路线，启动夜班车。

漆黑的夜里，一点儿闪动的光，天翼大叫："可可，这边！"可可回头看他一眼，依然狂奔，天翼大叫："可可！"

身后恶鬼追过来，那一点儿闪光已变成班车，停在不远处，天翼只得狂奔而至，跳上车，车门关闭。

追过来的恶鬼，见天翼上了车，车内有监控设备，他不想被摄入镜头，只得放弃。

不远处，恶鬼们已抓住可可，天翼狂叫一声："停车！"车子应声而停，天翼大叫："开门。"门微微开启，忽然顿住，然后飞快地关上，天翼惊异，然后看到吸血鬼把可可按在地上踢打，他急了，用脚狂踢车窗，"开门开门！"车子里红灯亮起："警报警报，有人故意破坏公共设施，已自动报警，请乘客停在原地，等待警方询问。"

天翼隔着窗子，看到可可被吸血鬼折断双臂，扛在肩上。天翼一脚踢碎窗子，却立刻遭到电击，破碎的窗子立刻浮现一张淡蓝色的电网，远处传来警车声。

几个吸血鬼一哄而散。

天翼慢慢坐下，知道自己已生还，同时心如刀绞。

警车驶到近前，一个警察打开车门，伸手召天翼下来，天翼扑到车门口，大叫："我的朋友被几个吸血鬼抓走了，他们要杀了他！"话音刚落，那警察已一脚将天翼踢倒，然后扭住天翼双手，将他扣起来，拎着一条胳膊，一下子扔到警车里。天翼痛得眼前金星乱冒，知道这个吸血鬼是不可能去救可可的，他哀求："借我电话，我找我主人。"

那警察吼道："小丑，闭嘴，你因破坏公共设施被捕，你这条狗，没有任何权利。两天之内，没人来赎你，你就会被人道处死！"

他把天翼的名牌扫描了一下，然后开车回局里。天翼嘴角流血，喘息："他们要吃了我朋友！"天翼第一次落泪了，他顿了一下，"就算你们当我们是狗，那也是一个生命。不用你去救他，借我电话用一下！”

那警察回头，连话也懒得说，警棍“啪”的一声抽在天翼肩上。

天翼痛叫一声：“你这个禽兽，你这个畜生！”

警棍没头没脑地打向天翼，天翼的大脑里接收到几声巨响、几次剧烈的疼痛，血从他的脑袋上直淌下来。天翼瞪着那个警察，愤怒到无法出声无法动弹，他挺在那儿，靠着车壁，直到昏迷。

那个警察在昏迷了的天翼身体上再敲一下，怒骂：“我工作了一天一夜，你在公车上乱砸，害我不能下班，还要我去救一条狗！”然后他发现车里溅了无数血点，再一次用警棍狂打天翼的身体，怒吼，“弄脏我的车，你这条肮脏的狗！”

郑适向青丸报告：“我救了那个叫天翼的小家伙，不过他被警方带走了，希望他的主人快点儿去领他。我看那几个警察，对人类没什么善意。”

9

罗非在电脑上收到警报，然后发现自己家的宠物已经被捕。

父母参加宴会未归，罗密乖宝宝已上床睡觉。

他在十分钟后赶到警局。

他见到天翼时还是笑了：“咦，不是说你破坏公物吗？你看起来好像被狗咬过！”

天翼艰难地出声：“可可，救救可可！”

罗非问：“可可怎么了？”

天翼道：“他被公园里的几个吸血鬼抓走，他们说要吃了他！”

罗非点点头，转身同一个警察说：“你照看一下我的宠物，我有事同你们局长谈。”

那警察一惊，顿时脸色大变，他以为罗非去向局长投诉：“现在不是工作时间。”

罗非给天翼拍照："真的？我不能马上见到你们局长？"

那个警官迟疑一会儿："请原谅，我打个电话。"片刻出来，"请跟我来。"

罗非在局长办公室微笑着报上自己的头衔："我是新鬼党青年部主席，罗非。"

局长从桌子后面起来："你好罗先生，我能为你做点儿什么？"

罗非微笑："我接到一个消息，说我的宠物破坏公物，不过，没有接到他拒捕的通知。但是我来到贵局里，发现我的宠物全身是血，而且没有人对我做出解释。"

那局长一愣："有这种事？我会通知内务部进行调查。"

罗非温和地道："我明白，也理解，局长先生，我并不打算追究这件事。我的宠物说，我的另外一只宠物，叫可可的，是个黑人，在公园里被几个吸血鬼抓走，如果您能帮忙找一下他的话，我会很感激的。另外，你们工作这样辛苦，我会为贵局提供一点儿我个人的捐助。"罗非写下一张支票，"请收下。"

那局长看了一眼，显然那金额出乎他意料，他立刻微笑："没问题，我马上布置警力，这种虐待人类的行为理应制止。"

罗非鞠躬："谢谢。这是可可的资料，请尽快找到可可，我会再次表达我的感谢。"

局长大人笑着把罗非送出警局。

罗非抱着天翼，笑问："挨了一顿好揍？天翼，啧，这样下去，医疗保险都要加钱了，谁还养得起你？"

天翼紧张道："可可呢？"

罗非叹息："我已经尽我所能地威胁、贿赂。不过，要是你抓到一只狗，你会怎么样呢？可可这会儿，可能已经被剥了皮。"

天翼焦灼地道："救救他，罗非，救救他！"

罗非思索："有什么好处？"

天翼愣了愣，看到罗非不怀好意的笑容，半晌道："我……我会帮你。”

罗非笑了：“你……你能干什么？”

天翼沉默一会儿：“比你想象的多。”

罗非静静看了天翼一会儿，终于点点头：“好，记着，你欠我。”

罗非把天翼放到车里，打开电脑，写了一个悬赏，他点发送前，忽然想起了什么，回过身来，微笑：“天翼，你要不干脆做我的宠物吧。”

天翼很想抽他耳光，可他只是握紧拳头，对着罗非的手指砸下去，手指被砸了一下的结果，当然是立刻点了发送。罗非大笑：“我当你是同意了，你欠我，我看看，啧，十万鬼币。嘿，我买可可时，才花了二十块钱。”

天翼看着罗非：“你不担心吗？可可跟了你很多年。”

罗非笑：“你应该记住，不要让情绪控制你，你要控制情绪。”

天翼点点头，沉默了，过一会儿问：“不要让情绪控制你，二十元的东西，为什么要付十万呢？”

罗非回过头，狞笑着：“因为我的时间非常金贵，我花了好多时间把他养到这么大，我的时间很值钱！”

天翼忍着疼痛，笑了出来。

如果你同一个人相处久了，最好的人也有让你厌恨的地方；可是最坏的人，也会被你发现到一点点可爱的地方。

说他的时间很金贵的罗非，可能是他一生中最可爱的一刹那。

第二天一早，警局局长安然亲自过来，欲言又止地说：“我们找到了可可，不过……”他迟疑。

罗非问：“死了？”

安然思考了半天想找一个更恰当的词，但最后只得放弃：“是的。”

罗非淡淡地道：“省下几十万悬红。很好，劳烦你亲自来，是有什么特别吗？”

安然咳了几声，终于道：“可可受到了很不人道的待遇。”

罗非点点头：“好了，你不必在这儿描述，我跟你过去看看。”

安然再次咳嗽："我不觉得让你们再看到尸体是合适的。"

罗非说："可可是我的，无论他变成了什么样，怎么处理他，由我决定！"声音大得吓人，罗大同不得不走过来，将手掌按在罗非肩上："罗非，冷静，不是安局长的错。"

罗非沉默，可是还可以看出他在慢慢地深呼吸，天翼站起来："我陪你去。"

罗密站起来："我——"

罗非道："你想也别想。"天真幼稚宝宝，是承受不起血腥场面的。

罗非抬头看看天翼，冷笑："看到你同类的惨况，你会疯掉。"

天翼淡淡地笑了："不，不会。"

罗非吸一口气："好，我同天翼去，爸妈，你们在家吧。"

罗大同道："我也去。"

安然无言，到了门口上车时，再一次说："我坚持认为，你们还是不要去看的好。"

罗非淡定地道："我的法定权利。"

安然说："好，随你们的便。"

冷冻室里，有一股不该有的味道，一股让罗大同想起春天与野味的味道。奇怪，这种地方不是应该充满了福尔马林与消毒液的味道吗？

打开冷冻柜前，安然再一次低声道："我很抱歉，希望你们有心理准备。"

他轻轻缓缓将柜子拉出。

那股子春游时的烧烤味更大了。

柜子打开，那是一具已被吃掉一半的尸体，面孔肿胀，已不完整，后背露着白骨。烤出来的油淌满柜底，边上放着一根粗大木棍，一头削尖，两边烤焦，中间一段满是油血肉。

罗非问："那是什么？"

安然说："他们用那个把他贯穿。"

罗非点点头："所以他张着嘴。烤得不错，你没尝尝？"

罗大同面色苍白："罗非！"

罗非说："天翼，扶我爸爸出去，我还要同安局谈谈。"

天翼扶住罗大同，轻声道："我们出去一会儿，罗非能处理。"

罗大同头晕眼花，那阵阵他不愿吸入体内的烧烤气味，让他情不自禁地想屏住呼吸，可可在他家中生活十几年，是他家中一员，虽然比不得亲生儿子，可也是他的一个孩子，他受不了这样的打击。

天翼刚把他扶出去，他就吐了。

10

罗密天天同朱丽混在一起，天翼倒被扔在一边。罗非对此是喜闻乐见的，他很自然地把天翼视为自己的所有品。

罗非把他的论文题目、上一届的论文、所有参考书都放到天翼面前，参考书有十几本，摞在一起近一米高。罗非说："我记得你说过要帮我，这是我的大学毕业论文，很简单，提纲我列出来了，给我搜索资料，分类整理。"

天翼轻轻翻开上一届的范文，序言就看不懂，只要是公式，他就看不懂。天翼咽口唾沫："罗非，这些书我都没见过，我不知道什么叫微积分，还有这……这些——"

罗非温和地笑："那太遗憾了，天翼，难为你了。"再笑，"如果我不能毕业的话，天翼，我保证你会死得很惨，很惨很惨！"

天翼在罗非的笑容里发现罗非的真诚，罗大人说的是真的，如果他不能证明自己是一个有用的人，罗非是真的不在乎再死一个宠物的。

罗非笑眯眯："或许我不会杀死你，因为会被家人骂的，不过，我可能会给你注射一些给可可注射过的药物。嘻嘻，你可以详尽描述你的感受，为医学事业做点儿贡献。"

天翼什么也没说，立刻开始研究序言上列的那个公式是属于哪一科哪本书的。

罗非转身离开，天翼良久从书本里抬起头来，发现桌上留下的银色水滴形电脑，天翼轻触，电脑上蹦出产品介绍：第十八代智能型万能电脑，请确认主人。

最新型号，内置无限制上网卡。

指纹、声音、三维图像、眼底纹、全方位扫描，可以在第一时间内启动，启动后会不断自动扫描收集到的主人信息，如有不符，即时警告。扫描速度也比以前快百倍，几乎是瞬时的。

好电脑，最好的电脑，罗非提供最好的，也要求最高的回报率。不过，罗非要他只是为了做功课吗？

天翼查看电脑配置，点到网卡时，发现主人是罗非，罗非？

那表明罗非可以控制他上网的时间、内容，知道他去过什么地方、做过什么。

如果不加防备，甚至可能泄露猎人组织的网址。

天翼沉默，可是他的指纹却迅速打开了一个短信："呼叫天翼。"

天翼更换了普通网卡，重新连接网络，他的手掌打开了猎人的大门。

没有人。

天翼在本子上写下："我需要一个任务。"

我需要一个任务，来为我的朋友报仇；我需要一个任务，来为人类做点儿什么，我必须做点儿什么，我必须挣扎，即使这挣扎将使我向泥泽里越陷越深，我不能束手等待。

任务这两个字，好像是一种密码，留言本上登时闪出绿光，闪烁几次后，张杰明推门而出："天翼。"

天翼轻声："我需要为自己做点儿什么。"

张杰明沉默："为自己的话，应该什么也不做。"

天翼摇头："不，我必须为自己做点儿什么。"

张杰明良久点点头："我明白你的意思了，虽然我更希望，你是想为人类做点儿什么。"

天翼沉默。

张杰明道："帝国大厦。"

天翼点头，张杰明离开。

门响，天翼关上网站。

罗非开门，微笑："打扰你了吗？"

天翼站起来："不敢，主人。"

罗非看看天翼的电脑，微笑："最近的新治安条例，上网卡实名制了。"

天翼诧异："有这种事？"

罗非道："我的政党正在大力反对此事，它妨碍隐私权。不过，现在还只得遵守它，天翼，暂时用我的网卡吧。另外，过两天，我的律师会起诉殴打你的警察，你可能要到庭做证，当然，如果对方律师不提这个要求的话，我们是不需要的，公车上的录像、电子监控记录，已经足够了。"

天翼沉默了一会儿："令尊同我谈过，那个警察有家人死在人类的恐怖活动中，他希望我原谅——"

罗非笑了："哦，那么，天翼你原谅吗？"

天翼道："我不重要，重要的是可可的死，我不能替可可原谅。但如果可可能站起来说一声原谅的话，我也可以原谅。"

罗非露出一个会心的微笑："是，你说得是，如果可可能站起来的话。"

天翼问："那几个食人魔呢？"

罗非笑道："让你的朋友去吃了他们啊。"

天翼回答："我没有朋友。"

罗非问："你有能力替可可报仇吗？"

天翼道："即使我有，现在也不是时候，不能为了给一个人复仇，让别的人去冒生命危险。"

罗非点点头："说得好，这样才配做我的宠物。可可是我的，不管是谁，损害我的利益，从我这里夺走我的东西，我都不会放过他。用不着你想办法，我会依法提起民事诉讼，这个社会保护有钱人。"

天翼道："你不是还有更重要的事？你的事业、你的钱？你的时间很紧。"

罗非笑："放心，一点儿小事，自有专业人士解决，青丸介绍彼得给我。相信我们取得的赔偿会足够付律师费还有余，这是一笔有赚头的好买卖。"

天翼到此时终于笑了："罗非，谢谢你。"

罗非笑了："不用谢，我说过了，这是一笔好买卖，我会得到补偿的。"

天翼道："我会尽快解决你的论文。"

罗非笑："如果有天我需要你为我解决别的呢？"

天翼道："我会记得可可的事。"

罗非微笑点头，摸摸天翼的头："好狗狗。"

天翼轻声："我不喜欢这个称呼。"

罗非笑："那么，好乖乖。"

天翼无奈，似咽下一团狗屎般。

天翼陷入昏天黑地的知识海洋里。

平日不准宠物看的资料，排山倒海而来，天翼觉得自己快要被淹死了，可是他依旧大口大口吞下，看不懂不要紧，先死死记下来，做梦都在背各种公式。有一次，白天解决不了的一个难题，夜里不停地梦到，想着想着，居然恍然大悟。醒来之后，天翼再一次看书，发现自己梦里想的是对的，于是微微有一点儿悲哀了，做梦都在解题，可见是被逼得急了。

在题海与资料中过了一个月，终于有日被青丸召唤："天翼天翼。"

天翼忙答："小的在。"

青丸大笑。

青丸向天翼数出的几个人，都是吸血鬼，天翼讶异："他们都是吸血鬼？"

青丸笑道："没错，如果那个罗非伤害你，我们可以让他消失。"

天翼骇笑："不，暂时我还无此打算。"

青丸道："上次那件事，把我们吓坏了，所以，我建议你携带激光武器。”

天翼想了想：“不必，我出入小心点儿就是了。”

青丸笑：“天翼天翼，不带武器叫什么猎人呢？”

天翼笑：“如果一定要给我，我就带着。”

青丸道：“天翼，第一次见你，你似个小野人，还记得吗？现在你越来越像个文明人了。”

天翼沉默一会儿：“丛林生存法则与城市是不一样的。”

青丸问：“如果你只是想活下去，那倒好。报上说罗非告警察不作为的案子赢了。”

天翼笑：“是，据说罗非在庭上陈述，慷慨激昂，感动得法官差点儿落泪。”

青丸笑笑：“同狗的礼赞差不多。”

天翼愣了愣，脸色微变。

青丸道：“罗非自这个案子里得到一百万鬼元的赔偿，可算巨额了。所以，天翼，罗非擅长自各种意外中捞到好处，你别因为可可的事，对他有太大改观。”

天翼道：“我会防着他的。”

11

当罗非取得巨额赔款后回来，看过天翼的工作进度，也感到满意，临走时忽然想起来，笑道：“我有件事要请教，你觉得令妹同我弟弟在一起的时间，是不是太多了？我记得她原来一直跟着我妈妈，收拾这儿收拾那儿的，怎么忽然间变成了罗密的跟班？”

天翼沉默一会儿：“我会同朱丽谈的，不过，在这种事上，少有人肯听他人的意见。”

罗非沉下脸来道：“那你别怪我没打招呼，她要是拿定了什么主意，吃亏的一定是她。”

天翼叹气：“我知道，你也劝劝你弟弟。”

罗非问道："我一直觉得你们兄妹不亲，告诉我，什么事？"

天翼淡然道："没什么，穷人家的孩子，饿极了自然会抢吃的。家母说，谁抢到谁吃。总是我抢到。"

罗非下巴掉下来："令堂的教育方式很有意思。"

天翼道："强壮的人才能打到猎物，所以强壮的人必须吃饱。否则，更没食物，大家一起饿死。"

罗非点头："嗯，有理！"

天翼笑："有理？！可是没有人愿意做被牺牲掉的那个。"

良久，天翼低声："当然，妹妹还是妹妹，不过她不会听从我，她有自己的主意。"

罗非摊摊手："好，只要她是聪明人。我喜欢聪明人，聪明人能听懂人话，即使听不懂，也看得懂我掏出来刀子是真的寒光闪闪，天下无敌。"罗非笑，"看，我们又一次找到共同的目标，我很高兴，你没有站在朱丽那边，同我谈什么爱情多伟大。"

天翼道："爱情是狗屁，如果罗密真的有可能娶她当然好，可是那明显是不可能的。我怎么会鼓励我妹妹为一个吸血鬼的爱情长跑做花絮？即使那个人是罗密。"

罗非同天翼轻轻握握手："为了共同的目标，各自努力。"

天翼苦笑，待罗非走后，一直郑重考虑是不是应该好好洗洗手。

天翼的论文准备得告一段落。

学得很苦，但是很有收获，虽然他只是为了写论文，用到什么看什么，可是仍要浏览所有书页。这样浮浅的浏览依旧让他对整个世界有一个新的认识，也知道自己遇到什么问题可以看什么书，请教哪方面的专家。

天翼走出他的塔，重回人世间。

罗家的玫瑰园里，罗密与朱丽正在采摘玫瑰，大朵大朵粉色黄色红色的，修剪整齐，放到水晶瓶子里，阳光明亮地照下来，空气中飘着浓郁的玫瑰香。

朱丽染着浅粉紫的长发，在阳光下，那样娇嫩的发色，让玫瑰都失色。可是她的一张小脸，莹莹发光，如一颗珍珠，越发衬得色若春晓。

真美，只有十几岁的女孩儿才可以在大太阳底下细细观赏，越是明亮的光线越看得到她的精致。

天翼这才觉得自己的屋子里有一点儿霉味，连带他自己都有一点儿霉味。呵，对，罗密是属于光明的，罗非是属于黑暗的，连带跟着他们的人，也发出光彩或变得霉烂。

天翼在阳台上抱住双臂，至少朱丽现在是快乐的。

忽然之间向不相干的外人透露他们兄妹最隐秘的关系，不是天翼的风格，可是天翼必须告诉罗非，朱丽对他不那么重要。

天翼说的是实话，两兄妹经历过长时间的不愉快，可是血缘是奇怪的东西，常见兄弟姐妹性子南辕北辙、脾气差同天地，可是兄弟永远是兄弟，姐妹永远是姐妹，别的不相干的人，在你摔跤时不伸手，你不会有感觉，你只会想：要是我的兄弟姐妹在就好了。当然后面这些，天翼不会说，天翼只说：我们兄妹感情不好，有什么话你不用说给我听，我不认识这个妹妹，我们兄妹，自己做事自己当。

固然每一个人自己做事都得自己当，可是看见自己亲妹妹受苦，一定会心如刀割，如果被人知道你有软肋，那被打的一定是软肋。虽然即使有人打他的软肋他也会真的不出声无表情，可是，何必让朱丽无谓牺牲呢？

朱丽不知为何欢笑，灿烂的笑容在阳光下让人心软。天翼叹口气，怎么在这个时候走过去，打断这笑声？告诉她：别笑了，前途全是大雨阴天，你想要的注定得不到。

罗密把大捧玫瑰用竹筐搬进房里去，朱丽站在玫瑰丛里，吮着手指上被刺伤的小血点，望着罗密的背影，她目光爱恋地跟随着他。这是朱丽最美好的时光，衣食饱足，她美若一个芭比娃娃，有爱人有希望有想象中的美好未来。

天翼叹息。

然后，朱丽似有心灵感应，目光转过来，盯在天翼脸上，她在天翼脸上看到噩兆,一脸的阳光也黯然了。朱丽低下头，转身要走，天翼只得叫住她。

朱丽站在那儿等，天翼过去："朱丽。"

朱丽低头，半晌道："我不配得到幸福，是不是？"

天翼沉默一会儿："朱丽，别陷进去，很危险。"

朱丽咬住嘴唇："我知道，哥哥，你不会希望我嫁给一个宠物永远做一个宠物吧？"

天翼道："如果你愿意，我会想办法让你去人类的国家。"

朱丽看了天翼一眼，问："你在做危险的事？"

天翼沉默，过了一会儿："朱丽，我是希望你好的。"

朱丽点头："当然，你是我哥哥。不过，去人类的国家，不是一件容易事，我在那里，没有身份，是难民。"

天翼半晌道："你想通过嫁给罗密得到吸血鬼身份吗？你觉得那可能吗？"

朱丽忽然笑了："我知道，可是我不能连这点儿希望都没有，就像哥哥你，想解放全人类，你觉得可能吗？你也不过是尽力罢了。我的梦想，并不比你的梦想更荒谬，人，总是要有一个梦想的。"

朱丽的眼睛温柔地溜到一边，追上罗密走出来的身影，淡淡地笑了："罗密真是个好人。"

天翼叹息："是，他是好人。"

朱丽道："你同罗非，都不是好人。"

天翼叹口气，沉默。

罗密过来，看天翼面色不善，而朱丽笑容中带点儿哀然，不禁问："在说什么事？"

天翼道："罗密，你别误导朱丽！"

罗密一愣，朱丽已经跺足："哥哥！你在说什么！"

天翼道："别让她有不可能实现的幻想，好吗？请你向她说明你的处境、你对未来的打算，别给她空头的许诺。"

罗密看看朱丽，看看天翼，朱丽眼中泪光盈盈："哥哥，主人对我很好，我会有什么幻想？我已经很满足了！”

天翼沉默地看着罗密，罗密发现自己的这个宠物的表情，真是一点儿也不像宠物，他有一双洞悉一切的眼睛，有一副坚定的嘴唇，有一张威严的脸、一种自信的表情。

罗密肯定地回答：“你放心，我会坦诚地对待朱丽，你不必怀疑我的人品。”

天翼这下倒羞惭了，沉默一会儿，才答：“我不怀疑你的人品。”他看看罗密，再看看朱丽，一对童话里的公主王子一般。可是朱丽这个灰姑娘，实在太灰了，无论什么社会，下一等级的女子要往上爬都要付出代价。付出代价倒也罢了，只要不付出爱情，一旦爱了，往往是付出所有，得到虚妄。

罗密握住朱丽的手：“我不会伤害朱丽！”

天翼的脸色渐渐铁青，他不喜欢一个不打算娶他妹妹的男人碰他妹妹的手，天翼沉下脸来：“那么，我希望你明白，你是不可能娶一个宠物女子为妻的。所以，你放开她的手！”

罗密握着朱丽的手越来越紧，紧到朱丽感觉疼痛，可是朱丽不出声，这疼痛让她觉得自己真实地活着，真真切切地被这个可爱的男孩儿爱着。

罗密紧抿嘴唇，半晌道：“我有我的打算，我会为自己的事负责。”

天翼质疑：“你的打算，是不能说的打算吗？”

罗密道：“在我没想好之前，我不想说。”

天翼怒道：“那么，在没想好之前，放开朱丽的手！”

罗密终于火了：“不，我不会放开她的手，现在、以后、永远！”

身后一声暴喝：“放开！”

罗非一把推开朱丽，如果罗密不想朱丽受伤的话，只得松手，然后罗非挡在两人之间暴怒道：“你听着臭小子！我们家过了这些年才摆脱了新鬼的名声，我不管你心里怎么想，我们的家庭成员里绝不能出现一个人类女子。你要不放手，我就让你看看她的下场。”

罗密涨红脸，眼里几乎喷出火来，他的声音嘶哑，像一只低吼的狮子：“你敢动朱丽！”

罗非笑了：“你当然知道我敢。如果不犯法的话，我甚至不介意杀死任何挡我道的吸血鬼！你是我弟弟，你当然应该知道我敢，所以，再也不要碰朱丽一下，直到她离开我们的家，我很快会安排她离开的。”

罗密猛地扑了过去，怒吼：“你敢动朱丽！”

罗非冷笑，一把推开他：“你要娶一个人类女子，拉低整个家族地位，已经是与我为敌与罗家为敌！罗密，记得你姓罗！你做的事，不但是你自己的事，也是整个罗家的事！”

罗密怒道：“罗非，你的言论与那些可耻的贵族一模一样，你根本不配做新党的领袖！”

罗非更是冷笑：“罗密，解放奴隶是一回事，你认为林肯会同一个女奴结婚？如果他同一个女奴结婚，他还能解放奴隶？”

罗密怒道：“朱丽不是一个奴隶。”

罗非鄙夷地道：“她的地位比奴隶还低下！”

罗密再一次要扑过去，朱丽死死抱住他：“求求你，罗密，不要为我争吵！”

罗密挣了一下，可是怕伤到朱丽，只得住手。他低下头，看着朱丽苦涩的小脸，终于感觉到自己的无力与无奈，他真的能保护自己所爱的人吗？

天翼见罗密与朱丽如一对苦命鸳鸯般对望，一时感动于两人的真情，又感慨于他们的天真，只得无言望向罗非。

罗非一脸啼笑皆非。

12

罗非的论文准备好了，天翼的复仇也准备好了。

诺翰国的交通状况一向良好。

除了几个比较异类的，都是电脑驾驶。卫星定位系统会自动将某一区域内的车辆与道路的位置通过局域网向车载电脑显示，电脑自动选择最佳路径到达目的地。同时作为网络定位的补充，每台车都配有小型雷达，在车距过近时会自动报警。即使网络通信出现故障——从未出现过——雷达也因时速太快无法反应，每辆车与建筑物都带有同极的强磁场，一旦接近，会自动弹开，绝无可能碰撞。

所以李平的工作真是太清闲了。

他做交警已经三年了，有一次某车在启动时，撞到了一个人——吸血鬼反应很快，很难被那种速度撞到。那是李平遇到过的最大事故，局长亲自出现在现场，给予那个人的主人几百万元赔偿，可见真的算大事件。可见交警工作是多么没有前程，成年累月地只是坐在屋里，喝茶看报，偶尔扫一眼屏幕。当然了，每过一会儿必须扫一眼屏幕，虽然从没看到过什么，但这是制度要求的，如果被摄像头计算出平均注视屏幕的时间过少，就会被罚款。

干了这样一份工作，人就废了，再干任何工作都会觉得累，所以李平趁着年轻，打算转行。他也是交大毕业的，去做什么都行，维修也好，测试也好，道路改良设计也好，怎么都行，只是不能在这个地方待废了。

张杰明问：“是否万无一失？”

天翼轻点资料，显示一二三点：“哪能万无一失，当初他们设计交通系统时也以为万无一失，只能说，我把我能想到的，都考虑了。”

张杰明道：“如果没有把握……”

天翼道：“世上没有不流血的革命。”

张杰明沉默一会儿道：“你想没想过，也许这件事应该等你成年后再做？”

天翼笑了：“或许我成年后另有想法。”

张杰明道：“正是如此，所以……”

天翼笑道：“等那时背叛现在的自己，不如趁现在的热血做了现在想做的事。”

张杰明微微感动：“是，长大也是一种背叛。”

天翼问：“你可以安排人手？”

张杰明道：“你只管策划，其他的你不必管，我自会安排人，我会告诉你时间，记住，安排自己不在场证明，这样才能保障你的安全。”

天翼与张杰明讨论时间：“上下班时间不好吗？车辆多。”

张杰明看着数据库：“那时车流量太大，所以车速慢，普通撞击对核燃料箱造不成致命伤害。而且下午两点是办公时间，那天是帝国大厦建成的周年纪念，商场、餐厅打折，吸血鬼不会少。”张杰明轻轻地点着面前帝国大厦“宠物不得入内”的牌子，微笑，“把人与吸血鬼隔开来，多么理想的目标。”

天翼听到自己心脏的狂跳声，张杰明也听到了，他笑了：“很激动吗？你会喜欢那种感觉。”

天翼轻声道：“不，不应该喜欢。”

张杰明点头，不应该，即是说他其实是喜欢的。

当张杰明第一次发现自己喜欢这种感觉时，也深觉惊异与自责，后来麻木了。

罗非同罗密说：“明天下午，帝国大厦打折，你替我去看看女装的紫星碎腕上电脑。”

罗密道：“你自己怎么不去？听名字就吓坏人！”

罗非道：“我下午有课，帮个忙，想要什么，我买给你。”

罗密正要答应，天翼在一边说：“为什么不在网上订呢？既然知道自己想要什么。”

罗非道：“你懂什么？我着急要，网上配货慢。”

天翼道：“加十元钱就可加急配货，比停车费还便宜。”

罗非道：“闭嘴，我着急要，去商场买保险。罗密，我另送你一台超级吸血鬼电脑。”

天翼还要开口，却见罗非似笑非笑地望过来，似乎在表示疑问：你这人今天有什么问题啊？为什么拼了老命地拦着罗密去帝国大厦啊？

天翼不敢再开口。罗非机灵非比寻常，被他眼光扫到，任何纰漏都是致命的。

罗密这老实孩子当然一口答应：“是送女朋友吧？好，我要银色的超级吸血鬼电脑。”

天翼坐在一边看着兄弟两个谈心，冰凉的感觉却从心里渗了出来。他忘了，罗密也是一个吸血鬼。

他要杀的吸血鬼里，要不要包括罗密？

甚至，张杰明说不要告诉青丸，如果青丸有事去帝国大厦呢？

天翼打开电脑，同青丸联络：“青丸，明天有什么安排？”

青丸答：“别烦我，我忙呢。明天，明天当然是抢购打折霓裳。”

天翼不知道霓裳是一个高级时装品牌，一听打折两字，头上汗如雨下，立刻哑着嗓子问：“去哪儿？”

青丸道：“要你管。”说着把电脑关掉了。

天翼手指冰凉地再一次呼叫青丸，青丸也奇怪了，立刻回复：“天翼，你到底有什么事？”

天翼说：“我有话同你说，明天，你在白凌川等我好不好？”

青丸愣了愣：“干吗，你要求婚啊？”

天翼哭笑不得：“不，我只是要对你表白爱慕之情。”

青丸“切”一声：“那不值得我错过一年一度大抢购啊。”

天翼道：“让老板把衣服送到你处不就行了？”

青丸笑道：“啧，你这主意，倒同女王一样呢，我偏不爱一个人试衣服，我就喜欢抢购的感觉。”

天翼头上都是汗：“青丸！”

青丸沉默一会儿，忽然明白了：“好了，你放心，女王已严禁我随意出入公共场所，天翼……”她好似也有话要说，可是深知网上谈话不安全，所以沉默了。

第二天，是个风和日丽的好天气，他们特意挑了个好天气、好日子，来告诉吸血鬼，人类不满意这种命运这种待遇。

中午，罗家大小一起午餐，罗非向罗密描述：“那种半透明淡紫红色的，上面镶碎钻，负压直接吸在手上的。你的电脑你自己买，我不管，别买太贵的，我这个月已经赤字。”

赵敏问罗非："你的基金月月用光，急用时怎么办？"

罗非笑："妈妈，你不是我亲妈吗？"

赵敏笑，揉揉罗非染成紫色的头发："女朋友喜欢紫色？脸要不要染成紫色？"

罗非摇摇头："切，妈妈，紫色是流行色，女朋友喜欢什么我才不在意，她应该好好研究我喜欢什么才对。"

赵敏再笑，这口气，一点儿不似罗大同，罗大同一向以妻子为大，这口气，像罗斯福。罗非毫无疑问是隔代遗传的基因。

吃完饭，罗非上学，赵敏工作，罗密吩咐天翼："你在家，我出去一趟。"

天翼说："我陪你去。"

罗密道："我不是不让你去，那地方，不让人进，我怕你——你愿意在外面等吗？"

天翼点点头。

罗密高兴："那好，买完电脑，我同你去玩高空跳伞。"

天翼再次点头。

天翼在车里，车上有一个手动按钮，天翼伸手按上去，改为手动即可，改为手动！

罗密阻止："喂，不要碰，你又没学过驾驶，手动出了事故是要自己赔偿的。"

天翼微笑："会出什么事故？不都有磁力防撞吗？"

罗密道："是啊，不过如果两车真撞了，一定会往地上掉，万一砸到人或鬼，就惨了。"

天翼道："让我试试吧。"

罗密道："等到没人的地方再试，这里不行。"

天翼的手放在手动钮上，如果出事后立刻按手动，应该可以——不，不可能，即使自己手控的技术可以保证不去撞别人，也不能保证别人不撞他，天翼全身冰冷，怎么办？

交通指挥台前的李平一边悠闲地看着屏幕，一边用电动剃须刀刮着胡子，然后门铃响，他看看监视器，打开门，让来人进来："来得早啊。"进来的张欣是来接班的："刮胡子，约会去？"

李平笑道："赶五点半那场三维互动电影。"

这个工作，闷死人。一切自动，所谓值班，不过是个摆设罢了，有什么必要？李平与张欣，一个上班三年，一个上班五年，除了打打哈欠，盯着屏幕，没有做过别的事。

张欣道："同女朋友去？"

李平伸个懒腰："哪有女友？这个工作没前途，没有女人喜欢。"

张欣沉默一会儿："趁年轻——"他忽然顿住，然后奇怪地一指，"那两辆车怎么会那么近？"

李平道："又不会撞上，近就近吧。"

张欣怪叫："不对，事情不对！"

李平回头去看时，屏幕上的两辆车已经撞到一起，小型核燃料箱炸开来，迸出一朵小型蘑菇云，升到半空中，两辆车着火，然后坠落地面，继续燃烧，整个车子扭曲熔化，自动逃生装置根本没来得及启动。化下来的金属与合成材料的熔汁，将整个车厢裹住，一阵阵起着各种异样色彩的火焰，其中一种淡绿色的火焰，是吸血鬼肉体燃烧产生的。想来车里的鬼是无法生还了。

李平手里的刮胡刀"砰"的一声落在地上，在地上"呜呜"叫了一会儿，自动关闭。

李平缓缓地扭头去看张欣，他觉得自己的脖子都僵得发出咔咔声，张欣也回过头惊恐地看着李平，两人相对有三十秒钟，李平艰难地说："撞车？！"

张欣哑着嗓子："有死伤？！"

两人一起抢过去按了红色按钮，一起骂："他妈的，这不是真的！"

出了交通事故，而且有吸血鬼死亡，自从改为自动驾驶，且启动多重防撞系统以来，数十年没有发生过交通事故。偶尔有车子出故障，也一定会将车里的人弹出，高一点儿的，会启动降落伞；低一点儿的，小型气囊会弹出包裹全身，通常有人手臂骨折或挫了脚，就算大事了。

整个区域各路口处立起红色牌子：“前方有重大交通事故，请绕行。”

事故地点弹出立体标识：“有核辐射，请迅速撤离！”

一时间，路上空中乱成一团，所有的车子，掉头而去。

李平把限速开关调到最高，让所有的车，有多快速度就跑多快。吸血鬼的基因本就不够稳定，受到核辐射后极易产生免疫系统疾病。李平的意思，是让所有在辐射区内的吸血鬼以最快速度撤离，张欣对此举也无反对意见。这样大的事故，如果车上人员都是自动驾驶，交通局怕是免不了要赔一笔天文数字的巨款了。

李平按动的报警装置会接通局领导、救护人员、消防队，甚至自动检查相撞车辆的保险号，通知保险公司，但通知家属的事，还是要由交警来做比较人性。试想一个人在家坐着，忽然听电子设备通知你前往医院，那是何等诡异可怕？

李平打电话，张欣双手颤抖着在电脑上操作，一边惊叫起来：“李平李平，电子定位服务器瘫痪！”李平大惊，那一边正在喂喂大叫，就被他伸手挂了，扑过来：“不可能！”李平是科班出身，对电子技术比张欣还熟点儿，看了一眼，已明了：“张欣，这不是故障！这是人为破坏！”空调声呜呜，两个人在二十四摄氏度室温下满头大汗，张欣抬起头：“备用服务器——就在——”他跳起来，“通知警察，我马上去机房！”

李平颤声道：“张欣！”然后说，“还有雷达系统，别着急，我跟你一起去。”

张欣摇摇头：“不必了，我自己去，你看着这里。”

李平焦急地道：“拜托，雷达系统！”雷达系统是每辆车自备的，绝无可能都遭破坏，一辆两辆车子还不要紧，怕的是连环大碰撞，尤其是在高空第一轨的车子如果出事，坠落下来，下面几层的交通就都乱了。

李平打开撤离警报，这是最高级别的警报，内容是通知所有车载电脑，迅速以可能的最快速度离开该红色区域。

一刹那，帝国大厦前的车流乱了，不再缓缓流转，而是没头苍蝇一般开始乱窜，迅速占领每一处空地，轻微碰撞在所不计。车子里的人不住地被骤启骤停颠簸得头晕呕吐，安全带勒得肩膀生疼，不少车子连气囊都爆出来了。

李平低头看着立体示意图，打算使用强行分流处置乱成一团的车子，就在这一刹那，帝国大厦不见了！

没了！

示意图上，那座诺翰国最高最漂亮的整体浇筑通体雪白的有机玻璃大厦不见了。

李平一愣，不由自主地抬起头看屏幕，他明知道帝国大厦是不可能在一眨眼间消失的。而他的示意图，是以卫星定位系统与雷达扫描系统共同维护的，任何一个系统存在，帝国大厦都不可能被忽略。

帝国大厦仍在摄像镜头里，它威严屹立，现实存在。

可是对于车载电脑来说，帝国大厦已经不存在，所有乱成一团的车子忽然间发现了一大片广阔的天空，立刻像一窝马蜂一样“呜”的一声不约而同地以最快速度扑了过去。

马琳与李达亲眼见到了那场车祸。

亲眼看见烧熔的铁汁滴在昏迷的吸血鬼女子脸上，一道绿色火苗，那张脸一动，抬头又扑倒，已经化成一团焦黑。

两个人都吐了。

马琳说：“我会做一辈子噩梦！”

李达抱着女友出不了声，只是怜惜地抱着，生命无常，即使是吸血鬼的生命亦无常如斯。

然后车子开始乱晃，电脑显示：“正在以最快速度离开此地！”

李达失声：“发生了什么事？除了辐射，还有什么？”

电脑据实回答：“此区域交通定位系统主服务器瘫痪，正在运转的是备用服务器，交通控制台已发布最高级别警报，我会尽一切可能迅速离开！”李达对迅速离开毫无异议，他已经受够了。

他看着电脑上的立体交通图，忽然笑道：“咦，奇怪了，帝国大厦怎么没显示？”

李平询问：交通图的支持呢？

电脑回答：雷达扫描系统。

第一行的卫星定位系统一片空白。

可是，为何没有帝国大厦？李平忽然反应过来，帝国大厦有反雷达扫描装置，目的是防止空袭。

有人要破坏的，并不是交通，而是帝国大厦，有人关了卫星定位系统，开了帝国大厦的反雷达系统，目的是要让那些飞车撞击帝国大厦。李平目瞪口呆。

李平咽口唾沫，还有一个法子：人工添加建筑物！

李平点击，恢复五分钟前帝国大厦数据，修正交通图。

电脑闪出画面：“你的权限不够！”

李平一头冷汗，不停地点击授权，无人理睬。

来不及了！

来不及了！

李平点击强行修正！

电脑闪动：无此权限。

李平点开授权，然后打开自己的黑客箱，密码条立即开始闪动，边上的一行小字闪动，正在授权正在授权。

李平抬起头，看到一辆车正以四百公里的时速撞到帝国大厦上。美丽的蘑菇云腾起，雪白的大厦像一个大雪糕一样，被瞬间高温熔得流下半透明的汁来。

李平想，备用服务器怎么了？张欣怎么了？

张欣从这楼的窗口跳到对面楼窗口，向下一直向下，备用服务器与主服务器离得太远，他走到门口，灯忽然亮了。张欣微微眯上眼睛，吸血鬼的眼睛总有一点儿畏光，白炽灯下有什么东西一闪，然后张欣听到巨大的枪声，低下头看见自己胸前有一个小指粗细的洞，正在缓缓流出血来。张欣想，不要紧，吸血鬼不怕子弹，这个伤不大，先不要管，还是服务器要紧，要紧，太要紧了，千万不能让备用服务器也遭破坏。他往前走，却觉得身子乏力，怎么回事？怎么会这么没用？吸血鬼的强大身体，只要脑子与心脏还在，就不会死。

张欣再往前走一步，看见机房门打开着，里面跑出两个人影，他再往前挪动一步，可是人站立不稳，只得扶住墙，眼睁睁看着破坏者离去。这是怎么了？张欣靠在墙上，低头，看见胸前的伤口还在汩汩冒血，怎么了？应该已经止了血才对，难道——是银子弹？

后背有一点儿凉，不，不是后背，好像是整个内脏都感觉到风。

张欣伸手到后面，摸自己的后背，整个手都是湿的，他收回手来看，全是血。天！他再次伸手去摸，到底是什么样的伤口？摸到后背的中部时，手指已经陷进一团柔软的烂肉中去，往上摸，那是一个巨大无朋的伤口，他整个左上边的后背等于都被炸飞了，心脏只余一点点儿，已经不再跳动。难怪，他没有力气。

张欣此时心里洞明，自己已经完了。

沾在手上的烂肉表明，他们用的确是银子弹，且是 AK-30 手枪，高速度带来的冲击波会击破所有内脏，并带飞一大片后背皮肉。完了，他死定了。

可是他现在还不能死，他离备用服务器只有两步，非得去看看不可。在门口，张欣已看到整个服务器被钝器击打过，一些零件已经面目全非，而且上面淋着水，插头被拔下来。张欣慢慢挪过去，用衣袖把水擦一擦，防水层似乎并未遭太大破坏，情况危急，不得不冒险，他要把插头插上，也许整个服务器会爆炸，也许会重新运转起来。张欣再一次擦擦服务器上的水渍与血渍，他支撑身子要去抓插头，却发现自己一动也不能动。插头就在前方两米远，张欣看着地上淡绿色的插头，一动不能动，他轻声道：“主啊，请赐予我力量。”

他无法迈步，但整个身子仍然向前倾，然后他整个人摔倒在地上，伤口的剧痛立刻把他的神志淹没，他眼前漆黑一片，可是手指握紧时，掌心里的刺痛证明，他拿到了插头。

张欣没有力气抬头，他抬起手，慢慢摸索，祈祷给予一点儿力量，一点点儿，只要足够抬一下头抬一下手。

张欣听到脚步声，那不像是吸血鬼的脚步，那样沉重与缓慢。张欣猛地抬起头，不不不，让我完成这件事，成千上万的生命，就在我手中，不！

枪声！

张欣不会再觉得痛，他的整张脸都被炸飞。

站在门口那个人，看着一地的鲜血，忽然笑了，很值得，太值得了，这次，一命换一命，不是白白死掉，白白饱了人家的口腹，白白娱乐了人家。他转过头，看见走廊尽头奔过来的吸血鬼，真可惜，来之前他已经用过两颗子弹，还有两颗，他抬枪打向服务器，这样就保险了。然后他把枪抵在自己后脑上，真可惜，最后一颗子弹，他要留给自己，不能再打死一个吸血鬼，真可惜。

开枪。

吸血鬼看到的，是站在那儿，倚着墙，整张脸是一个血洞，只余一个下巴的人。

这是——噩梦吧？！

马琳与李达觉得眼前又是一亮，即使闭着眼睛，仍然有种像幼时无知迎着太阳看的刺痛感觉。张开眼时，只觉眼前一片漆黑，眨眨眼，忽然发现帝国大厦越来越近，那雪白的墙上一个跳动着火苗的巨大雪洞正向他们张开大嘴。

李达惊叫，一只手按动手动按钮，另一只手在停车键上按了又按。

可是大厦仍然越来越大越来越近，马琳啜泣着紧紧抱住他："不要紧，我们会永远在一起。"李达心一沉，人也静下来，是的，不要紧，无论什么结果，至少他同她始终在一起。

车在大厦前，终于改为手动，并且发出巨大的刹车声。这样，即使撞上也不会有那么大破坏力，只要核燃料箱不破裂，他们生还的可能性就极大。李达回身与马琳相拥，就在这时，看到车尾一辆火红的车子正全速撞过来。

帝国大厦像一支被淘气小孩子戳了无数个洞的大雪糕，或者，像一个白色蜂窝。李平已经泪流满面，第一次开始祈祷："撒旦我主，请怜惜我的肉体照顾我的灵魂，令我在世间得到快乐满足；请饶恕我们的罪行，让我们永远地生活在这片大地上。请让授权密码过去。"

画面一闪，授权成功，正在重建帝国大厦系统！

李平瞪大眼睛，看着电脑下方的一个小格子，一格一格变成绿色，口里发出苦苦哀求："求求你，快一点儿，求求你！"

电脑好似听到他的哀求，一闪而过，帝国大厦重新出现在屏幕上，所有的飞车掉头而去。

李平趴到桌上，人已崩溃，痛哭！

直到此时，大厦里的人才开始逃生，无数吸血鬼来不及走楼梯，从窗口直接跳下，手在下一层窗台上一搭已令下降之势缓和，就这样一层一层直落到地上，雪白的大厦像是爬满了蚂蚁。

可是此时大厦五十层的火势越来越大。

大厦本身的材料并不易燃，但是五十层是女装商场，大量织物遇火即着，加上许多人为热浪冲击，已经受伤，无法从大厦里逃出来。一时间，五十层如地狱般充满了死亡烈火与惨叫声。

火势越来越大，强化的有机玻璃，性能十分卓越，可是对于过大的火势，当温度达到一定高度时，大厦终于开始自燃，并且熔解。

半个小时后，消防队刚一进入大厦内部救人，大厦倒下。

李平在电脑屏幕前闭上眼睛，他没有救到所有人。

13

天翼在陪罗密去帝国大厦买电脑的路上假装胃痛，罗密送他去医院检查，可医生却检查不出结果。

罗密惊奇地问："真的没问题？可是他刚刚痛得很厉害！"

医生也觉得很奇怪，侧头想想："也许是胃肠痉挛吧？要不躺着观察一会儿，再痛时我再检查一下。"

罗密耸耸肩，想，没办法，看起来罗非的电脑是注定买不上了。

他走过去看天翼："真的不痛了？"

天翼点点头，站起来："我们走吧。"

罗密看看时间："也许还赶得及，你真的不用歇会儿？"

天翼说："只是还有点儿累。"

罗密道："那我先送你回家吧。"两人走出医院，正去停车场，忽然脚下的大地变亮，前方的车子都反射出耀眼的光辉，罗密刚想回头去看，只听耳边天翼暴喝："别回头！趴下！"

然后罗密已被天翼扑倒在地。

罗密与天翼等了半天才爬起来，然后整个医院的人都开始惊慌，核弹袭击？又不像，威力似乎没有那么大。那么，是什么？打开电脑，即时蹦出一条短信：帝国大厦门前有严重交通事故，请绕行。

罗密骇异，撞车撞到爆出蘑菇云来，这也太可怕了吧？怎么发生的呢？

天翼也看到短消息，心知历史大事件即将发生，他说："买不成电脑了，要不，马上网上订购？"

罗密想了想："我们回家吧，免得妈妈担心。"

电脑上再次传来短信："车祸遇难者已证实身份，三男二女分别为……"以下是一份名单。

罗密惊骇："天，真可怜，怎么会死呢？怎么会这么严重？天翼，我好久没见过死亡讣告了。"

天翼沉默，是吗？可是，我在网上却天天可以看到人类在被虐杀。罗密，你很久没见过讣告了，可是我，昨天在网上刚刚看到拍卖人皮绣花鞋。

罗密侧头，问天翼："你是否觉得我可笑？不过，我真的很怕这种意外，你知道我们吸血鬼的寿命很长，可是，毕竟还是会死亡。多么可怕，死亡——天翼，你怕不怕？”

天翼笑了。

他没有说话。

怕不怕？他亲眼看到吸血鬼用各种方式虐杀人类，那场面让人毛骨悚然。

怕不怕死？天翼怕死，但怕另外一些东西超过死亡。

天翼只得笑了。

就在此时，第二次爆炸声响起，两个小人伏在地上，这一次闭上眼睛也可见强烈的白光，两人都将头埋在手臂里，可是仍能看到一次又一次的白光。罗密全身颤抖，太可怕了太可怕了，他还能不能回到家见到妈妈？这样强烈的一次又一次的爆炸到底是怎么回事？难道是核战又开始了吗？

不不不，他不想要战争，他想活下去，他不想死。

这样长时间地暴露于辐射下，会发生什么事？

忽然背上一重，罗密不敢抬头，伸手一摸，原来是天翼趴到他身上。罗密一愣，耳听天翼说：“别怕，我的基因比你的稳定。”

在之前的吸血鬼与人类大战中，一些国家采取的抵抗方式就是，全员撤出，然后在低空爆破核弹，将全城变成肮脏的辐射地带。这样的地方，吸血鬼连边也不敢靠近，人类再重新进去生活。是的，会有辐射，会有人不断地发病死亡，女人必须到别处去怀孕生子，但是，还是会有活下来的人，大多数人还是会活下去的。即使生下畸形儿，也比马上死亡，或成为吸血鬼的供血者来得好。至少，还是一种人类生活。

天翼苦笑，吸血鬼把人类逼到这个地步，他有权要求吸血鬼血债血偿，是不是？可是——他希望罗密活下去。

天翼觉得自己很可耻，这种软弱真是可耻。

可是，他也清楚地知道，罗密是他的朋友，赵敏是他的朋友，而张杰明只是他有着共同目标的伙伴，那同朋友还是有分别的。

不管为了什么，可以对自己的朋友下手吗？

爆炸停止良久，两个孩子才敢从地上起来。

先是坐在地上，相互对望，发现对方都完好无损，转过头去看不远处的天空，笼着一层可怕的雾蒙蒙的尘埃。天翼道："快走，那些尘埃落下来，会得辐射病。"

罗密脸色苍白："天翼，谢谢你！"

天翼神情复杂："罗密，不必这样说。"不必说谢谢，这是回报你这些日子善待我，我虽然没说过谢字，可是，一定会回报你的。

罗密拉着天翼，飞快地跳上车，一边颤声道："不知道驾车回家会不会有事。"

天翼道："开车！"

罗密一出车门，已听到尖叫声："罗密！"

赵敏扑过来，紧紧抱住罗密："我的天，罗密，我的天，你活着，天哪！"泪如雨下。

赵敏的脸色惨白，怀里抱着罗密，可是仍然怕得发抖："天哪，你还活着。"

罗密也紧紧抱住赵敏："妈妈！"

赵敏松开罗密，擦拭眼泪，打开电脑："大同、罗非，罗密回来了！"

那一边传来两个男人的欢呼与尖叫声，五分钟后，罗大同与罗非都回来了。

一家人都喜极而泣，天翼静静地躲在一边。

赵敏哭泣："我以为你在帝国大厦里！"

罗密紧紧抱住自己的妈妈，是的，就差一点儿，如果不是天翼忽然胃痛的话，如果他不是停车带天翼去医院，此刻，他可能已经在帝国大厦里面遭遇不幸了。

罗非苦笑："罗密罗密，你吓死人，差你跑个腿儿就受这样大惊吓。我在戒严线外不知转了多少圈了，快说说，怎么回事？你怎么敢不去给我买电脑？"

罗密抹一把眼泪："走到幸福路，天翼胃部疼得厉害，我只得改道去最近的医院，在里面挂号候诊。后来天翼说不疼了，我俩刚往外走，就看见一片白光，然后我就回家了。”

赵敏这才想起来：“天翼呢？你们两个受没受伤？”

在角落里看到天翼，赵敏过去抱住天翼，轻声道：“你救了罗密！”

天翼也轻声道：“只是凑巧。”

赵敏再一次轻轻拥抱天翼，好，只是凑巧也好，总之这个小人是罗密的救命恩人。

天翼回到自己的房间，上网，进入猎人网站，赫然发现正面大门上出现自己的名字。他拥有了自己的房间，打开门，发现房间里堆满了鲜花。

来自人类世界的鲜花。

天翼拿起一朵，指尖轻触，半含的花苞缓缓绽放，花瓣一片片打开，最后现出一个赤裸的美女，那美女起身鞠躬：“你是我心中的英雄，你是全世界人类的英雄，杀光所有吸血鬼！”然后又轻声婉转道，“这是我的三维实像，你喜欢吗？我的号码是——”她扬手，一排鲜红的数字显在半空。墙上的地址簿跳起来，扑上去，大口“啊呜啊呜”把号码吃掉，然后显示在待分类项上。天翼看到名字不禁一笑——“赤裸花精灵”。

手里玫瑰盛开，然后一点点枯萎凋谢，天翼松手，轻触另外一朵，里面传来一声怒吼：“杀得好！小子！不过，你把我的第一猎人称号抢走了，你小心等着，臭小子！”天翼看看签名，知道是组织里有名的猎手，得到这样的称赞自是不易。不过，天翼的骄傲里面有着深深的悲哀与疑虑。

张杰明过来拥抱天翼：“干得好，天翼！”

天翼苦笑：“死亡个把平民，离我们的目标还很远。”

张杰明一愣，然后点头：“天翼，难得你有这样的见识、这样的胆识，我已决定，由你来担当诺翰国地区的首领。”

天翼一愣：“我？我恐怕……”

张杰明道：“你在帝国大厦这件事里，已经充分表现出你的组织策划能力。”张杰明交给天翼一份名单，“这些人里，有些是吸血鬼，有些是人类。我让文雅整理好给你。”

天翼忽然醒悟：“原来的负责人是谁？”

张杰明微笑：“文雅。”

天翼吃了一惊：“你的意思是……？”

张杰明道：“猎人一旦成为吸血鬼，不管是在什么情况下发生的，立刻就失去领导权，文雅，现在的青丸也不例外。”

天翼沉默。铁规矩，不为任何人改变，可是，青丸成鬼已很久了，现在才让她交出领导权，到底是因为规矩还是因为天翼的表现太过出色？青丸对张杰明的感情，张杰明到底知不知道？他这样做，怕是会伤了青丸的心吧？

天翼想了一会儿：“过一阵子吧，过一阵子等那件事的风波过去，证明我确实安全的话。”

张杰明点头：“我也是这个意思，如果你需要的话，天翼，青丸可以提供逃亡路线，当然，我希望你不必使用它。”

天翼点点头，过了一会儿：“青丸成为吸血鬼，是被迫的吧？”

张杰明道：“她得到我的同意。”

天翼问：“她知道会失去领导权？”

张杰明道：“当然，她知道规矩。”

天翼道：“我知道她知道规矩，不过她的情况有所不同，是不是？”

张杰明沉默一会儿：“没有不同。”

天翼也沉默了。

半晌张杰明道：“在我们这个组织里，所有的猎人都是一样的。”

天翼点点头。

过了一会儿，张杰明说：“青丸在做出决定时，就应当知道，她已永永远远放弃人类生活放弃人类社会。”

天翼愣了，慢慢直起身子：“你的意思是……？”

张杰明道：“吸血鬼就是吸血鬼，一旦成为吸血鬼，不管是为什么目的，就永远不能再回到人类中生活。如果有一天，我们成功，被消灭的将是所有吸血鬼，不会留下任何一个。所以，选择做吸血鬼，代价是很大的。像青丸这样能被吸血鬼世界接受的已算难得，更多的非法吸血鬼被人类与吸血鬼两个世界放逐与追杀，那不是一个好的选择。”

半晌，天翼问：“如果他们有家人亲人，或者爱人呢？”

张杰明道：“如果有舍不下的，不必选择做猎人，舍不下的人很多，太多了。”

天翼问：“那么，他们的家人也会舍弃他们吗？”

张杰明道：“天翼，儿女情长，大可去过正常生活，何必跑到猎人组织里来叹息世事不能两全。”

天翼沉默，可怜青丸的爱情，在张杰明这里，不过是个笑话。

14

帝国大厦事件之后，新一轮的敌视人类的狂潮开始，独自出门的人类，经常会失踪死亡或者受到残暴的攻击，甚至有时有主人带领的人类，也会受到攻击。与此相关联的，一向同情人类的新鬼也受到攻击。

新鬼地位，再一次下降。

罗非很快与赵敏罗大同达成一致，他们都很喜欢朱丽，可是让朱丽成为他们家族的一员，那会给他们年幼的儿子带来无尽的麻烦与切实的利益危害。在他们这个阶层，一旦娶了新鬼为妻，会被一些集团，以及中上层人士排斥与非议，罗密的身份就会永远停留在新鬼所能达到的中下阶级，再也无法上升到另一个高度。他们喜欢朱丽，他们支持新鬼的平等民主，但是一件会实实在在伤害到他们孩子的事，作为父母，他们必定会反对。可是也不能太露痕迹地大张旗鼓地反对，如果新鬼们知道这件事，一样会引起非议。

赵敏叹息，要不一般家长怎么会不愿给孩子买异性宠物呢，不但不方便照顾，而且容易出事故。想不到乖宝宝罗密会出这种意外。赵敏回头苦笑：“大同，若不是因为我，你也不会失去西大陆集团。”

罗大同道："不，是我不喜欢管理企业，所以做出选择，这些年来，是你在照顾我们的家。"

赵敏沉默，由奢入俭难，家道中落的滋味，非亲身体会，难以形容。生活中的每一点每一滴都提醒你，你在走下坡，你做了牺牲。

当你发现厕纸都换成了你从没见过的牌子，这些点点滴滴的不如意，难免会使最开朗的人沉默了。

赵敏是个新鬼，希望与贵族联姻的罗启坚决反对长子的这门婚事，最后以继承权相要挟，罗大同放弃了继承权，罗斯福与贵族小姐成亲，婚礼之盛大，让 ABC 进行了整场实况转播。罗大同没有接到邀请，他与他的新鬼妻子，只能从电视里看到弟弟的婚礼。

罗大同放弃了一个王国。

赵敏的身份得到了微弱的提升，有时她也会想，如果只是嫁给一个普通的医生律师，是不是会更好？或者，只是嫁给与现在的罗大同一样身份的人，那样的话，赵敏也不算高攀，罗大同也不必牺牲。

至于爱情，年轻时候，孩子们总认为爱情是唯一，爱的那个人是唯一的，只有与那个唯一的人才会发生今生一次的爱情。

其实，爱情可以发生很多次，相似的人有很多，人的适应能力很强，所谓念念不忘，若干年后，会连爱人的相貌都想不起来，如何才能做到念念不忘？

赵敏对天翼说："我想，你能理解，这不是一个概念化理论问题，如果罗密真的同朱丽发生什么事，罗密现在还年幼，没有能力为朱丽申请吸血鬼身份，等罗密成年，那又是很久以后的事，两个孩子或者以后会遇到更好的人、更合适的人，是不是？所以我觉得，对两个孩子都好的办法，是让他们分开。"

天翼沉默，来了，来了，如果真要爱，请默默相守，非要做鸳鸯状，那不是成心招棒子打吗？如果只有一股子冲动，不懂谋划以后，同动物有啥分别？

天翼能说什么？赵敏说得很明白，如果朱丽真的同罗密发生关系，或者发生爱情，朱丽是只有罗密一个人，而罗密会在外面遇见无数美女，未来是不可知的，如同一场赌博。

赵敏道："当然，我们也不会把朱丽随便送到什么地方去，大同有一项特权，每年可以推荐一个人类入籍，如果你们愿意的话，我们会推荐朱丽入籍，然后送朱丽去女子寄宿学校，支付她的学费至她成年。当然，如果她决定留下来，等罗密成年，我们是绝不会难为她的。我们觉得，像这种对前途有重大影响的决定——跨种族的恋爱，而不是正常的同类的平等的人之间发生的爱情，不是不可以，但至少应该等他们成年后，有足够的知识与能力做出判断时再决定。你认为呢？"

天翼道："我同意您，我也很感激您的安排，我会同朱丽说，不过，我不能代朱丽决定。"

赵敏点点头，轻声道："谢谢你，天翼。"

天翼回答："放心，不管你们觉得我配不配，我当你们是家人，我不希望有伤害你们的事发生。"

赵敏羞愧："天翼。"

天翼说："我明白。"已经是最好的安排，如果不，如果直接把朱丽送去拍卖呢？甚至退回王宫，未成年的青丸同样没有能力保护安置朱丽。

天翼告诉朱丽："你可以选择，留在这里等待罗密那不可预知的多年不会变的爱情，或者马上成为吸血鬼，到一个新的地方，以一个吸血鬼的身份去读书学习。如果多年以后，你还爱着罗密，没有人能阻止你回来找他。"

朱丽沉默。

天翼诧异了："朱丽！"

朱丽沉默。

天翼瞪大眼睛："朱丽，你的目的是什么？不要告诉我，你要的是爱情！"

朱丽苦涩地问："咱们不配，是不是？"嗓子沙哑，这个美丽少女，那明媚的容颜美丽的长发，让这把苍老的声音显得那样诡异。

天翼也沉默了，他明白，在十几岁的少年当中，爱情是很容易发生的，也是很难取舍的。天翼轻声：“我求求你做出正确抉择，我同情你，但是请你不要任性，别错过这个好机会。朱丽，爱情只是一种感觉，想想看，做一个与罗密平等的人，然后你才有权选择爱他还是不爱他。我同你说，你现在确实不配爱他，因为你一切靠他，而他必须为你做出牺牲，这样的不平等爱情更像施舍，朱丽，请先争取平等身份，好吗？不管你怎么看我，我是希望你幸福的。幸福要靠自己争取，请你，节制自己的欲望，为自己争取幸福。”

朱丽惨笑：“我明白。哥哥，只有亲哥哥才会跑来啰唆。你放心，像你像我，一早知道食物是天底下最重要的东西，我们怎么会做出错误抉择？我知道，我只是……只是……”只是胸口发闷、胃部抽痛，好像被人在心脏重击了一下，或者，整个胸膛已被挖空。

朱丽低下头，她只是一个少女，她会爱上一个人也会渴望爱情，可是面临选择，她不得不抛弃生命中最美好的东西，而选择面包与水。

朱丽忽然双手掩住面孔，慢慢窝下身子，发出低沉的号叫声，像一头受了伤的野兽，缩成一团。她慢慢蹲在地上，抱住膝，号叫声闷在她自己的身体里，哽咽着，像要把所有的痛苦不平、失望悲哀慢慢吞咽下去。

天翼面色惨淡，他知道朱丽已做出正确抉择，可是，还是晚了，爱情还是发生了，朱丽得到想要的，却失去了一颗心，想必是痛吧。有的人痛得宁可抛弃生命，活下来的，不过是忍痛罢了。天翼轻轻把一只手按在朱丽背上，轻声道：“对不起，朱丽，帮不到你。”

不过，我一定会帮到许许多多的人类，一定，一定要为人类做点儿什么。

朱丽的眼泪似乎无穷无尽，天翼不得不把她一个人留在屋里。

外面的空气还是那么新鲜，可是美丽的朱丽已经哀伤得像一个幽灵。天翼此时挂着一张失魂落魄的脸，他沮丧而疲倦，以至于罗非见到他大惊失色：“怎么？你的游说不成功吗？”

天翼搓搓脸，恢复正常神色，叹口气：“哭得昏天黑地，还在哭，我快要被哭疯了。不过，她同意离开。”

罗非隐隐自风中听到野鬼般的哭泣声，伸伸舌头：“好可怕，难怪你那个脸色，将来咱娶老婆，第一条，就是永不哭泣。”

天翼笑了：“或有之，余未见之。”

罗非笑：“你的古文又进步了。怎么没见过，你看青丸，她可哭过？”

天翼面色一变：“她不是你的好对象。”

罗非诡笑：“你知道什么？”

天翼想再开口，可是怕太落痕迹反为罗非利用，只得不出声。

朱丽的眼睛红红的，看上去反而有一种娇艳的凄美，一个美女，怎么都是美的。

天翼受不了自己的妹妹，躲到一边，倒是赵敏，满怀歉意：“朱丽，别哭，你很快就有吸血鬼身份，可以去上学读书、工作，遇到自己喜欢的男孩儿，你长得这么美，一定会受欢迎的。”

朱丽于悲哀中，看到一个全新的未来，心里的哀伤冲淡了不少。

罗密这时过来看到朱丽与自己母亲亲密交谈，又见朱丽眼睛通红，就觉不妙：“朱丽！”

朱丽抬起头来，强自镇静，微笑：“青丸公主要推荐我入籍。”

罗密一愣：“青丸？她可以吗？”

朱丽轻声道：“她认识人，很快会批下来，不过，她希望我去读书。”

罗密道：“那很好啊，我们在同一个学校读书吧。”

朱丽微微垂下眼睛：“公主已经替我联络寄宿学校，她不好意思再打扰你们。”

罗密如遭五雷轰顶：“朱丽！”

朱丽轻声道：“放假，我会来看你的。”

罗密急道：“你可以继续住在我们家啊！你可以同我一起上学啊！”

朱丽轻轻咬住嘴唇，半晌道：“我听主人的安排。”

罗密大声：“你既然成了吸血鬼，就没有什么主人了。”

朱丽轻声道："青丸帮我申请入籍，我永远感激她，她永远是我的主人。"

罗密急道："我去同青丸说！"

朱丽终于哭了："不，不要，罗密，别去，青丸为我做了这么多，已经很难为她了，别再给她添麻烦！别让她觉得我不知感恩！"

罗密大声喊着："朱丽！"

朱丽道："我们还会见面的！假期，或者等我们长大，我们还会见面的！"

罗密猛地抱住朱丽，小小的他，也明白这里有点儿不对劲，可是他身小力单，无力阻止。罗密紧紧地抱住朱丽，隐隐觉得自己要失去她了，生命中的阳光，最美好最甜蜜最柔顺的小伙伴。罗密轻声道："我会等着你，朱丽，等我，我会尽快长大，等我。"

朱丽泪如雨下。

天翼转开头去望窗外。

罗非似笑非笑地仰在沙发上，双手交叉在脑后，嘴角带一丝嘲讽看着弟弟表演悲情。

父母亲唯有叹息。

罗密泪眼扫过大厅的所有人，没有人过来劝他们，没有人对此感到惊讶，罗密擦擦泪，拉过朱丽："我们出去谈。"

他们走出去，赵敏松口气："幸亏朱丽这样说，我还怕罗密会恨我们。"

罗非笑道："可是我们大家的表演太逊色了，罗密不信呢。"

天翼轻声："朱丽会一直坚持这种说法，她很感谢你们对她的照顾。"

罗非微笑着看天翼一眼，奇怪，他们家收了两个有情有义的好宠物，虽然只是稍稍善待他们一点儿，他们已经懂得感激，看起来，宠物真是鬼类的好朋友。所以，亲爱的天翼，无论如何，我也不会让你变成一个吸血鬼的，我要你终身做我的宠物。

罗非再一次露出大灰狼般的微笑。

罗密与朱丽看看四下无人，再一次紧紧相拥。朱丽在罗密的怀里感受不到温度，吸血鬼的体温比较低，可是那双手臂那样紧紧地贴住她的后背，紧贴她，肌肉绷紧，但没有紧到她受不了，这个吸血鬼的紧紧的、热烈的却又克制的拥抱，让朱丽不舍。

她抚摸罗密的头发肩膀后背，这个肌肉紧绷的身躯，这个真的爱她的男子，以后再也见不到了。

罗密慢慢松开手，平静下来，问朱丽："告诉我，他们要把你怎么样？"

朱丽发呆，罗密不是笨蛋，罗密善良，可不是笨蛋。半晌，朱丽轻声道："相信我，我为什么骗你？"

罗密道："朱丽，告诉我实话，相信我有我的判断能力，即使是好心，也求你不要骗我，让我知道实情。"

朱丽轻声："不，我说的是实话。"

罗密问："青丸真的为你申请入籍？"

朱丽点点头。

罗密沉默，过了一会儿："他们答应让你入籍，条件是离开罗家？"

朱丽一双宝光晶莹的大眼睛里已盈满泪水，可是她坚持："青丸公主要送我去寄宿学校，罗密，你想得太复杂。"

罗密愕愕地望着朱丽："朱丽，那么，至少为你申请入籍是真的吧？"

朱丽再也忍不住，忽然之间，泪如雨下，她扑到罗密身上大哭起来："罗密，你为什么不相信我？"

罗密轻声道："我知道他们要分开我们，想不到他们做得这么成功，还逼你说谎！"

朱丽摇头："不，不是，罗密，不是，我没有说谎，我没有没有。"

罗密道："好，你告诉我，他们是真的给你申请入籍，是吗？"

朱丽道："是的。"

罗密道："我去问青丸！"

朱丽没有阻拦，这么久，天翼应该已同青丸联络过了。

青丸的脸色并不好看，她一点儿也不喜欢罗家的这个决定，不过既然当事人同意，当事人的亲人同意，只瞒小孩子罗密一个人，她也不好阻拦。

罗密问："你真的为朱丽申请入籍？"

青丸答："是。"

罗密问："为什么？"

青丸忽然笑道："我没能力保护她，我要到十八岁才是自由人，留她一个人在外面，我不放心，万一遭色狼毒手，连制裁那色狼都做不到，不如给她鬼籍，法律自会保护她。"

罗密沉默一会儿问："一定要她离开我家？"

青丸道："恕我直言，朱丽应该多接触一点儿同龄人，她有了新身份，应该同新朋友在一起，开始新的生活，总与知道她过去的人在一起，过去的点点滴滴提醒她曾经的宠物身份，对她适应新身份，一点儿好处也没有。所以，请你放手，让她重新开始，如果你成年后，有能力自己做出决定后，仍然对朱丽有诚意，欢迎你与朱丽重新开始。"

半晌，罗密道："因为我们年轻，我们的感情可以随意处置，切断移植，重新开始？"

青丸半晌道："可不是，得趁年轻，有活力，移植得了。再说，没能力养活自己的人，有什么权利谈爱情！"

罗密怒问："那么，你呢？如果你爱上一个人，是不是也赞成别人随意处置你的感情？"

青丸道："我的身份环境更不如你，我只得忍着，叫都不能叫。"

罗密哀然："那么，请同情我们。"

青丸道："罗密，我同情你，可是我更同情朱丽，等你有独立能力，对朱丽不公平。不过是几年时间，如果是真爱，忍一忍；如果只是占有欲，也请你忍一忍。"

对，罗密只能通过与朱丽结婚来为朱丽申请，如果罗密变心，朱丽就白白浪费了自己的青春与感情。

良久，罗密问：“我还可以与她通信吧？”

青丸道：“当然，如果愿意你可以与她彻夜聊天。只要你有耐心。”

罗密沉默一会儿问：“她什么时候入籍？我希望她入籍后再走。”

青丸道：“看学校与入籍申请哪一个先批下来。”

罗密沉默，半晌道：“你保证，她会成为一个吸血鬼，而不是出现在拍卖会上。”

青丸道：“当然！”

罗密还觉有话要说，可是已经想不出还能说什么了。

青丸觉得不忍：“朱丽还是我的朋友，我会尽力提升她的身份，让世人觉得她配得上你。如果你真的爱她，希望娶她，这样会更好，是不是？”

罗密终于点点头。

午夜，朱丽辗转难眠，一面是对新生活的向往，一面是痛彻心扉的依依不舍。

外面传来脚步声，然后门开了。

罗密拎了一个包进来，朱丽坐起来，罗密不会提议私奔吧？她是不可能与他私奔的。

罗密坐到朱丽对面，并没有开灯，他说：“对不起，朱丽，我没能力保护你，我应该小心一点儿，不让别人看出我爱你。是我让你面临抉择，让你再一次面临险境！”

朱丽轻轻掩住嘴，不，不要这么说，她不想再哭了。

罗密轻声说：“我唯一能为你做的是，保证你会成为吸血鬼。如果他们骗我、骗你，让我来承担这风险！朱丽，别怕，闭上眼睛。”

朱丽问：“你要做什么？”

罗密道：“我现在就把你变成吸血鬼，如果青丸真的为你申请入籍，早一点儿晚一点儿，不要紧；如果他们骗我，放心，我父母为了让我不去坐牢，也会为你申请。”

朱丽缩起身子：“不不不！罗密，我不要你坐牢！”

罗密道："我不会坐牢！"

他按住朱丽，面孔开始变形，獠牙渐渐伸出来，青色的血管从额头暴起来，罗密说："闭上眼睛，亲爱的，闭上眼睛。"

朱丽没有闭上眼睛，她看到罗密变形的恐怖面孔，可是并没有害怕。以前，她也曾近距离看过别的野兽般的狰狞面孔，可是这张脸，无论如何不能唤起她旧日的恐惧。朱丽轻抚罗密那变形的脸，手指抚过一条条突起的血管，泪水缓缓滑下她的面孔，当突出的獠牙靠近她的脖子时，她轻轻抱住罗密，牙齿穿过皮肤的痛令她微微闭上眼，泪珠滑落在罗密的脸上，微温，然后凉。

痛，可是吸血鬼会散发一种蛊惑般的力量，让受害者心甘情愿，不想挣扎。当受害者本来就是心甘情愿时，这种痛会唤起一种美妙的归属感，朱丽确切知道，她是属于罗密的，即使身体不由自主，一颗心，会永永远远属于罗密，罗密夺走她的生命，然后给予她新的生命。罗密的血里有她的血，她的血里将流淌罗密的血，他们，将比血亲更亲，是真正的你中有我，我中有你。

朱丽听到自己的心脏大声剧烈地跳动，眼前的东西渐渐模糊，朱丽觉得自己正在飘浮，离现实越来越远。她轻声道："罗密，我爱你。"

罗密发现朱丽神情恍惚，立刻推开朱丽，从包里取出手术刀，他现在手上有利甲，但是他不习惯使用，用手术刀比较精确。

刀子划破肌肤，切断动脉，血浆喷涌而出，罗密把朱丽抱起来，搂在身前，饥渴半昏迷的朱丽立刻挣扎着吸吮血液。罗密静静地坐在那儿，力量被吸走，可是他的血流入朱丽的身体，他仿佛感到身体的一部分缓缓地抚摸着朱丽柔软的内脏，他听到朱丽的心跳和他自己的心跳，杂乱地狂跳着。然后渐渐地，声音开始和谐，一声声仿佛相互应答，最后达成一致，两颗心脏同时跳动，血液在他们的血管里欢呼。一刹那，罗密有一种奇怪的感觉，他好像听到朱丽灵魂的声音，那声音说："我爱你，我不想离开你。"

"好了，"罗密轻声说，"我看的资料上说，一分钟已经够了，再久了，我会失血过多。"

朱丽猛醒过来，她很诧异自己会如此痴迷吸血，吸吮血液让她产生一种迷幻的美妙的幸福感。她推开罗密，天哪，要是罗密不阻止，她会一直吸下去，直到吸干所有血液，可怕的感觉。

朱丽喘息，然后觉得眩晕，她伸手抓住罗密：“天哪，我头晕。”

罗密轻轻扶她躺下：“血浆在转换性质时，会有一阵子供氧不足，放心，平躺着，安静地躺一会儿，会好的。”

朱丽静静地躺在那儿，感觉身体微微飘浮起来，像躺在一片风中的叶子上，静静地飘啊飘。不能动，一动就像晕船一样，可是不动，感觉却极为美妙。

罗密取出纱布，给朱丽擦拭身上的血渍，把朱丽颈上的伤口包扎好，然后处理自己的伤口。

然后，罗密也觉得累了，累得动也不想动。不知为什么，月光下的朱丽如一个精灵，散发安宁的吸引力，这个人这张脸，以后将不再属于他。罗密贪恋地倚在朱丽的床头，静静地看着朱丽的容颜。那张脸，在月光下，皎洁如玉，闭着眼睛，依旧比别人的眼线长。长长的睫毛，让罗密忍不住伸手想摸摸，手伸过去，又怕打扰了朱丽，又缩了回来，可是指尖，仿佛已经触到那长长的茸茸的睫毛，有一点儿痒。

朱丽的睡衣，微微开了一个角，从那儿能看到一大片雪白的肌肤与一个半月形的圆弧，罗密微微有点儿脸红，伸手把朱丽的扣子扣到脖子下面。然后又耻笑自己，真是半个圣人，既不能不动心，又不敢让自己动心。从朱丽衣衫里逃逸出的温暖气息，带着一股浓重的奶香味，这香味勾起人一种想拥抱她膜拜她的欲望。啊，罗密在心里微微叹息，真香，这婴儿般的味道。

那股奶香，让罗密安静地慢慢闭上眼睛，他知道自己要睡了，可是没有办法让自己离开，慢慢地，手臂搭在朱丽身上，头弯下来，触到朱丽的头，睡着了。

月光清冷地照进来，照在朱丽的白衣与雪白面孔上，照在蜷伏在她身边的哀伤的罗密身上。

那样冷清的两个人，凑在一起，也有一点儿温暖的感觉。

没有人注意到罗密与他的宠物共同度过一夜，只有朱丽在半夜醒来，听到两颗心脏合奏的声音。朱丽慢慢闭上眼睛，这个人，才是她真正的亲人，关怀她爱护她，首先为她着想，然后才是自己。

朱丽慢慢凑过去，把头放在罗密的手臂上，面孔贴在罗密的白衫上，那棉布柔软而温暖地围着她的脸颊，朱丽缩成一团在罗密的怀里，希望得到更多的温暖与安全感。

清晨，阳光照进来，朱丽与罗密彼此凝视，那份少年才有的清澈的爱情，是朱丽生命中最美好的东西。

两人在一瞬间都想过留下来，或者携手出逃，可是一份这样美好的爱情，在不同的土壤里，在高温高压下是否还会同样美好？钻石在高温下会成一团灰烬，水母离开大海会变成一团黏稠的污浊的膜，星星坠落地面会变成一块石头。

非要考验爱情，爱情不知会变成什么。

罗密或者不知道，朱丽却是知道的，人的感情在经历考验时会变成什么。

朱丽轻轻抚摸罗密的面孔："谢谢你，罗密。"

罗密沉默，半晌问："是我父母要求你离开吗？"

朱丽不舍地把罗密柔顺的长发拨到他耳后，轻声道："不是，罗密，你父母爱你，不想伤害你。罗密，我不是你的好对象。可是，成了吸血鬼之后，我会努力的，努力做一个配得上你的女子。我们还有未来，吸血鬼的未来，是很长很长的岁月。"

罗密点点头，他的眼睛围了一圈淡红色，他没有哭。朱丽抱住罗密："罗密，等我。"

罗密紧紧地抱住朱丽，这一次，朱丽也是吸血鬼了，他终于可以放肆地紧紧地抱住朱丽，紧到朱丽窒息，紧到他双臂麻木，紧到两人好似融为一体，可以永不分离。

15

罗非要用卫生间，发现里面有人，他去楼上的那个，但是听到干呕声，好像是朱丽，罗非心里微微一动。

这几天，朱丽的脸色好似特别坏，苍白到透明。

这个小家伙更瘦了，走起路来轻飘飘的，似个鬼。

似个鬼，好似地心引力不再像以前那样沉重地束缚她了。一个人瘦了，是会轻飘飘的，可是，不是应该显得更加软弱无力吗？

天翼走过，看到罗非在卫生间门前深思，微微诧异："在考虑什么事？"

罗非抬头，见是天翼，一笑，沉默而过。

天翼目送罗非离开，很奇怪，罗非怎么了？鉴于自己目前的部分任务是研究罗非，天翼对罗非在卫生间门前深思这件事，不禁也沉思起来。这时，门开了，朱丽面色苍白地走出来，天翼一惊，罗非是在为朱丽沉思吗？

朱丽看到天翼，脸上微微有点儿慌张："哥哥。"

天翼问："怎么了？"他不过是问一声，他并没有听到什么。

朱丽却以为他听到了，立刻涨红了脸："没……没事，可能是吃得太油了。"

太油了？那么朱丽是在卫生间里呕吐了？

朱丽看到天翼狐疑的目光，更加慌乱，结结巴巴道："我……我回房歇会儿。"

她要走，天翼道："朱丽，如果有事的话，可以同我商量。"

朱丽目光流转不定，她在犹豫，要不要让天翼知道这件事？这样一个迟疑目光，让朱丽做得千回百转，可是看在天翼眼里，只觉这妖媚姿态让人头晕，他叹息一声："你想想清楚，我是你哥哥，我总是帮你的。"

罗非打开冷库门，查看冷库电脑记录，某月某日入货多少、使用情况，他发现从半个月前血液的用量开始逐渐加大，而且，使用量加大的，只有一个人，那就是罗密。

吸血鬼喜欢血液，但自幼年起，罗家的两个孩子就被教育要克制自己的欲望，因为血液只要能维持自身的机能，就已经足够了，罗家的孩子，不需要大幅度提高体能，这是一个文明社会。过多的血液在消化时反而会让吸血鬼的血液更多地流到四肢与内脏，产生昏昏欲睡的感觉，而且多吸入的这些血液，必须加以大运动量锻炼才能生成肌肉，如果既不需要发达的肌肉也没有时间把血液转换成肌肉，那就只是浪费。吸血鬼世界里还有人因血量不足而冬眠，作为一个有道德的人，不可以浪费吸血鬼赖以生存的宝贵血液。

罗密一向是个模范宝宝，忽然之间放纵自己大量饮血，总是有原因的吧？那原因一定是罗非不愿知道的。

罗非叹口气，麻烦专家，一定是又制造麻烦了。

天翼作为罗非财产的一部分，当然不会放过研究罗非的行踪，他在阳台上，远远地看到罗非走进室外冷库，罗非去干什么？每个房间都有通向冷库的自动传输机，需要什么，点几个按钮就可。

罗非跑到冷库干什么去了？是查冷库的进货与消耗吗？

罗非什么时候开始关心家人吃多少用多少了？

天翼是罗非专家，可以推断一下，如果罗非认为朱丽呕吐是因为怀孕的话，他顶多冷笑一声，理也不会理，就算是他的弟弟罗密令朱丽怀孕，他也只会幸灾乐祸地等着好戏上演。既然他站在门前深思良久，那么，唯一可能的是，这件事，对他对罗家或罗家人有伤害。

会是什么事呢？

天翼听到脚步声，回过头去看到罗密，罗密看了天翼一眼，转开头去，他要下楼，天翼道："罗非在冷库里。"

罗密站在楼梯口，首先确认天翼是在对他说话，然后注意到谈话内容，罗非在冷库里。这些日子，罗密尽量克制，他何尝不知，过多地消耗血浆会被家人发现，罗密慢慢回过身来，天翼的意思是，罗非已经发觉了吗？

罗密的目光在空中胡乱扫视两下，终于落在天翼脸上："冷库？是吗？他去干什么？"

天翼问："你知道吗？"

罗密轻轻嘘了一口气，沉默。

天翼道："你可以信任我，我既不会伤害你，也不会伤害朱丽。"

罗密点点头："那么，天翼，跟我来。"

罗密打开门，朱丽迎过来："罗密，我刚才——"她看到了罗密身后的天翼，罗密苦笑，向她点点头。

朱丽明白了，一定是天翼发现了她的情况。

罗密叹口气："天翼，我们遇到麻烦了。朱丽已经是吸血鬼，可是她的入籍申请却没有批下来，母亲马上要送她去寄宿学校。"

天翼沉默一会儿，来理解这一大堆麻烦。不过，理解之后，天翼认为罗密说的这一切，并不是很严重的麻烦："已经是？为什么不等入籍后？"

罗密道："我怕等不到，我人微言轻，一旦父母遇到阻力，他们对朱丽的诺言，我永远无法知道能不能实现了，我担心朱丽。"

天翼微微感动，那么，至少罗密给朱丽的，是真的爱情。

天翼看一眼朱丽，朱丽低着头，沉默，她的目光呆呆地望着地面，一片迷茫。

天翼叹息：朱丽，你要的到底是什么？是成鬼，还是爱情？请别选爱情。凡是用钱解决不了的问题，如爱情如友谊如温暖如快乐，都是人生奢侈品，有当然好，没有，也不必多想。朱丽，你是自小吃过树皮草根的，如果连这点道理都不明白，那些年的苦，真是白吃了，难道你是个白痴吗？

罗密问："天翼？"

天翼苦笑："这个问题很简单，罗密，你只要把真相告诉你母亲，她不会把你怎么样的，她也就不会把朱丽送走。同时，她会尽力想办法让朱丽尽快入籍。"

罗密呆了一会儿："如果申请不成功呢？"

天翼沉默一会儿："今年不成功，还有明年，罗家都是好人，只会把朱丽藏得更隐秘，不会采取极端做法的。"

罗密愣了一下："极端做法？"他不明白或者不想明白。

天翼不想解释，他看了朱丽一眼，朱丽呆呆望地的眼珠一动，这话，她想必是听进去了。

罗家只有一个人不是好人，如果罗非认为有必要帮助自己的弟弟免受牢狱之苦，那么，最好的办法是什么？简单、有效、快捷，天翼苦笑，如果天翼是罗非，也会想到这一点，杀了朱丽！

毁灭证据，且杀死一个未入籍的吸血鬼不犯法。

罗密沉默一会儿道："如果申请没有批下来的话——"

天翼道："我们再想办法。另外，如果可能的话，打听一下是什么原因没批下来。"

罗密点点头，天翼没提出什么了不起的办法，可是天翼的语气，肯定自信，给他一种安抚作用，让他觉得踏实安心。罗密看天翼一眼，天翼变了，从什么时候开始变的？为什么而变的？

这些日子，他的心思全在朱丽身上，同天翼疏远了许多，这些日子，天翼都在干什么？

罗密在小花园里找到自己的母亲："妈妈，朱丽的入籍是什么原因耽搁下来的？"

赵敏叹口气："她九岁以前在什么地方、受什么教育、与什么人有过接触，无法查证。"

罗密脸色铁青："这是不可能找到证据的啊！"

赵敏苦笑："是啊，移民局竟会认为一个九岁的孩子是敌国放在野外等着我们去捕捉的奸细。"

罗密涨红了脸："还有办法吗？"

赵敏沉默一会儿："我们正在想办法。"

罗密道："那么，先别把朱丽送走。"

赵敏温和地说："我认为朱丽不适合继续留在我们家里。"

罗密恳求："妈妈，请把朱丽留在这里，我可以出去寄宿。求你，妈妈，朱丽同我们生活这么久，她把这里当家，虽然她的地位只是一个宠物，可是她有与我们一样的感情，别把她当东西一样送给别人。我可以出去寄宿，我可以不见她，不再同她说话。妈妈！"

赵敏沉默，看着儿子热泪盈眶，一声声恳求，她也觉心酸，半晌道："罗密，相信我，不会随意处置任何生命。"

是，不会，她会仔细挑选一所好学校一户好人家，把朱丽寄存在那里，然后等青丸公主可以照顾自己的宠物时，把朱丽交回给青丸。朱丽会好好活下去，至于罗密与朱丽间的感情，谁关心呢？

罗密沉默一会儿："妈妈，对不起，我已经给朱丽喝了我的血。"

赵敏很惊讶，她的乖宝宝为什么忽然间做出这种违法的事？她问："你可知道那是犯法的？"

罗密点点头。

啊，他知道，那么，为什么？不放心吗？不放心自己父母的允诺，自己的心肝宝贝就这么长大了，为了一个不知从哪儿来的女子，同父母决裂，想当初，双手捧着他彻夜不眠的人是谁？忽然间长大，不计后果地向往男欢女爱，就连亲生父母过去所做的种种统统挡不住他。

赵敏这一次没有控制住自己的手，"啪"的一声抽在罗密脸上。

赵敏怒道："你不相信我们会妥善安置朱丽，是吧？你认为我们会欺骗你？"

罗密低着头，再次说："对不起。可是，如果遇到现在这种情况，我担心朱丽的未来！妈妈，我爱你，我也爱朱丽。"

赵敏的愤怒，为那一声"我爱你"软化，赵敏理解年轻人的爱情，她也爱过，一个孩子爱妈妈像爱女友一样多，已经难得了，不可能要求他爱父母超过爱女友，那会变成永远长不大的男孩儿。

怎么能要求一个恋爱中的男孩儿太多呢？人在恋爱时连命都可以不要了，恋爱的季节，动物本能非得战胜理智不可。

赵敏沉默一会儿："我会尽可能为朱丽想办法，如果最后不成功，罗密，我们得为这件事保密。千万不能让别人发现朱丽已经成鬼这件事，既然这样，寄宿学校也不能去了，你先把你的课本给朱丽看着。希望明年后年还有机会，我们会一直努力，即使不行，青丸很快就成年了，一旦成年她可以直接担保朱丽入籍。”

罗密点点头，他不能说话，他忍泪忍得很辛苦。好像松了那口气，泪水就会从眼睛里落下来一样。

半响，赵敏道：“罗密，作为一个男人，有担当是应该的，可是，我还是希望你信任我。你已经长大了，我做任何事，不会欺骗你，即便我的动机是为你好，我也会与你沟通协商，不会采取强迫与欺骗的方式，希望你信任我。”

罗密再一次说：“对不起！”终于落泪。赵敏轻抚罗密的面孔：“罗密，你长大了。我不该动手，别生妈妈的气。”

罗密抱住赵敏哭泣：“妈妈！帮助我们，求你，对朱丽公平。”

赵敏轻声道：“我尽力。”可是很难，怎么可能把一个陌生人同自己儿子放在同一天平上？罗密，你可知我爱你，你受的任何一点儿伤害，我都痛在心里，你让我如何选择公平？

朱丽问：“罗非，真的会……”

天翼点点头：“你小心从事。”

朱丽半晌问：“怎么做？”

天翼沉默地垂下眼睛。

我，要不要保护我妹妹？杀掉罗非？我能这样对待罗家吗？朱丽能原谅我杀掉她爱人的哥哥吗？如果只是单纯地保护朱丽，恐怕会给组织内的成员带来危险，我能动用猎人组织的力量，为家人牺牲他人吗？

半响，天翼在朱丽腕上的电脑设置了报警快捷键：“我设了巨大声响，如果有人袭击你，这会吓到他，如果他不退却……”天翼沉默良久，“拿着这个。”

一把小小裁纸刀，只是刀背上有一线微微发黑的不太一样的银色金属，朱丽接过，愣了一会儿，惊愕：“银刀？你从哪儿弄来的？”

天翼道："收好。"

朱丽把银刀用皮带小心地包上系在裙子里大腿上。

天翼道："尽量同罗密待在一起，我会想办法把你转移到安全的地方。自己在家里，一定要锁上门。"

朱丽瞪着天翼，良久："天翼，你做了什么？"

天翼轻声道："你不必知道。"

朱丽惊骇地瞪着天翼，天哪，他真的做了什么！天翼！她最该知道，天翼自幼被训练成一个猎人，怎么肯甘心做一个宠物，这个人宁可在野外做一头饿狼。

朱丽伸手抓住要离开的天翼："别伤害罗密，无论如何，别伤害罗密！"

天翼点点头。

天翼腕上电脑呼叫，他回自己房间查看。

朱丽去小花园找罗密，腿上那把刀微微让她觉得有点儿不适，下楼时，她微微按了按自己的裙子。

她觉得不安，身带违禁凶器，可能会被判刑，鉴于她还不是一个吸血鬼，完全有可能被直接处死。

忽然间，黑影一闪，一股巨大的力量把朱丽直按到墙上，朱丽惊恐地大叫。一只手紧紧扼住她的喉咙，把她从地板上拎起来，直按在墙上。

朱丽惊恐地看到罗非那张青筋暴起的脸，罗非在变形，他要杀她！

朱丽伸手摸她的刀，她摸到刀柄，但隔着裙子，她必须把裙子提起来，才能拿到刀。朱丽窒息，手指无力，她艰难地抓着裙子，薄薄的一层裙子，好像永远也提不上去了。朱丽隔着裙子抓起刀，此时此刻，罗非也注意到朱丽的手在抓着什么，他伸手按住朱丽的手，朱丽拼命挣扎，刀子碰到罗非的手，"刺"的一声，青烟冒起，罗非惨叫。

朱丽从墙上摔下来，双手还握紧刀子，罗非痛得脸色惨白，全身颤抖，只见自己手掌上一寸长乌黑如烙印般的伤痕，那伤痕还冒着烟。

罗非狠狠瞪着朱丽："银刀！"

朱丽慢慢站起来，一手执刀，另一只手已经按在报警开关上。

罗非知道事已不可为，忙举起双手，微微放松自己的表情，笑笑："喂喂，只是个玩笑，你也不想他们看到银刀吧？"

朱丽双手颤抖："我……我，这刀……"

罗非轻声："这刀是哪儿来的？你告诉我，还是告诉我弟弟？"

朱丽颤声道："别告诉罗密！"

罗非微笑："罗密会很失望。"

朱丽颤声："不，不不，刀不是我的……"

罗非点点头："天翼的。"

朱丽张了张嘴，没有说出话来。

罗非笑笑，转身而去。

16

罗密与罗非在放映厅里看三维纪实，罗非说："我正在车上，突然出来短消息，我一看，吓得立刻往帝国大厦跑。"

罗密惊讶："你怎么在车上？"

罗非敲他头："蠢，若非是女友生日，我还急着要你买东西？我女朋友过生日，我当然是陪她玩，还去上什么学。"

说得这么理直气壮，罗密真想学红桃皇后扔给他一堆教训，可是鉴于罗非对于这种好心一贯采取打击报复态度，罗密还是闭上了嘴。

罗非道："我接到短消息说，有车祸，我一看，这不帝国大厦吗？该不是我英俊年轻的弟弟一命呜呼了吧？打开电脑一看，那车型不是你的猴子型的，正要关上，就看见所有车开始乱动。我还觉得好玩儿，好玩儿了一小会儿，那些车开始撞帝国大厦，吓死我了，我想你这时肯定在大厦里面，这下完蛋了，我成了害死你的凶手，没法向江东父老交代了，我干脆直接找你去得了。所以，我就一直在那儿转啊转，要不是有车子隔着，我就落了一身辐射尘，早见撒旦大叔去了。"

罗密责备："不可对主无礼。"

罗非道："闭嘴。"

罗密闭嘴，他哥哥虽然凶，可是跑到那么危险的地方去找他，他还是很感动的。

过了一会儿，罗非说：“真是巧，天翼偏在那个时候胃痛，他的胃怎么了？”

罗密微微迟疑：“医生没查出来，说可能是吃的东西凉了，胃痉挛。”

罗非笑了：“他在野外，生肉也吃过，胃痉挛？笑死我。记得吗？我昨天让你去时，他就一直拦着。你不觉得他态度奇怪？”

罗密愣了愣，他也想过，真巧，是不是？真巧。现在罗非提醒，他想起了头一天天翼不停阻止他去帝国大厦，眼光闪烁，神情紧张，当时不觉得，过后想起，罗密心里有一种不安惊恐冰凉的感觉。

罗密抬头看罗非：“你是说……他知道？”

罗非笑：“也许人类有自己的消息来源。”

罗密眼前微微一晃，想起那一朵一朵小小的蘑菇云、同胞的惨叫声、烧焦的尸体。

可是他也记得，爆炸声中，那个挡在他背上的小人。

罗密觉得头晕，他慢慢坐起来，轻轻搓搓脸，然后笑一下：“你胡扯。”

胡扯！不不不，不可能！他的好朋友好伙伴不可能是这场灾难的制造者之一！他不过是一个什么都不懂的小人。

此时，空中映出新的影像来：“交通局主服务器、备用服务器，已证实曾遭人为破坏，主服值班的两位保安人员已伤重殉职，备服处的两具尸体，经过 DNA 鉴定，已证实其中一名为当天值勤的交警张欣，另一具尸体是一个人类，他的身份正在查证中，但枪上指纹显示，两名保安与一名交警都为该人类所杀，这名人类是在被闻讯赶到的吸血鬼包围后，举枪自杀而亡。”

画面是张欣后背血肉模糊的烂洞，以及那个人类倚墙而立的身体，都没有照脸。

稍后播出张欣妻子双手掩住嘴、隐忍含泪的脸：“他有两个孩子，两个很小的孩子，失去了父亲，永远。我们共同生活了十年，现在我看不到他了，我不知道如何继续，我再也回不到原来的生活中去了。”哽咽。

罗密再忍不住，跳起来离开。

罗非动也不动地继续看着，可是他的嘴角翘起，微微露出一个邪恶的微笑，那是罗非陪着罗密看大灰狼的故事，从动画里学到的，完美的邪恶的微笑。

罗密坐在天翼面前：“看新闻了吗？”

天翼点点头。

罗密说：“已被证实，是人类所为。”

天翼点点头。

罗密说：“你怎么看这些人的疯狂行为？”

天翼沉默。

罗密说：“他们是一群疯子！”

天翼轻声道：“我想，他们一定有他们的理由。”

罗密怒问：“什么理由？什么理由可以杀死这么多无辜的平民？”

良久，天翼慢慢回答：“如果可以活下去，谁会选择用结束自己的生命去换取别人的死亡呢？你真的认为别人选择同归于尽，只是因为他是疯子吗？”

天翼轻声道：“是平民，不过每一个平民喝的红色饮料都是人类的血。平民，这里本是人类的家园，每一个平民踩的，都是我们的土地。我们沦陷了，全部都成了低等生物，你们占领了，变成了平民，不可以杀的平民。”

罗密的脸变得惨白，好像所有的血都流失了。他没有再反驳，不同的立场，会有不同的看法，争论与说服解不了几代人的仇。

原来是这样，原来——天翼虽然选择罗密做朋友，却也选择把所有吸血鬼当仇敌。

罗密觉得自己的血液在冻结。他喃喃道：“我们中的多数人，都是希望和平平等的。”

天翼轻声但坚定地回答：“不，大选结果证明，你们喜欢好战的首相，谁的人类政策严酷，你们就喜欢谁。你们自己可以日行一善，但是你们要一个严酷镇压和压榨人类的政府，你们希望和平，与压榨其他种族。你们的善良是没有用的。”

罗密站起来离开。

天翼沉默地看着罗密的背影，友谊是多么脆弱的东西。

半晌，罗密转回来，那个渐渐长高长大的孩子又慢慢走了回来。不，他不要这样不明不白地同他的朋友生分，让他的友情蒙上灰尘；不，他要知道，那件事是不是真的是天翼所为，他要问清楚，至于怎么办，之后再说。如果只是政见不同，还是可以做朋友的，这个朋友曾有意无意救过他的命。

罗密慢慢走到天翼面前，他蹲下来，轻声问：“你知道会发生这件事，是吗？”

天翼看着那双渐渐血红的眼睛，没有出声。

罗密问：“你救了我的命？”

天翼没有回答。

罗密仿佛听到周围空气结冰的声音，原来——天翼真的是凶手！罗密颤抖：“你为什么不说不？你为什么不说谎？你以为我真的想知道真相？”

天翼慢慢露出一个平和温暖的微笑：“罗密，我们不是朋友吗？”

天翼眼看着一只拳头向他脸上打过来，奇怪的是，那一拳打在脸上并不痛，他觉得受到极大的冲击，身子向后仰，眼前景物晃动，并伴着一串金花，可是并不痛，只是震得恶心。

罗密的这一拳，把天翼从沙发上打得飞了出去，摔倒在地。

罗密怒吼：“你！杀死无辜的女人儿童！”

天翼慢慢爬起来，脸上又挨了一拳，天翼眼前一片红光，然后是湿湿的感觉，什么地方出血了？然后整张脸猛地痛起来，痛得天翼流泪，痛得他无法呼吸。然后一拳又一拳打在他身上，前一次痛苦还未消化后一次击打已经结束，天翼的身体没觉得痛，他只是不住地震动，他听到骨头断裂的“咔嚓”声一次又一次响起。差点儿忘了，罗密也是一个吸血鬼，他有着吸血鬼的可怕力量，他的拳头，能打断人类的骨头，那“咔嚓”声响了五六次，终于疼痛像烟花绽放，天翼的整个身体成了无尽的黑夜。天翼闭着眼睛，仍然能看到那烟花般七彩闪亮的灿烂的光辉。

烟花照亮了黑夜的天空，天翼快要被疼痛杀死。

天翼曾经试图挣扎起来，现在他满足于可以静静地躺在地上。

罗密在对他说话："为什么不杀我？"

天翼无法回答，拳头打在他身上，他眼前一黑，眼睛看不到，可是意识清晰无比，他听得到罗密说的每一句话，感受得到身体的每一丝疼痛。

罗密问："因为你认识我？因为我是你的朋友？"

是。

拳头又一次打下来，眼前的黑夜忽然洞明，变成雪白雪白的一片光亮世界，眼前是白色的，什么都没有，只是一片白色，天翼嘴里喷出血来。

罗密怒吼："你可知道，他们与我是一样的！你知道吗，我们是一样的吸血鬼！我们都是一样的。你不杀我，却忍心杀他们！天翼，我们是一样的！"说到后面，声音渐大，他重复着，"我们是一样的一样的一样的！"他抓着天翼的头发，向地上撞去，每一声"一样的"，都伴着一声沉重的撞击，他怒叫，"你记住了吗？下次！把我们一起杀死！"

血流满面，天翼想："他们是一样的吗？是一样的吧，都有一点儿善良一点儿教养，关心别人关心弱小，这样的人，应该是不少的吧？真的是一样的，罗密也喝人血，也占有他人的劳动成果，也踩他们的土地，有什么不同？唯一的不同，不过是他遇到天翼。"天翼闭上眼睛，即使没什么不同，即使只是他遇到他，也许他遇到别的吸血鬼也能成为朋友，可是既然是朋友，他不会炸死自己的朋友。如果非得选择，好，让罗密来杀死他吧，反正他要做的事已经成功。

罗密问："我同你，有什么不同？他们同我，有什么不同！这差异，值得你杀死他们吗？"他好像想用凿子把这些话凿到天翼的脑子里，每一个字都伴随一声巨大的撞击声，剧烈的疼痛，一个字一个字地打进天翼大脑里。

好痛，一大片一大片的烟花一样绽放的剧痛。

烟花把夜照得像白昼一样，天翼在一片白光中渐渐失去知觉。

罗密终于累了，退到一边喘息。

躺在地上的那个人类的身体，已经完全不像个人，像一个折坏了的木偶，手脚扭曲，全身是血。

罗密后退，这个人，这个这样聪明的人，想必是知道的，两次出言阻止罗密去事发地，一定会引起怀疑，他不惜暴露自己来救他的命，难道他不知道暴露自己的后果吗？他一定是知道的，那会比死亡更可怕。罗密抱住头，是的，这个小人冒了生命危险来救他的命，他不后悔毒打了他，可是，他没有办法再去杀他。这个人想必也知道，罗密是来探他的口风的，可是他没有说谎，他向罗密解释自己的行为，他微笑说："我们不是朋友吗？"

罗密的胸膛里像被插进一把火红的锥子，剧痛让他泪流满面，他双手掩面，又握紧拳头，他想惨叫又怕自己疯掉。良久，罗密才离开，他回到自己的房间，关紧了门。

醒来时周围仍是一片白色，然后听到赵敏的声音："醒了醒了！"

天翼艰难地睁开眼睛，他只睁开了半只，整个面孔都肿起来，实在没有容得下整只眼睛的地方。他看到赵敏关切心痛的脸，他想笑一下，却只是让面孔痛得抽搐。想说话，却无法出声。

赵敏握住他："别怕，你安全了，这里是医院，别急，你慢慢告诉我们这是怎么回事。"

两个警察过来："看没看到谁袭击了你？"

天翼眼睛缓缓转动，看到赵敏担忧的脸、远处罗非带着威胁的面孔，他轻轻摇摇头。

其中一个警察道："你不用害怕，如果是收养家庭虐待你，不必担心会受到报复，有人给你雇了律师，而且承诺收养你。"

天翼微微侧头，看到警察身后穿着黑西装的吸血鬼，这个人好脸熟，忽然间恍然大悟，那是曾为青丸打赢新鬼案的律师彼得。

天翼心头微微一暖，不过他还是摇摇头，沉默。

彼得过来，直接问："天翼，伤害你的，是你的主人吗？"

天翼摇摇头。

彼得俯下身子，盯着他的眼睛："你不可能没看到袭击你的人，罗家也没报过有外人闯入，那么，是谁伤的你？"

天翼闭上眼睛，不再回答。

彼得轻声："公主已将朱丽接走，你不必担心，不管以前他们对你如何，现在，你有生命危险！说出实情，我会替你起诉解除收养关系。"

天翼摇摇头："不，不能起诉罗密虐人，会留下案底，会让罗家蒙耻。"

一声叹息。

彼得与警察道一声打扰，只得离开。

屋子一角传来那个一直让天翼讨厌的声音："一定是罗密干的。看他那么反常，就知道了。"

天翼慢慢闭上眼睛。

赵敏说："闭嘴！"

一勺水喂进他嘴里，像甘露一样。

再一次嗅到玫瑰香，让天翼想起妈妈，可是他清楚地知道那只是一种奇怪的联想，他真正的妈妈同玫瑰香一点儿关系都没有。

全身每一寸皮肉与骨头都在刺痛，连灵魂也在疼。

天翼问自己：我杀死的那些人，与我有什么不同？

如果我认为另一个种族的智慧生物，仅仅因为非我族类就该屠杀，那么，就等于承认吸血鬼屠杀人类是正确的是应该的。

天翼闭着的眼里流下泪来。

一双温暖的手，给他擦去眼泪，那一天，死去的吸血鬼里，也有这样的一双手吧？也有家人在等他们回去吧？也有人在为他们落泪吧？

天翼很清楚把自己暴露在阳光下的后果。可是，他不能眼看着罗密被炸成碎片，即使他的同胞曾被这个种族血腥屠杀，他不能杀死罗密。

可耻的软弱。

天翼苦笑，可耻的软弱啊。

罗密说，他同那些死难者是一样的人！

罗密说，天翼与罗密是一样的人！

这个世界上的智慧生物都是一样的。

是一样的，那又怎么样？总有一些人，欺压另外一些人，如果你不反抗，不让欺压你的人知道，欺压他人是要付代价的，这种欺压永不会改变。

所以，一定要反抗。

反抗不公平，是要反抗不公平本身，还是反抗施加不公平的人？如果要反抗施加不公平的人，那么是要灭了全人类吗？因为所有的人，所有的智慧生物，都是一样的。他们有智慧，所以在可能欺压他人时就欺压，在可以自私时就自私，可以使用特权时就使用特权，所有的智慧物种都是一样的。杀死一个暴君，迎来新的暴君，盼望救世主，与杀死魔鬼都是没有用处的。

可是，对事不对人，真的能分得那么清吗？那些事情都是人做出来的，不杀人可以成事吗？那么杀人又能成事吗？

当然，只要手里有刀，杀死一个人是容易的，暗杀从来都是容易的，不过暗杀从来改变不了一个民族一个国家的命运。恐怖活动，也同样如此。

天翼所做的事，只是白白杀死了无数无辜的生命，对于他想做到的对抗命运，毫无作用。

怎么办？怎么做才能改善人类的命运？必须做点儿什么，必须有人做点儿什么，如果没有别的办法，只有杀死平民个体这一种反抗方式，天翼是不是只得一直做下去？因为他不可能什么也不做，必须有人做点儿什么！

内心的不安让天翼忍不住挣扎，罗密呢，罗密怎么样了？不过剧烈的疼痛很快就淹没了天翼内心的不安，他不得不放弃控制自己的身体，静静地躺在床上。

17

第二天，天翼终于能开口说话了，不过看看日历，他发现自己已昏迷了三天三夜。阳光再一次照在天翼身上，他悲哀地发现，自己与罗密的友谊怕是走到了尽头。

赵敏拎着鸡汤进来："我煮了鸡汤。"

天翼问："罗密呢？"沙哑低沉的声音。

赵敏坐过去："罗密把自己锁在房间里不肯出来。天翼，出了什么事？"

天翼说："没什么，我摔了一下。我从楼梯上滚了下来。"

赵敏把床的一头微微升起来，天翼试图自己喝汤，结果发现一只手被踩得稀烂，另一只手臂骨折。他苦笑，只得用吸管喝汤，在赵敏手里吃点儿东西。

赵敏轻声："是罗密吗？我真不敢相信，罗密会做这种事吗？"

天翼用惊讶的眼光看了赵敏一眼："您怎么会这么想？罗密是我朋友，即使他不是我朋友，他也不会无缘无故伤害别人的。"

赵敏放下心来，可是马上又担心："那么是罗非吗？"

天翼微笑："要是罗非，我见到他会咬他的。"

赵敏笑了，可是又气恨道："到底是谁这样对你？天翼，房门都是锁着的，不可能有外人进来！"

天翼沉默许久："不知道，是不认识的人。"

天翼看着自己的左手，五个指头都是紫黑色的，渗着血与透明的液体，痛吗？不，一点儿知觉也没有。

可是当时，真是痛，眼看着罗密用力蹂脚，每一次都从他的指尖传来钻心的痛，罗密大约以为是这只手夺走他同胞的命吧？不是，是右手。当天翼忍痛不过用右手去掩住左手时，罗密毫不犹豫一脚蹂在他的右臂上，手臂立刻断成两截。

痛吧？真是痛，惨痛。

身上多了一条巴掌长的刀口，据说，脾脏与肝脏都破裂，被踢得如烂泥一般，胃与肠都挫伤出血，严重脑震荡。可是，天翼的生命力竟然如此强韧，他自嘲："我都不像个人，比猫还多一命。"

天翼回到家时，已是一个月之后。罗密去参加了夏令营，内容包括月球与大海沟的参观游览。天翼被留在家里，照顾天翼的任务理论上落在罗非身上，罗非这次没有任何抱怨，他微笑着看着天翼："这下，你可落到我手里了，呵呵。"

重伤初愈的天翼有点儿迟钝，对于罗非的话，好似没听到，他呆呆地望着外面的天空，有一种淡淡的怅然表情。

逃避，罗密选择逃避。

罗非笑："我弟弟是天真宝宝。"

提到罗密，天翼不得不回过头来："呃。"

罗非似笑非笑："你有什么打算？"

天翼看着罗非，忽然明了，罗非有话同他说，是什么话呢？他提及他的未来打算，那么罗非是对他有打算了？他对他有什么企图？

罗非笑眯眯的，并不着急。

天翼问："你有什么提议吗？"

罗非道："我听说罗密砸了你的电脑？"

天翼沉默。

罗非笑："即使他回来，怕也不会再允许你靠近电脑。还有，你的存在，让罗密为难。"

天翼道："我听不懂你说的是什么。"

罗非问："你是否决定，身体一好，就离开罗家？"

天翼沉默一会儿："罗非先生，你有话可以直说。"

罗非笑得极其温柔谄媚："天翼，做我的宠物吧。"

天翼诧异，直起身子扬起半条眉毛："你怎么会有这个念头？我好似很早就对你说过不了。"

罗非笑："那时你还小。你的世界分成好人与坏人，罗密是好人，罗非是坏蛋。你现在长大了，应该有不同的看法吧？"

天翼沉默地看着罗非，半晌，小心地问："这个世界确实比我想的复杂，可是，你认为在哪种道德观念里，你能算个好人？”

罗非绝倒：“我并没有奢望你能把我看成好人。不过天翼，你现在应该明白，这世界除了有好人坏人之外，还有自己人与对手，是不是？有的时候，你偏偏与一个好人是对手，怎么办呢？啧，难题，告诉我，你是放弃自己的立场还是放弃与好人站在一边？”

天翼按按自己的太阳穴：“我有点儿头痛，主人允我回去休息吗？”

罗非笑道：“啧，罗密不在，就由我说了算了。”

天翼笑：“那么，我听主人的吩咐。”

罗非道：“我虽然是个坏人，可是我对你的主义、你的理想、你是杀了人还是救了人，毫不在意。天翼，你想想看，其实我才是真正的世界大同主义者，在我的世界里，也没有吸血鬼与人类的区别。天翼，对我来说，所有的人与吸血鬼，所有的智慧与非智慧生物，都是一样的，只有一种区别，是我可以利用与对我不利的。天翼，你对我有用，我不管你的身份，到我这儿来，我不计较你的过去，我也可以看不见你未来想做的事，想想看。”

天翼说：“你是个王八蛋。”

罗非笑：“你这是骂我父母啊。”

天翼怒道：“你根本不像你父母生出来的，你看起来绝对是个基因变异的杂种！”

罗非笑：“据说杂种的智商都比较高，因为基因关系越远的后代越优良，最厉害的杂种就是吸血鬼与人的后代，十万马力无穷智慧，且不用吸血。你这样子夸我，我会害羞的。”

天翼沉默了，对一个无耻的人，骂他有什么用？

罗非探过头来，那张漂亮的脸，漂亮得让人心软，可是知道他的人却会觉得这漂亮真让人恶心，这漂亮外表下的邪恶里子，让人发抖。罗非再一次露齿而笑：“天翼，被人利用不可怕，没有利用价值才可怕，是不是？”

天翼沉默了。

罗非笑：“如果你真的对我们的合作不满意，你还是可以走的，农场里你都能逃出来，我能绑着你吗？”

天翼冷笑一声：“不，罗非先生，你的智商太高，我害怕你。”

罗非眯起眼睛：“真的？你今天一直在恭维我，我真是受宠若惊。好吧，天翼，我们说实话吧，你对我是个有用的家伙。这一点我可以肯定，当然了，你越有用，你可以要求的就越多，我告诉你，我可以提供什么——”

天翼道：“一个奴隶的地位再高，也是奴隶；一个奴隶拥有得再多，也不能改变他的地位。”

罗非笑：“一个奴隶，对主人来说，是财富，没有人会无故损坏自己的财物，可是一个宠物，凭借他人的感情而活，而感情这个东西是世界上最不确定的东西。你现在，就是一只失了宠的狗，我让你到我这里来做奴隶还抬举了你。听着天翼，别以为我不知道你干了什么，你知道后果是什么。你可以选择，是做我的宠物还是马上死！”

天翼笑了：“我选择，马上死。”

罗非瞪了一会儿眼睛，终于气馁：“天翼你完全不可理喻。”

天翼道：“受教育的机会以后还会有，一旦落入你手里，我只要在这个国家就逃不出你的控制。”

罗非道：“你抬举我了，我家附近，始终有可疑人士徘徊，有一个吸血鬼，一直在监视我们，保护你的安全，你当我不知道？”

天翼慢慢抬起头，瞪住罗非：“什么？”

罗非静静看着天翼，半晌，终于确定天翼是真的不知道。他起身，打开电脑，电脑上出现罗家房子的四面，罗非点击了某个键，房角花园、屋顶，几个地方不住闪出绿光，罗非轻声说：“透视监控器。”

镜头拉起，照到远处邻家花园里工作着的一个人，放大再放大，罗非微笑：“眼熟吗？”

天翼犹豫道：“好像是在什么地方见过。”

罗非笑道：“嗯，你对他不熟，可是，你同公主聊天时，我同他聊过天，他叫安德鲁，是青丸的马夫。”

罗非看着天翼：“你竟然不知道？天翼，出了什么问题？”

天翼沉默不语，罗非微笑：“你遇到麻烦了？”

天翼轻声：“什么地方让他们生疑？”

罗非懒洋洋地笑道：“需要我提醒你吗？你对吸血鬼的态度有问题。”

天翼茫然：“什么态度？”

罗非笑道：“你保护了罗密，他毒打你，你没揭发他，你放弃报复，所以你的伙伴，觉得你立场有问题。明白？”

天翼抬头看着罗非，愕然。

罗非笑：“天翼，你除了破坏，还有许多其他的要学。”

天翼沉默地看着罗非，第一次考虑，他是否真的需要一个这样的伙伴。

罗非沉默一会儿：“我今年毕业了，所以家族里一小部分属于我的基金已可以动用，我动用了我可以动用的全部，我的获利率是百分之四百，二叔看了今年的家族基金报表，已嘱我去他公司实习。天翼，你知道我二叔是做什么的吗？”罗非笑，“你跟着我，或者会受我利用受我控制，可是我可以带你到一个更高更广阔的平台上去。记着，站得高望得远，如果你真想做点儿什么，真的想为你的人类做点儿什么，停留在撞撞楼，放放烟花，躲在黑暗角落里像耗子一样一辈子搞搞小动作，是不会达到你的目的的。你费了那么大气力，搞的那种血腥的屠杀，也不过让我们国家的 GDP 下降一个百分点。天翼，同一场台风差不多，阻止不了我们前进的脚步。你跟着我，我的家族控制着这个国家的能源、军工与土地，当然不是全部也不是大部分，但绝对是有能力左右一个国家决策的份额。天翼，我走得越高，就带你走得越高。马丁·路德·金很伟大，但解放奴隶的是林肯。你不可能消灭所有吸血鬼，你不可能在如此弱势的情况下进行对抗，你只能进行合作，在合作的基础上，让自己的分量越来越重，直到有权开口说话，直到可以影响规则、改变规则、制定规则。”

天翼在那一刻，大脑里被轰进一个新概念，那就是人与人之间是离不开相互利用的关系的，纯洁的友谊虽然好，但解决问题最多的还是相互利用。如果他没有利用价值，吸血鬼对他再多的友谊也不过是对一个宠物的友谊；当他有价值时，即使那个鬼恨他，仍会与他合作。

他将会失去什么，他还不太清楚，但是罗非向他展示了一个更加广阔的空间，也向他展示了另外一种可能，一种通过合作来缓慢有效地改变自己命运的可能。

罗非笑了，知道自己的说服在起作用："好好想想。"

18

亲兄弟，打不散，可是罗非的态度还是让人惊愕。

他笑得那样温柔："罗密，既然你不要天翼了，那么帮我签一个转让文件可好？"

罗密一愣，他恨天翼，不等于他会把天翼送给一个真正的奴隶主去真的做一个奴隶。

罗非赔着笑："好弟弟，送给我，你要什么，我都买给你。"

罗密沉默一会儿，终于抬起头去看罗非身后的天翼。从那件事后，他第一次正眼看天翼。

天翼没有表情。

罗密只得问："你愿意吗？"

天翼微微弯腰："我听主人们的安排。"

那声音那神态那张脸再一次让罗密想起帝国大厦烈火中的那些染满血泥的脸，这个人的未来，与他有什么关系？

罗密在那张文件上写下自己的名字："罗——"笔尖抖动，罗非已越来越不像罗大同家的孩子，他表现出罗家祖辈的冷血与贪婪，他急于得到天翼，当然不是因为喜欢天翼，他需要天翼，他要利用天翼，如果天翼不从，罗非会毫不犹豫杀死他。

罗密停下笔："你要他做什么？"

罗非直接干脆地发出一声失望的叹息，只差一个字，拜托，把那个密字写上去吧亲爱的弟弟。罗非骂道："他妈的，你感觉不出来吗？我爱上了他！"

罗密看着他，一点儿笑意也无。

罗非说："好吧，罗密，我需要他帮我完成博士课程，我没有时间。他妈的，二叔难为我，我非得抢时间进董事会不可。"

罗密道："那不用拥有他。"

罗非盯住他，已经火了："好吧，我一生都需要他做枪手！他愿意在我这里，因为在我这儿，他是一个有用的人，我需要他，他不只是一个宠物，还是一个合作者，你留着他，即使你当他是朋友，有天天吃白饭的朋友吗？"

罗密抿着嘴："他不是我的朋友。"

罗非微笑："那么，他是乞丐吗？"

罗密沉默，良久："不，罗非。"

罗非把他拎起来："小子！你是我亲兄弟！你要为一只狗同我作对到底吗？"

罗密沉默。

天翼走过来，把文件放到罗密面前，把笔放在文件上，他说："罗密，请签吧。"

罗密沉默。

天翼微笑："留着我，只能让你为难。"

罗密看着天翼，天翼微笑。

罗密问："他要挟你？"

天翼摇摇头："没有。"

罗密沉默一会儿："那么，你是要靠着我大哥，进罗氏企业，再做什么吗？"

咦，罗家没有一个蠢人。

天翼沉默。

罗密说："你还想干什么？我不能让你再做那样的事，不能让你连累我大哥。"

天翼缓缓道："相信我，我不会。"

罗密问："继续杀吸血鬼，吸血鬼再杀无辜的人类泄愤，这就是你要做的事？”

天翼道：“不，我会寻求更好的做法，相信我。”

罗密道：“你觉得我大哥对你会更有帮助？”

天翼低下头：“对不起，罗密。”

罗密沉默，良久，他在那张纸上写下大大的“密”字，他说：“我痛恨你，我希望你去死！”然后扔下笔，转身离开。

罗非拿着那张纸大笑，亲了一下宝贝文件，向天翼狞笑着：“呵呵呵，从此你的狗命就在我掌握中了，看你还敢不听话？”

天翼回报他一个微笑，那笑容那样温和，可是那不为罗非任何刺激所动的温和，让罗非觉得十分受挫。天翼已经不是刚来他家的那个青涩的刺头小子，那个刺头小子可能会更容易对付一点儿，罗非觉得天翼好似在慢慢掌握一种巨大的力量，可是这力量从何而来，他却不得而知。

罗非只得威胁道：“从今以后，你要叫我主人！”

天翼微微低下头，微笑：“好的，主人。”

天翼站在窗口，看着正在后院剪枝的园丁，许多家务事都已用机械，可是园艺还是要人手来做，真是一件有意思的事。

天翼看着那个园丁把正在绽放的一朵玫瑰剪掉，他笑了，吸血鬼那可怕直觉一定让安德鲁分心了。

天翼倒了杯水，站在窗前沉思。

他需要冷静一下，好好想想，发生了什么事。

安德鲁慢慢地转过来，目光扫过天翼的窗子，有意无意与天翼目光接触，他仍然低头剪枝，可是手法越来越慢，过了一会儿，安德鲁抬头，与天翼对视。

天翼微笑，转身隐没黑暗中。

安德鲁松口气，传说中的新首领，笑容温和，眼光却锐利，那样一个少年，微笑看过来的目光竟也能让他感受到压力。虽然他只从新首领手中接过一道命令，要他改换身份，可是安德鲁觉得新首领的第一个命令是让他们注意安全，而不是把变成吸血鬼的猎人当叛徒当枪，他对新首领有好感。

没多久，天翼出现在罗家门外，向着安德鲁微笑，安德鲁点点头，表示自己明白。

天翼走近邻居的篱笆，安德鲁指指自己的耳朵，又指指自己的眼睛："我正在工作。"

天翼问："安德鲁？"

安德鲁点点头微笑："首领还记得我？"

天翼微笑道："我还不是首领。"

安德鲁沉默一会儿，再一次指指自己的耳朵，这回他闭上眼睛，双手蒙住眼睛，他再睁开眼睛时向天翼露出一个"你明白吗？"的微笑。然后他垂下头不看天翼，看着自己正在修剪的玫瑰："相信你不会介意，我擅自来到首领的身边，我觉得这样才能保护首领的安全。"

天翼先是疑惑地站在那儿，过了一会儿震惊地想到，安德鲁的意思，可能是他眼所见耳所闻都会为人所知。

怎么会？怎么可能？天翼心存疑惑，又不好问。

天翼沉默一会儿："谢谢你的关心，这是谁的主意？"

安德鲁沉默一会儿："我的主意。"

天翼问："那么，我能否请你回到你原来的工作中去？"

安德鲁答："不能。"

天翼点点头："我明白了。"

天翼微笑："罗家也有个玫瑰园，我会问问他们是不是需要一个园丁。"

安德鲁愣了一下，沉默。

咦，新首领的反应真奇突，难道他说得还不够明白，难道他真的年少无知到相信他是来保护他的？如果他是那种智力水准，大约也成不了首领吧，可是他既不是生气也不是恐惧，而是张开双臂，一副欢迎的样子。

真的是心底无私天地宽？

安德鲁还以为天翼会暴怒呢，虽然天翼只是个人类，在体力上无法胜过他，可是谁知道那个制造了帝国大厦血案的少年，会有什么匪夷所思的手段招呼到他身上。他自从成鬼之后，对张杰明的忠诚度就有所下降。想当年，他对组织内限制吸血鬼成员的措施是一万个赞成，可是自从自己成鬼之后，那种受到双重歧视的感觉，让他的忠诚一点点被侵蚀，现在，他只想活下去，他觉得首要的事，是活下去。

玫瑰的刺，扎到安德鲁的手，他缩回手，指尖上一滴滚圆的血，安德鲁叹口气，默然。

不能说话，甚至不能看。

天翼问："吸血鬼的生活还好吗？"

安德鲁看着天翼，苦笑："无所谓，我是不得已。"

天翼微笑："我们聊聊天，你不介意吧？"

安德鲁点点头："那一年，我十五岁，偷渡到这个国家，这很容易，这个国家到处是流浪的人类，没有籍贯没有名字没有记录，被人收养过几次，被送到农场，农场主觉得我可以做一些适当的劳动，所以，我被从人群中选出来，为农场主工作。他嫌我手脚慢，没有力气，不知从哪儿搞来吸血鬼的血，逼我喝下去。"

天翼问："你是怎么得到身份的呢？"

安德鲁苦笑："过了近十年的奴隶生活，我不能离开农场，必须日夜工作，后来，农场的一个女工愿同我结婚，我得到了吸血鬼的公民身份。"

天翼问："你妻子呢，现在在什么地方？"

安德鲁沉默一会儿，眼望远方："一得到身份，我就离开了她。"安德鲁垂下眼睛，"我同她结婚，不过是为了得到自由。"他的声音里有一点儿悲哀，让天翼为他难过。沉默一会儿，安德鲁说："我们既然加入猎人组织，就应该舍弃个人私欲，恋爱与家庭，都不适合我们。"

天翼沉默了，有一点悲哀，成为吸血鬼猎人，是一辈子的事；同吸血鬼抗争，也是一辈子的事。可是一个人只有一辈子，做一个鬼还好些，会有更长更长的人生，可是那样长的人生没有爱没有感情没有家庭，算什么生活？

天翼叹息："安德鲁，你们的牺牲太大了。"

安德鲁愣了，什么？他听到了什么？过了一会儿，安德鲁终于苦笑：“不，没什么，只要能得到理解，牺牲是值得的。”

没什么，牺牲不要紧，人总在不断牺牲，不仅为了梦想为了名利，只是为了活下去也必得有所牺牲。可是当你的牺牲别人看不到，甚至原来的同伴朋友都成陌路，那才真有一点儿悲哀。

天翼道：“看起来，我真的太失职了。我会尽我所能，改善这种状况。”

安德鲁看了天翼一会儿，这到底是真心，还只是新首领收买人心的手段？

19

一辆黑车从天而降，天翼后退一步，笑道：“女张飞来了。”

刹那间，车门开，青丸跳出来，一把把天翼揪到身后，手指指到安德鲁鼻子上：“浑蛋！谁让你跑到这里来的？我不是说过没我命令谁也不许擅自行动，你以为只有张杰明可以杀你吗？”

安德鲁先是被人识破，然后又遭遇青丸的暴怒。被天翼识破，他还可以全身而退，面对青丸，就像青丸所说，青丸可以杀死他，可他又势不能退，安德鲁只得苦笑：“公主是要我在两种死法里选一种吗？”

天翼轻轻拍青丸的后背，青丸紧张地怒视安德鲁，百忙中侧头问天翼：“你没事吧？”

天翼说：“别紧张，安德鲁没有恶意。”

青丸暴怒道：“没有恶意？张杰明那王八蛋要我监视你，我没理他，他竟越过我派人来！你认为这个人会对你没有恶意？你觉得被人监视算没有恶意？随时有生命危险算没有恶意？”

安德鲁再次苦笑，他可不敢说自己真的没有恶意，他怕张杰明；他也不敢说，我奉命行事；他也不敢说，你们觉悟吧，张大人看着你们呢！

他啥也不敢说，只得苦笑不已。

天翼说："这样做也是正常的，即使他相信我，也没有理由要相信罗非，一旦罗非出卖我，应该有人知道，甚至应该有人下手把我杀掉。"

青丸见天翼这样平静，也平和下来，一只手放下来，慢慢侧转身："天翼，我相信你。"

天翼垂下眼睛，微笑："我知道。"被自己人监视，这样的奇耻大辱、这样的委屈，因着青丸一句我相信你，竟让天翼觉得温暖与喜悦。天翼温和地微笑："我知道，公主，我想，他也未必就是不信我，我身边确实需要有一个人，而且我也没有需要背着他的事。安德鲁，我会想办法让你留在罗家，如果有一天，我真的出了事，希望你在可能的情况下，杀掉我。但是，请善待罗家人，他们曾善待我。"

安德鲁与青丸都沉默了，安德鲁看青丸一眼，再看天翼的微笑，点头："是！"

青丸沉默一会儿："天翼，你很宽容。"

天翼道："我有一个梦想，让我们一起为实现这个梦想努力，小的分歧，不必在意，合作，必须懂得求同存异。"

青丸笑："很耳熟，你的梦想是不是世界大同，人类与吸血鬼和平相处？"

天翼点点头。

青丸笑："那，我们早晚得打一仗。"

天翼也笑了："我会站在你那边，如果不能站在你那边，我不会还手。"

青丸笑，可是她微笑的眼睛里有一丝疑惑，天翼在说什么？半晌，青丸低下头，呵，这份心意，真正难得。

安德鲁站在一边，微微扬眉，他觉得这句话的味道有点儿不对，他觉得空气里的味道也有点儿不对，是什么东西酸酸甜甜的？是酸奶的味道吗？

天翼没有资格跑去见公主，可是公主可以会见罗非小朋友。所以，罗非带天翼去见公主，罗非很喜欢帮这个忙。

即使只是在王宫的草坪上同马夫聊天，他也愿意，至少他可以向人吹嘘他受公主青睐，经常出入王宫。更不要提，某次他在王宫的草坪上遇到解忧太子妃，且太子妃对他的英俊与幽默，印象颇深。在王宫的草坪上，遇到的任何一个王公贵族，对罗非来说都是一个机会一张好牌，而罗非，对大人们来说，是一只潜力股。

青丸见到天翼人到，倒有几分欢喜："天翼，过来这边，我有事同你交代。"

天翼笑："你看起来不太快乐？"

青丸道："一匹野马关在笼子，大略可以形容我此时的状况。"

天翼道："公主现在高贵如天鹅。"

青丸道："切，我不是个鸟人。天翼，你也知道，我身份尴尬，我同张杰明说过，要你来接手。"

天翼正色道："什么叫身份尴尬，青丸，你的身份，是吸血鬼猎人，有过更改吗？"

青丸沉默一会儿，笑："天翼，我现在是吸血鬼，你想想，如果吸血鬼猎人要杀死每一只吸血鬼的话，我应该自杀。如果是有选择地杀，天翼，我拿什么做标准？我的喜好？我的道德观？我是谁？是神？是天使？是末日审判的主？张杰明一再要求，制造有影响力的大事件，是啊，我看到在街上游戏着的幼儿也会想'他们这样快乐，可是人类幼儿却在苟延残喘'，是的，我会这样想，可是我不能把那些快乐的幼儿也拉到与人类幼儿同等的悲惨地步，我不是一个变态狂！"

青丸沉默一会儿："我尊重生命，原来杀死吸血鬼时，第一，他们是带有武器的，第二，我没把他们当人。现在不同，吸血鬼与人类，有什么不同？"

天翼沉默一会儿："即使同是人类，也一样会互相残杀。"

青丸笑："是啊，所以，我现在是间谍，不是正义斗士。"

天翼道："青丸，你既然已经来到这个国家，成了这个国家的公主，那么你是否还觉得，只有你们国家的人类值得挽救？"

青丸侧头："天翼，你长大了，说话越来越有意思。"

天翼脸红，知道青丸讽刺他说得婉转，他笑：“曾做过人类的公主，请你为本国的人类做点儿事好吗，利用你在国内的影响力？”

青丸笑：“我会的，这是应该的。不过，在这之前，你把首领的位子从我手里接过去，让我全身而退。”

天翼只得道：“我还什么都不懂。”

青丸笑道：“不要紧，肯学习，有见识，又有容人之量，我们可以慢慢等你懂。”

青丸交给天翼两个硬币大小的存储器：“一个是启动盘，一个是资料盘，分开保管，丢失一个，另一个要马上销毁。”

青丸在自己电脑上演示如何查看组织内部资料，天翼边看边记，然后收下一枚，另一枚仍留在青丸手里：“我家里不安全，如果我需要，到你这儿来看。”青丸沉吟一会儿：“也好，更安全。”

天翼沉默了一会儿，不知该如何开口，青丸想起：“对了，朱丽的事进行得差不多了，太子妃肯担保她。”

天翼叹口气：“你不赞成吧？”

青丸笑道：“哪里，不必人人都天下为公，能独善其身，亦弥足珍贵。”

天翼微笑，如今公主的语言也书面化多了，改变，不知不觉地来了。

罗非与天翼回家时，只见自己父母面色沉重，忙过去请安：“爸爸妈妈，怎么都在家？”

赵敏咳一声：“罗非，爷爷找你。”

罗非啊一声：“找我？”

赵敏道：“我怕是罗密的事被他知道了。他不愿见我们，罗非，你去同他解释。”

罗非笑：“没问题，包在我身上。”

罗大同道：“罗非，同爷爷好好说话，无论如何记得他是长辈，如果他说什么，且忍忍。”

罗非笑，扯扯自己的面皮：“我脸皮厚得很，放心。”

罗大同点点头，赵敏过来搂搂大儿子的肩。罗非自幼代替父母出席家族聚会，虽然罗非从来不说，可是从别人口中，罗大同与赵敏也听说，罗启从未对罗非这个长子长孙说过一句话，倒是罗斯福，一向对罗非有说有笑，关怀照顾。有几次，罗大同也对罗非说过，如果不想去，就不必去了，罗非只笑笑，还是照样去参加。罗氏夫妻都不明白是什么让罗非如此坚强，只见小孩子眼中的目光越来越倔强越来越锐利，有一次赵敏听到罗非轻轻哼唱："拿了我的给我送回来，吃了我的给我吐出来。"那声调那气势让赵敏汗毛倒竖："罗非罗非，你在唱什么？"

罗非笑答："歌。"

不过，罗非对此次见面是乐观的，他学业优秀，自行运作基金效果可观，若干头面人物见到他爷爷罗启，偶尔会提到老罗启有一个英俊优雅的好孙子。

这次爷爷指名叫他，应该是个好兆头。

罗非穿好西装，整理仪容，自觉玉树临风，天翼敲门进来，问："你能不能雇安德鲁做些杂事？"

罗非一愣，然后勃然大怒："你做梦，想也别想！"

天翼微笑："他看着我们，我们也看着他，这样大家互相放心。"

罗非转过身，不顾他那身名贵行头的安危，把天翼拎起来道："你这是拿我全家人的性命做你的人质！"

天翼沉默一会儿："我们出去住，我同你。"

罗非一愣，从天翼这句话里惊觉："这么说，是真有这种可能性？"

天翼说："对不起，但是不采取合作的姿态，可能更危险。如果我们在森林里遇到猛兽，首先不要有任何挑衅的动作，否则，一定会遭遇攻击。"

罗非的脸色很难看。

他预料到会有风险，甚至是他自己的生命危险，可是因为一直面对弱小的人类，他对这风险没有具体的感受，即使知道天翼有能力要他的命，他觉得只要他手里有天翼的把柄，他又不把天翼逼得太紧，以天翼的性子，是不会对自己好友的哥哥下毒手的。

可是，现在一个成年的吸血鬼来到他家门口，如果对象是他，他还可以威胁天翼；对象是天翼，他手里的把柄全无用处。猎人组织是不会介意把收留了天翼的吸血鬼家庭赶尽杀绝的，他们的目的就是消灭所有吸血鬼，杀掉天翼，再顺手多杀几个，是再自然不过的事了。

罗非慢慢握紧拳头，怎么办？他很想再暴打天翼一顿，当然那无济于事，可是对于平息他的焦灼与恐惧大有帮助。

天翼说："记得你说过的话吗？被人利用不可怕，可怕的是失去利用价值。"

罗非慢慢松弛："需要我做什么？"

天翼道："忍耐。"

罗非扬起半条眉："那我倒是擅长，我只能做这个吗？"

天翼道："罗非，你不愿冒险的话，把我送到拍卖场吧。"

罗非郑重考虑天翼的话，扔掉天翼，他是不是能安全一点儿？不见得，没有任何证据表明扔掉天翼，甚至杀掉天翼，让天翼消失，会使他更安全。罗非相信，如果天翼在这次斗争中胜利，会真正得到这个组织的部分领导权；罗非相信，自己需要天翼的组织的帮助，他有大目标，必须冒风险。罗非笑了："天翼，你是我的宠物，你这辈子跑不掉，你记住，今天遇到这样大的危险我没抛弃你，以后，不管遇到什么事你都不许跑！"

天翼笑了："主人的意思我明白，这是我们的约定。"天翼当然不会以为罗非是出于义气，不过不管是不是出于义气，罗非确实给了他帮助也做出了牺牲，所以，这是他们之间的约定。

天翼道："我尽力保障你的安全，我不会轻易同他们闹翻，你放心，虽然确有危险，如果我遇险的话，你也有危险，可是那种可能性很小。"

罗非瞪着天翼，想从天翼脸上找出诚意或欺诈来，半晌笑了："尽力保障我的安全？天翼，如果面临抉择，你不会出卖我来保平安吗？"

天翼想了一下："不会的，我不会出卖伙伴。当然如果是罗密，我会回答得更快一点儿。"天翼也笑了。

罗非哈哈大笑："我才不信，不过算了，有这句话比没这句话强。"

罗非如愿进了罗氏企业，同时也搬出了自己的家，他带着天翼离开家，在学校与公司中间租了一间允许养宠物的公寓，罗非抱怨："好公寓都不准养宠物。"

天翼笑："我的错。"

罗非怒道："我把你刷上酱，放到架子上烤了吃。"

天翼笑道："我愿意牺牲，主人怕是没那胃口。"

罗非道："刚成鬼的大约会有那种欲望。"

天翼问："主人毕业后是打算进西大陆的哪个公司啊？"

罗非搔搔头："有关系吗？"

天翼想了想："你或者还需要一个能源方面的学位。"

罗非笑了，慢慢倒在沙发里："你的意思是，你想学能源方面的东西，或者你可以再直接点儿，还有军工武器方面的知识？呵呵，你想干什么？不是要造核武器再炸一次诺翰国吧？天翼，我不过要你帮我写写作业，你别让我付大代价。"

天翼说："你毕业了，再也不需要我了，可是我还需要你。我也希望你仍需要我，我想，你进了公司之后，也许会需要一个技术专家吧？"

罗非两指轻叩，轻轻地敲打着《第九交响曲》，过了一会儿，他笑了："让我想想。"天翼点点头，罗非笑问："你真的认为，你可以成为一个有用的能源或武器专家？"

天翼点头："是！"

罗非笑着挥挥手。

罗非不信一个小人真的能成为专家，可是他不介意为天翼连报两门课程，因为他本身正在读研，也不必参加考试，直接开始读课程。

20

天翼一边读书，一边致力于改善组织内部成员的处境。

他给所有吸血鬼发了一封信，询问其收入状况、社会地位、学历婚姻，然后询问他们是否觉得自身处境有需要改善的地方。作为新首领的他，十分愿意在能力范围内尽最大努力。

三两天后，有几个人回信，内容都很简洁，如实交代了简历，对自身状况，都深表满意。

只有青丸回了话："你奶奶的，搞什么鬼？"

天翼被骂笑了："我是觉得组织内部好似对成鬼的成员存在严重歧视。"

青丸讽刺："废话，你才知道？我已经受了多年歧视了，我说什么了？所以，你闭嘴吧。不了解情况，别乱逞英雄。"

天翼沉默一会儿："青丸，我做错了吗？"

青丸骂了一通，自己也有点儿泄气，叹息一声，沉思一会儿："天翼，你是新首领，尽管我们不能完全信任你，你明白这个"我们"指的是什么，不包括我。尽管如此，天翼，我觉得这件事没什么可隐瞒的，"青丸轻轻点点自己的双耳双眼，"我们的耳朵眼睛——"青丸停住，她苦笑，"我的电脑在呼叫，怕是张杰明的。"

一点儿不错，是张杰明，青丸苦笑道："首领！"

张杰明问："你在说什么？你不觉得自己已经说多了吗？"

青丸冷笑："天翼是我们的首领，这种尽人皆知的事，有什么不可以对他说的？"

张杰明道："天翼不过只是做过一次行动策划！"

青丸道："但是所有袭击中，最伟大的策划。"

张杰明道："你明知他已有退出的意思！"

青丸道："不，他没有，他有他的梦想，他一直坚持。"

张杰明怒道："他的梦想？与鬼和平共处？与吸我们血的鬼和平共处！"

青丸半晌道："杰明，有那么一天，即使我还是文雅，即使我还是人类的灵魂，你也会选择，把我同所有吸血鬼一起消灭吧？"

张杰明道："你认为，我应该把吸血鬼分成善良与邪恶两组，好的留下坏的杀死吗？有这种可能吗？"

青丸道："那么，天翼的梦想，就是我的梦想。"

张杰明沉默一会儿："你知道后果吗？"

青丸道："来，杰明，按下按钮，来，杀了我！"

张杰明道："你认为我不会吗？"

青丸笑了："我认为你会的。杰明，我爱你许多年，不过现在，我决定不再爱你了，我支持天翼，如果你认为我已罪该万死，动手吧。"

张杰明沉默着。

这个人，是否也曾爱过青丸？爱过吗，那个并不美丽却有着独特魅力的女子、吸血鬼始祖的混血后裔、曾清清楚楚向他表白"张杰明，我爱你"的那个女孩儿？

张杰明苦笑了："青丸，你知道我不会的，至少，不会因为这一点儿小小的分歧伤害你。我也不会随意伤害任何人。只是，别对天翼说太多，否则，为了更多人的安全，你对天翼的信任可能使我不得不杀掉他。"

青丸道："你不是已经派了眼睛与耳朵去吗？张杰明，相较天翼的大度，你的狭隘让我鄙视。"

张杰明看着青丸，半晌："再见。"

继续与天翼的联系，青丸叹口气："天翼，我不能说。"

天翼笑了："没关系，那么，我做些力所能及的事好了。"

青丸沉默一会儿："他们会渐渐把我们当成有把柄在他们手中的敌人。"

天翼沉默一会儿："我要同张杰明讨论此事。"

青丸笑："别去触雷了。"

天翼道："要么，安排别人做首领，要么，允许我做一点儿事。"

青丸大笑："他当然允许，他一直希望再有一次什么什么袭击，可是，改革自身？拿刀杀人可以，自己给自己动手术谁做得到？"

天翼沉默一会儿："我的想法与他不同，我觉得必须谈谈。"

青丸道："我理解你的想法，不过，张杰明不会认同的。"

经过漫长的身份认证，张杰明终于叹着气接见了天翼，天翼苦笑：

“忙着？”

张杰明道：“不，只是，我知道你要来同我谈什么。天翼，如果你有自己的理想主张，可以自己建立新组织。在同一个组织内部，必须保持一个声音。”

天翼愣了一下，想不到张杰明聪明如此，他沉默了一会儿：“首领，消灭所有吸血鬼是一个漫长的过程，在这个过程中，是否应该联合所有可以帮助我们的人？在情势这样危急的时刻，先谈到多年以后可能出现的分歧，有必要吗？”

张杰明沉默一会儿：“天翼，我们具体到你现在正要做的事吧，吸血鬼越是融入吸血鬼社会，他对吸血鬼社会的认同度越高。如果你的邻居请你吃过饭，你给过他家小女儿巧克力，你怎么能忍心下手杀他们？如果吸血鬼在这个吸血鬼世界有吸血鬼妻子儿女，天翼，怎么可能让他们舍下一切去冒生命危险？”

天翼沉默。

张杰明道：“像闯进帝国大厦这种事，吸血鬼来做更好，可是你觉得我能信任他们吗？”

天翼沉默半晌，终于道：“首领，他们有自由意志。”

张杰明点头：“对，当你签合同时，你可以选择签或不签，一旦签了，就要执行到底。”

天翼半晌道：“我只是希望，我们有着共同愿望并一起为之奋斗的同伴，能过上更人道一点儿的生活。”

张杰明问：“你认为我告诉你的理由还不充分吗？”

天翼道：“很充分，但是，那是站在你的立场上的理由，我很理解你。但他们，也有他们的立场，你想过吗？”

张杰明点点头：“想过，我明白，你知道，人同人的战争，就是这样打起来的。你坚持你的立场，我坚持我的，最终结果——天翼，时候没到，先放弃你的想法。”

天翼问：“什么时候，才是到时候了？”

张杰明沉默一会儿：“你有能力控制所有人，不需我的帮助，而我，需要你时。”

天翼终于道：“我明白了。”

不欢而散。

天翼下网时，罗非刚回家：“在做什么？好好学习吗，还是又要捣乱？”

天翼沉默，过一会儿问：“实习怎么样？”

罗非笑：“放心，如果一个小小的烂投资公司我都搞不定，那什么也不用做了。”

天翼奇怪：“投资公司？”

罗非苦笑：“实习嘛，我不是学的经济吗？”

天翼扬扬眉，笑了：“离馅儿饼还很远啊。”

罗非笑：“发了刀叉我也张了嘴，就看这一口了。”

天翼笑笑，对，能不能吃到馅儿饼，就看这一口了。谈判已经谈开了，他必须做出选择，要么战斗，要么放弃。

罗非笑问：“如果我需要，你能帮我杀人吗？”

天翼瞪大眼睛：“什么？”

罗非笑：“开玩笑开玩笑。”

天翼想了想：“我想没问题，目前，这种事我还可以做到。”

罗非歪头笑着：“那么，是否意味着，如果你想，你也可以杀了我呢？”

天翼问：“你说呢？”

罗非道：“你得小心处理。”

天翼问：“有什么事令我非得杀掉罗密的哥哥不可？”

罗非“切”了一声：“那小子……那小子早不要你了，而且当你是狗屎。”

天翼沉默一会儿：“也许，但是我没有当他是狗屎。”

罗非上下扫了天翼一会儿，不知是否认同这个回答，一只手轻轻敲着拍子，沉默。

天翼终于意识到：“罗非，你有话直说。”

罗非道："有的话，我会直说的，不过，我的那些话，正在我肚子里成长，还没长成，等长成了一句话的时候，我会说给你听的。"

天翼真的很想骂一句狗屎，听了半天，原来不过是一句："我还没想好。"

天翼问："是要杀人吗？"

罗非摇摇头："威胁，比实际行动要好。威胁杀人，然后得到好处，如果真的杀人了，就屁也得不到了。"

天翼若有所悟。

青丸听了天翼描述的谈判结果，沉默一会儿："天翼，小心，尤其要小心安德鲁。"

天翼点点头："我明白。"

既然是要小心安德鲁，那即是说青丸判断张杰明对谈话结果的反应有可能是杀掉不同政见者。天翼有点黯然，如果这样的话，那就无法继续合作下去了。

青丸道："其实这件事，不必谈到这个地步。"

天翼沉默一会儿道："我还以为，可以做点儿什么。"

青丸半垂着头，半垂着眼睛，这可能是她最哀伤的表示了，没有表情，但是目光沉重："天翼，想不到你会为吸血鬼说话，历任地区首领只能由人类担当，就是怕这一点，张杰明坚决拒绝任何向吸血鬼妥协的路线。曾经，我很理解并支持这一点，说起来，一旦成鬼，立场改成这样，只能说明，我也是一个自私的人；同时也说明，张杰明是对的，人的身份改变，立场也会改变，不能不防。这个首领，我不适合再做下去了。天翼，向张认错，从我手里接过这个地区。好吗？"

天翼沉默一会儿道："张，会接受吗？"

青丸想了想："不一定，不过，本地区的人类，素质不佳，不然也不会派我渗入进来做首领了。他可能别无选择。"

天翼犹豫道："我不想让你为难。"

青丸看着天翼，在天翼沉静安定的脸上再次看到她曾看见过的一点点如同火花一样地转瞬即逝，但在绽放时却是无比闪亮的爱恋。

青丸慢慢伸手按住面前的屏幕，挡住天翼的脸，又像是一个轻轻的抚摸，自指缝间，仍可看到天翼眼中小小的热烈的火苗，半晌，青丸微笑了，她轻轻摇头，没有开口。

怎么？原来——

天翼所做的一切，还有一部分是因为她。

试想，如果你的成千上万同胞被虐杀，你是否还会同情那个种族里任何人在生活上的不适？不会，像张杰明，他绝不会因为安德鲁与爱妻分手而同情他，他只觉得安德鲁自寻烦恼，即使安德鲁曾是他的战友，他不能理解自己的战友会爱上敌人。甚至，张杰明也不能理解青丸的改变。

天翼可以理解与同情吸血鬼，因为天翼的朋友——罗家人是吸血鬼，天翼决意改善吸血鬼在组织中的地位，因为天翼所爱的人，也是吸血鬼。你可以说他因为理解同情青丸，故此理解同情组织内的所有吸血鬼，可是不能否认的一点是，没有青丸，一切就会大不一样。

天翼想解开青丸身上的束缚。如果青丸自愿为猎人组织工作，也就罢了，天翼不愿青丸为人所迫，必须进行这样危险的工作。

我不想你为难。

青丸忍不住笑了，天翼的这一点儿小小的自私的心意，让她忍不住笑了，笑到鼻子微微有点儿酸涩。青丸道：“天翼，凡事从大局考虑，个人情绪，只是枝节。”

天翼听了青丸的批评，也淡淡地笑了，轻轻点点头。

青丸焦躁地轻轻敲着桌子，她的腿在轻轻地打拍子。

对，焦躁。

必须采取一些行动，他们必须做些什么，可是，她无法与天翼说明。不管她想做什么，她不能向天翼说明自己的想法也不能告诉天翼该怎么做。她唯一能说的，只不过是，小心、危险。

青丸很焦躁，很久以前，她就有过一点儿不适的感觉，但是，自身安危，她还不太放在心上，加上那段时间，她本身处于半软禁状态，也无法与张杰明的做法有正面冲突。可是现在，天翼提出她早想提出的问题，天翼爱她，天翼面临生命危险。

青丸不得不选择立场，并决定行动。

即使选择了站在天翼这边，又如何行动呢？青丸轻轻闭上眼睛，目光所及都在张杰明的控制之中。

青丸叹息。

她十岁时成为学校的怪胎，不是她有什么不好，而是她太好了，学业好。她并不爱体育，可硬是力大无穷、耐力一流、身轻体健，所有的体育项目不经训练就能拿第一名甚至破纪录。开始她还沾沾自喜，渐渐自己也觉得诡异，知道怕了，不肯显露自己的天赋，可是已经迟了。

在人类的任何时代，她都会成为时代的宠儿。可是这个时代，她的一切天赋，只代表一件事，她的吸血鬼血统。

教师特意把她带到阳光下暴晒，看她的皮肤是否比正常人敏感。

吃饭时，她发现碗里有银勺。

同学疏远她。

青丸遭遇友情与亲情的背叛。她遇到了张杰明。

张杰明对她的遭遇表示理解："我知道，我的身体里，也有八分之一吸血鬼血统，我理解你遇到的事。这里，有许多同伴，你要不要加入我们？"

加入猎人组织。

别的人或许是有远大目标，青丸最大的目标是找到伙伴。她找到的第一个伙伴，是张杰明。

那个英俊文静的青年，略带一点儿羞涩的温柔目光。

他会彻夜照顾同伴，也会眼都不眨地一箭穿透敌人的心脏，他统治着一个小帝国，却谦逊沉默稳定平和，对一个少女来说，好似没有更好的爱人了。

她爱了张杰明许多年。

青丸是著名的"那个张杰明的女孩儿"！

青丸长大了，渐渐有自己的世界观，有自己的想法。

告诉张杰明："我不再爱你了！"其实像断奶一样痛苦，可是当你自己站在世界的一角，用自己的眼睛看到事实，即使是天底下最真挚的爱恋也不能遮蔽你的双眼。你看到了，就再也回不到没看到的状态，青丸看到了与张杰明告诉她的不同的世界，然后发现张杰明没有一颗宽容谅解的心。

她不得不说："我不再爱你了。"

像断奶一样空虚，像断肢一样痛。

不再爱了——也是一种背叛，背叛了自己与自己曾经爱的人。

安德鲁在罗非的新家里负责园艺与家务。

安德鲁非常爱惜花草，常说："看，它们是有生命的。与我们不同的生命，但是有生命的。"

天翼看一会儿，笑："不要同我说这个，我总不能连素食都放弃了。"

安德鲁笑："人为了生命，连同类都相互残杀，何况是不一样的生命？生命之间，本来就是这样一种竞争关系，如果你不能吃掉它们，它们就当你是肥料。"

天翼苦笑："我在丛林里早就明白，可是——"可是在罗家的那些日子，给他一种错觉，关于友谊、爱情、温情、道义以及其他一些，对天翼的生存来说相当奢侈的东西，好像就在手边，只要他接受这种人生观，所有的生命中的美好也就唾手可得。天翼笑了，拍拍安德鲁，他毕竟是丛林中长大的，他的本性是与罗密完全不同的。天翼道："知道吗，当我离开丛林来到这个世界，我真为人类在这个世界的可怕地位惊呆了。我忽然明白，无论我做什么，我在这个世界只是一个人，我再努力也不过是这个世界里的一个好宠物。所以，我决定不再为自身努力，而为整个人类努力，因为努力自身，所能改善的实在有限，必须同所有人一起努力，大家结伴同行，才能走得更快更远。"

安德鲁愣了一会儿，啊，是这样吗？如果他自己想要挣脱猎人组织的控制，那是不行的，可是如果所有组织内的吸血鬼，一起行动的话——

可是关键是，他们无法联络交流，无法达成共识。

安德鲁叹息："沟通对于人类来说，真是至关重要。"

天翼沉默一会儿，点了一下腕上电脑，显示一行字："安德鲁，张是否监听你们的对话？"

安德鲁扫了一眼，迅速地移开目光，可过了一会儿，他又重新盯住那屏幕，笑了："天翼，首领没告诉你的，我不能告诉你。"

他的目光盯住天翼，眼神中仿佛有千言万语，只是不能说，他狠狠地盯着天翼的眼睛，如果眼睛能传达信息的话——

过了一会儿，安德鲁闭上眼睛，嘴巴无声地吐出一个词。天翼盯住他的嘴，安德鲁指指自己的眼睛，这一次，天翼看懂了，安德鲁说的是："眼睛！"

天翼倒吸一口气，安德鲁苦笑着睁开眼睛，目光望着地："我不明白，你何必为这件事同首领争执，我们既然加入了组织，宣誓为消灭吸血鬼不惜牺牲一切，所谓的自身处境，更不必多想。天翼，你的路走错了，你应该多想想，怎么同敌人斗，而不是同首领争执。"

天翼沉默："我会考虑你的话，安德鲁。你说得对，注重个人情绪感受，是个错误，我应该看大方向。"

难怪，难怪张杰明会及时阻止青丸，难怪没有人敢对他说话。控制一个人到这个地步，也太过分了吧！

21

天翼在电脑上轻轻敲下两个词："人体内置监视器"与"眼睛"。

人体内置监视器种类之多，令人咋舌。即使只是与眼睛有关的也有数十页之多。

不过大致可以分为两类：一类是摄像头监视器，一类是视神经脉冲信号监视器。

摄像头，古老简单实用，费用低操作简单。

最简单的一种摄像头如隐形眼镜般，直接放进眼睛里就可。不过此种摄像头摘取方便，也较容易被发现，在真正的间谍中较少应用。

真正的间谍，通常会使用植入式的摄像，镜头深植于瞳孔中，需要手术才可取出，只有用显微镜才能找到破绽。

天翼头痛，该死，眼科手术！

另一类是视神经脉冲信号接收器，手术不太难，以注射器自眼底植入，尽量接近视神经，越近信号越好，还原图像越清晰。

但植入眼底只是常规做法，此种接收器也可以用注射器送入体内任何位置，只有针尖大小，主要构造成分是蛋白质，一米以内的神经脉冲都可以接收，只不过离得远接收器会同时接收到其他神经的脉冲信号，要用大型计算机经过高速运算还原。

这种神经脉冲接收器，理论上，经过精密计算，可以知道被监视的人大致在想什么、看到什么、听到什么，是冷是热，是高兴是难过，只是全面还原的计算量极大，大到几乎不可能实现的地步。

天翼呆了，如果真的是神经脉冲接收器，想要摘除下来，几乎是不可能的。这种蛋白质构成的接收器，因为构成成分与人体组织成分太相似，体积又太小，即使是三维全息成影也不见得能找到确切位置。

罗非推门进来，天翼面色难看地把电脑关上，罗非笑："啧，太伤我自尊了，我下次进来前还是敲门吧。"

天翼苦笑："一个宠物，不配这种尊重吧？"

罗非大惊："咦，竟责备起我来了，你疯了？"

天翼再次苦笑。

罗非问天翼："出了啥事，你失魂落魄的？"

天翼良久轻声："知道神经脉冲接收器吗？"

罗非道："听说过，你难道想用那种变态的玩意儿控制手下？"

天翼叹息，沉默。

罗非坐到天翼身边去，亲切地侧头看着天翼："叹什么气啊？你该不会被人安了那东西吧？那我得离你远点儿了，做梦都会被人看到。国家安全局的超级特务都不肯安那个，早两年，有个特工告上司，据说上司在他不知情的情况下给他安了那种监视器，他得到国家赔偿一百万元。"

天翼笑了："想不到，鬼比人还善良点儿。"

罗非道："这同种类无关，只与文明程度有关，文明程度与啥有关？与经济有关，有钱人会比较讲礼貌，也比较不肯吃苦，至于人性鬼性嘛，天翼，都是一个样：自私。自私是生物的本性。世界大同的是水是空气，都是没有生命的东西，凡是有生命的东西，都是分得出人我的东西，人一旦能分人与我，自私就只是程度问题了。"

天翼沉默一会儿："我需要帮助，罗非！"

罗非大喜："是吗？说出来听听！"

天翼奇怪地看着罗非，怎么了？听到他需要帮助乐成这个样子？难道他疯了，开始以助人为乐了？

天翼忽然明了，罗非大约有什么事，正等着向他开价呢。天翼苦笑："主人要是有什么吩咐的话，只管说，只要我做得到，你的愿望就是我的命令。"

罗非笑，一拳捶在桌上："我需要你，亲爱的天翼。"

天翼打了个冷战，为什么这声调如此恶心："主人请吩咐。"

罗非低声笑："是这样子的，我需要会计师事务所出具一份保留意见的审计报告，可是那个事务所，是我的死敌，所以……"

天翼搔搔头："本来这没什么难的，是吧？拿枪给他看看就行吧？可是——"天翼沉默半晌，终于打开电脑，"我怀疑，我手下的人，受到上一层人士的监控，就是我刚才提过的那种。"

罗非说："那等于说——那不行。"他不能让他在天翼这儿得到的帮助成为记录在案的录像证据。

过了一会儿，罗非笑道："你是正打算解决这个问题吗？"

天翼沉默一会儿："解决？哦，对，解决！怎么解决？"

罗非问："这岂不是个搞分裂的好机会？"

天翼点头，微笑："对，如果能够解决的话，否则，就成了——自杀。"

罗非道："嗯，关键似乎是如何才能不为人知地把监控器取下来。"

天翼看着网页："好像很难。针尖大小，还是蛋白质构成。"

罗非笑："难个屁，这种东西，一定要有个放大发射装置在身上，否则，你要想接收信号，就只能端着接收器跟在他屁股后面一直跑。所以，你根本不必找什么植入的接收器，只要找到身上的放大器就可以了。据我所知放大器这种东西，当然也有小型的，可是如果要发射到另一个国家去，恐怕绝不会小得找不到，所以——”

下一步，是怎么把安德鲁弄到机器上去，把监控器取下来。

天翼在实验室操作，有时，安德鲁也会帮助搬搬东西，天翼问：“也希望过没有监视器的生活吧？”

安德鲁看他一眼：“如果不是必要的话，当然。可是，既然我们的大目标要求我们做出一点儿牺牲，既然那么多人牺牲生命……”

天翼拍拍他肩：“难为你了，安德鲁。”

安德鲁没有回头看他，他不想在天翼的眼神中看到悲悯与同情，那眼神会令他疼痛，会给天翼带来麻烦。

可是天翼此时的眼中并没有表情，当他在思考时，他是没有表情的。过了一会儿，安德鲁说：“当初，我加入组织时，曾发誓，以消灭吸血鬼为生命的意义。直到我自己成为吸血鬼，我仍是这么想，我是自己找到组织，自愿植入监视器的。”

安德鲁没说，后来，当爱人离开时，他开始怀疑自己的信念，也许他最初的志向并没有错，可是当他成为吸血鬼后，当他目睹吸血鬼世界的繁荣昌盛之后，他深深感到，消灭吸血鬼是很漫长的一件事，而他作为吸血鬼的一生也同样漫长，就这样过下去吗？他的人生真的只能有这样一种意义吗？他虽然没有后悔，可是这怀疑，一点一点地侵蚀着他的意志，令他慢慢消沉下去。

安德鲁一直觉得孤独，他不能对同伴倾诉，他不能表露任何一点儿不满，他的同伴也同样如此，他不知道他的问题是不是他独有的，他不知自己的同伴中有没有人也有同样问题。他不得不独自挣扎，天翼是第一个提出问题的人，这个宠物人类，为什么会理解他的痛苦呢？这个制造了大血案的恐怖小人儿，竟然有一种很吸血鬼化的尊重人性，或者说尊重鬼性的思想。他强调团结，但并不忽略个体，愿意理解，愿意求同存异，愿意以双方获利的方式解决问题。

可是，安德鲁什么也不能说。

天翼一边看着书上的曲线一边考虑，就这样直接把安德鲁闷倒，弄到机器上去，把监视器取出来，是否对安德鲁也是一种不尊重？而且，他必须考虑，安德鲁在取下监视器后何去何从？

如果张杰明支持组织内的吸血鬼必须安装监视器，那么，安德鲁能否自己选择去留？青丸与他，在本地，有多大程度上的自主性？

天翼苦笑，或者，他应该最先从青丸身上入手，取下青丸的监视器，这样，就可以知道青丸的真正意图。

天翼必须确定多数人是支持他的决定的，否则，他不但不能赢得这一次分歧，而且会失掉性命。可是他不能冒险征求任何人的意见，包括人类，一旦他们中任何一个对此产生怀疑，并报给张杰明，天翼的死期就到了。

命运大转轮，人人都有赌一把的时候。

如果你不是白痴的话，你能选择的只是一倍的收入一倍的风险或是五倍的收入五倍的风险，没有物美价廉的选择。偶尔有，也需排队轮候，或者加入人群哄抢。

天翼喜欢赌。

他准备赌。

不过，在赌之前他要做个风险测评。

至少在大规模进行摘取监视器手术前要证明他对于监视器的看法是正确的。

方法，当然是拿最近的一个做试验。

天翼对安德鲁有点儿歉意，因为做第一个可能会冒风险，而他并不是为了他才做的这件事。

天翼问："你的妻子，现在好吗？"

安德鲁沉默一会儿："不太清楚，她留在那个农场里，我再也没回去过。"

天翼叹息："我也不知道朱丽怎么样了，哦，我的妹妹。"

安德鲁道："在这个国家，做一个人类，更加身不由己。"

天翼道："现在状况好多了，吸血鬼的生活富足，愿分一点儿权益给他们的宠物。"

安德鲁笑："是，大家庭里的剩饭剩菜扫下桌也比穷人家的饭菜强。"

天翼道："朱丽成鬼了，希望她快乐。"

安德鲁点点头："这样。"原来，他有个吸血鬼妹妹。

过了一会儿，安德鲁道："如果我死了，如果能够的话，替我通知莎拉。"

天翼愣一下，通知前妻？

安德鲁笑一下："希望她开始新生活。"

有人在等他吗？一直等？

天翼同罗非商量，罗非瞪着他："你们那么多人，一个接一个去做这种手术，虽然是极简单的小手术，可是，我怎么向人解释啊？这些人哪儿来的？谁给他们安的监控器？"

天翼沉默一会儿："你父亲的实验室……"

罗非道："我父亲的实验室不是他自己用，你觉得我们能借十几次吗？听着天翼，我可不想最后不得不选择杀人灭口。"

天翼笑笑："我明白。"沉默一会儿，"今天，先把安德鲁检查一下，看看我们的猜想是不是正确的，然后我再想办法。"

罗非问："想办法？"

天翼点点头："如果放大器容易取下来的话，先取下放大器，或者，可以想一下别的办法。"

罗非道："天翼，我记得我们当初说的，我不干涉你，如此而已，我可不是你的助手。"

天翼沉默一会儿："我欠你一个很大的人情，你可以提条件。"

罗非看着天翼："任何事？"

天翼道："任何事！"

罗非想了想，笑："好。"

傍晚，安德鲁要睡了，天翼敲门，安德鲁打开门：“怎么？”

他看见外面站了个蒙面人，然后脸上一凉，最后的感觉是嗅到了一股奇怪的味道。

天翼扶住慢慢向后仰倒的安德鲁，差点儿被他带倒在地。

这一回在实验室里，两个人把机器打开来，开始为安德鲁的大脑造影。

给一个昏迷的吸血鬼检查好似更容易，大脑受到抑制，对外界信号反应不良，接收器的奇异色彩反而显眼。

两分钟之后，两个人同时指出接收器的位置应该是在头骨里。天翼与罗非面面相觑，在头骨里？一点儿没错，猎人组织硬是在安德鲁的头骨上钻了个小洞，把接收器放在里面，然后用胶水粘好。

罗非扬扬眉：“做工精良，经久耐用，一百年都不会坏的接收器。”

天翼叹息一声：“真残忍！”

罗非道：“这下，你死心吧，我们来看放大器的位置吧。”

罗非与天翼很快找到地方，罗非笑了：“这个简单，只要拿刀切开皮肤，然后用剪子把心包剪开，用镊子夹出来就行了。亏了是吸血鬼才能这么做，要是人类，缝起来可麻烦了。”

天翼却已目瞪口呆坐倒在椅子里。

看起来张杰明对待这件事，比他想的要认真多了。这可怕的控制！

放大器竟然深植于心脏外的心包上，虽然吸血鬼有强大的再生能力，可是，让他一个普通人，或者罗非一个普通的吸血鬼，去给别人开膛破肚，从身体深处取出东西来，可行性还是差了点儿。

天翼问道：“取不出来，那么，就地摧毁呢？”

罗非一拍手：“好主意，天翼，放大器的构造不容易摧毁，可是接收器是蛋白质构成，你想想，这意味着什么？在高温与低温下蛋白质会怎么样？”

天翼点点头：“蛋白质变性，接收器是根据蛋白质分子间特异结合的原理构成的，一旦发生变性，不再表现出特异性，整个芯片也就失去功能了。说得对，高温低温，甚至酸性物质！”

不过，高温低温都会损伤脑组织，酸性物质可能导致大脑过敏反应，然后脑水肿，然后颅压过大，死亡。

罗非笑：“我们只要把他的脑袋放到炉子上烤一下！”

天翼瞪他一眼，罗非这个死不正经的家伙，不过——“啊，我本想说用液态氮，你说得对，还是烤一下，用微波。罗非，微波发射器，可以定点摧毁蛋白质。太好了，就这样。”

微波发射针，很容易找到，抵达位置，发射微波，加温到八十摄氏度。

神不知，鬼不觉。

当安德鲁回到自己的床上继续美梦时，他已经成了一个有隐私的自由人。当然，不知能自由多久。

22

人与动物的区别在于会利用工具。

天翼从实验室回来的第一件事是思考如何制造工具。

他需要一个简便的、可以随身携带的三维成像装置。因为把所有吸血鬼搬到实验室去，这太难了。可是到哪里去找便携式的三维成像扫描仪呢？就算能找到，怕也买不起吧？

实验室里的机器之所以大，因为它是多行扫描，可以快速完成全身扫描，而且因为计算量大，计算机体积也大，如果只是扫描头骨后的一小块地方，应该是用不到那么大仪器的，可是哪有只扫描一小块地方的仪器呢？更可怕的是安德鲁的监控装置被取下，张杰明很快会察觉真相，天翼的时间不多了。

罗非轻叹：“我好似在这件事里越陷越深了。不过，去吧，天翼，去商店买一个车用手提三维成像仪，反正我也一直想买一个。我给你签字。”

天翼目瞪口呆：“有这种东西？”

罗非喃喃道："穷人才用那种东西自己修车子。"

天翼差点儿过去拥抱罗非，不过，鉴于罗非是一个不招惹他，他还无比恶心变态的家伙，天翼不敢给他机会，只是雀跃了一下。

天翼有地址，背一个小包，里面是手提扫描仪、微波发射针、消毒水、麻醉喷剂、万能开锁器、特制的无声软皮鞋、蒙面巾。

就这样，去狩猎吸血鬼。

罗非挑着半只眼角，半是嘲笑，半是假装看不见他。

工作进行得很顺利，这些吸血鬼本来就不喜欢为人注目，往往住在很幽静的地方，天翼的工作几乎不为任何人打扰。

喷到第六个时，天翼有点儿大意了，开锁器在门上轻轻碰了一下，他在门外站了一会儿，没有声音，想了想，还是打开门。刚一进门，一支枪已顶在他脑门儿上，天翼抬起手中的喷雾器，吸血鬼那有力的手已堵住喷嘴，然后把他拎出门去，嘲笑："看看，这是什么东西？居然找到老子头上来了。"四目相对，那红发吸血鬼一愣："天——"他刚要叫出天翼的名字，天翼已张开嘴，从嘴里喷出一股气雾，红发鬼应声而倒。

天翼吐出嘴里的橡胶球，这是他的备用保护方式，终于用到了。

天翼听到自己的心脏跳得要吐出来一般，他打开窗子，缓缓吸气。天哪，从嘴里喷出的麻醉剂，让他头晕；刚刚被吸血鬼捉到的感觉让他恐惧；而红发的汤姆看到他的那一眼，让他不安。天翼想，他一定是被认出来了，如果汤姆能认出他，那么，别的人呢？

如果真的被看到了，监控人员，会不会通知余下的吸血鬼？天翼会不会被吸血鬼捉到，拧断脖子？

他必须做出选择：做下去，还是逃跑？

天翼微笑，人到桥中央，走过去与回头是差不多的路程，转身比直走凶险，他当然选择走过去。再凶险一百倍，既然开始，就无法回头。

天翼给汤姆做好手术，给自己一点儿镇静剂，然后把小小的橡胶喷嘴再次充满，向下一个目标前进。

一路心惊肉跳，可是后来的路上倒没什么风波，也有两次被吸血鬼发觉，不过吸血鬼一旦发现进门的不过是一个人类，首先想到的是：这个人是不是伙伴？所以没有一个吸血鬼下杀手，而一旦面对面，失去武器的天翼只要张开嘴就行。天翼呼出一口气，看起来监控器还是比人的直觉要慢。幸亏天冷，天翼穿得多，如果穿得少，单是身体的三维数据，就够认定身份了。

不过，吸进那么多麻醉剂，天翼的手已开始发抖。

天翼深呼吸，好在，这是最后一个。

完成这一个，他就可以从吸血鬼嘴里听到真话了，他也就不再处于张杰明的监控中。对了，还有青丸，天翼不可能突破王宫守卫，无声无息地去到青丸面前，可是天翼相信，青丸会自愿让他把那监控器取下来的。所以，他暂时不打算考虑那件事。

应该感谢吸血鬼发达的科技、方便的交通系统，还有平和安定的社会环境，天翼的偷袭几乎没有遇到任何抵抗与挫折。

十四个吸血鬼，在一夜间，为十四个吸血鬼做这种手术，这种看起来不可能做到的事，天翼居然也做到了。

只有想不到没有做不到。

天翼微笑。发现最后一户用的是电子密码锁，太好了，这种是最好开的，对准锁接收器，开锁器刹那间传出上万条密码，门无声地开了。

天翼再一次听到自己的心脏“怦怦、怦怦”直跳。奇怪，已经十四次了，还跳得这么厉害。天翼轻轻按按自己的心脏，跳得真响。

他轻轻推开门，闪身进去，没有动静。他轻轻往里走，脚步声似一只猫，如果是一个醒着的吸血鬼也许会听到声音，睡着了的吸血鬼，在风声雨声隔壁喧哗声中是不可能听到的。

走廊的第一个房间是厨房，天翼驻足听了一会儿，没有声音。

应该不会有人在厨房里沉默吧？如果这房子里有埋伏，如果天翼认为这房子里有埋伏，那就不该进来，如果天翼真的那么认为，他可能吓得一步路也走不动。

所以，没有动静的厨房，天翼没有理。

从布局看，第二个房间是客厅，天翼轻轻推开门，大致地扫了一眼，虽然也有人在客厅睡，不过如果沙发上没有的话，想必没有人会在自家衣橱里睡觉。

第三个房间是卧室，天翼在床上没有看见人，黑沉沉的房间，月光雪亮地照在床上，床上没有人。毛骨悚然！

汗毛一下全部竖起来，没有风却觉得后背凉飕飕。

天翼知道吸血鬼的视力是人类的若干倍，在黑暗中，他看不清对方，对方却会看清他，只要对方是清醒的，他就等于落入罗网。

天翼慢慢回身，希望不会迎面看到吸血鬼正立在自己身后。

不过，这世上永远有更糟的事，两个吸血鬼远远地站着，手里都有——枪！

天翼慢慢举起手来。

高个白种吸血鬼，微笑："还记得我吗？王浩然，你第一我第二。"

天翼想了想，记起来这个猎人，就是号称被他夺走了第一猎人称号的那个家伙，天翼苦笑："原来你也是吸血鬼。"

王浩然摊摊手："可不，你打猎打到我头上了？"

天翼给他看左手与右手："你看我带了打猎的武器吗？"

王浩然还要说什么，另一个人开口："别说了！"然后问天翼，"你对我做了什么？"

走廊的灯亮起来，天翼看到安德鲁，他沉默一会儿道："我把你头骨里的监控器毁掉了。"

王浩然笑了："咦，那么好心？为什么？"

天翼道："我不喜欢这种方式，人有人的尊严，鬼有鬼的尊严。"

王浩然道："你想必不喜欢你做的事，通过我们的眼睛被首领看到吧？"

天翼道："当然，我不喜欢。"

王浩然道："你是想拉拢人心，另起炉灶吧？"

天翼道："我比较自私，我喜欢对自己对我的兄弟负责！既然我负责这个地区，我认为我有责任，在不损害别人的前提下，尤其是，不损害首领的前提下做一些改变，使大家都好过一点儿。我比较固执，即使得不到赞同，我相信的事，我就会去做。”

王浩然沉默一会儿，回头去看安德鲁，安德鲁缓缓走上前：“首领已经下令。”

天翼苦笑，安德鲁举起枪：“放下你手里的东西，把你嘴里的东西也吐出来。”

天翼的手动了动，安德鲁说：“不，轻轻地蹲下，慢慢地放下。别想偷袭，记得，麻醉剂要十毫秒才能起作用，而我扣动扳机只需两毫秒，就可以杀死你。”

天翼放下喷雾器，吐出小橡胶球，安德鲁说：“不要站起来。”

天翼蹲在地上，抬起头：“开枪吧，安德鲁。不过，请告诉我，你在怕什么？”

安德鲁慢慢翘起嘴角：“怕什么？”嘲讽地笑。

天翼说：“是，你怕什么？如果只是你一个人，我能理解，可是十四个吸血鬼，全部解除监控器，你怕什么？”

安德鲁张开嘴，好像想说什么，可是他的眼睛微微一动，好像要往后看，又忍住，天翼知道他想告诉自己什么，可是又怕身后王浩然的监控器，那么，安德鲁是真的有所顾忌了？天翼慢慢咬紧牙齿，原来，还是有他不知道的东西在控制着他们，未得到足够的信息，形成错误判断，下错了注。

天翼道：“我输了，请告诉我输在哪里，我反正要死了，告诉我原因吧。”

安德鲁沉默。

王浩然走向前，在安德鲁身边道：“开枪，别同他啰唆了，要不，让我吸干他的血吧。”

安德鲁道：“看在你好心的分儿上，反正你也要死了，我告诉你吧，相信你也看到了，我们心脏位置有个装置，可以发射信号，把我们看到的传回总部。不过，你不知道的是，那个装置，同时还可以接收总部的信息，只要首领按下按钮，整个装置会爆炸，里面的银粉会喷在我们的心脏上，吸血鬼什么都可以再生，除了大脑与心脏。”

天翼目瞪口呆，安德鲁说：“对不起。”

天翼慢慢闭上眼睛：“对不起，安德鲁，给你添麻烦了，是我的错，我疏忽了，开枪吧。”

安德鲁沉默地看着天翼，手里的枪一直指着天翼的头，却没有动。

尚未成年的天翼，个子虽已足够高大，却十分瘦削，长手长脚，给人仍在生长中的感觉。

一个孩子，还只是一个孩子。

那孩子蹲在那儿，稚嫩的肩膀却平坦稳定，这个孩子，独自一人，深夜袭击了十四个吸血鬼，并为他们解除了监控，这胆识这机智，还有他接受失败与死亡的这份坦然，安德鲁觉得，也许，再给他一次机会，他真的能救他们。安德鲁知道如果自己选择不开枪，不管别人是否会得救，他自己是死定了。

可是，当他知道自己不再是活动摄像头，知道自己重又是自由人，可以看自己想看的说自己想说的，那种轻松平静快乐，无论如何，他不想再回到被控制的状态中，那样生活下去，并不比死亡更好。

王浩然叹息一声：“安德鲁，开枪吧。”

那个小孩儿，身为人类，却同情他们的处境，冒着生命危险来解救他们。

半晌，安德鲁道：“他还是个孩子，同首领说，再给他一次机会吧。”

王浩然笑了：“我们饶过叛徒吗？让你有这种幻想？不可能的事，安德鲁，别做没用的事，会伤到你自己。你不想死吧？快，开枪！”

安德鲁呼吸变深变快，王浩然诧异，不会吧？杀死个人不必这么激动吧？

忽然之间，安德鲁转过身，枪口对住王浩然的脸，王浩然呆住，他手里的枪一抖，可是额头感受到那一点儿金属的凉，他没有动，那点儿凉，从额头到心脏到胃，让他全身冰凉，且恶心。他瞪住安德鲁，然后大怒：“你找死啊！他给你催眠了吧？咱们一起多少年了？你同他才认识几天？你拿枪对我，你想死吗？”

安德鲁身子微微震动一下，苦笑：“王，这样，对你也好。别动，别逼我开枪！天翼，麻醉剂！快！”安德鲁说“快”时，嘴角猛地涌出大量的血，王浩然顿时瞪大眼睛：“安德鲁！”

安德鲁苦笑，轻声：“别动，跟着天翼吧！”

王浩然惨叫：“安德鲁！”

安德鲁的脸色已惨白半透明，他拿枪的手在不断颤抖，然后又一大口鲜血喷了出来，喷在王浩然的衣服上，可是他的枪依旧指着王浩然，他说：“别动，别逼我开枪，这样对你好。”他的声音已经低不可闻，每次开口都有鲜血涌出，王浩然的眼里忽然冒出无数血丝，然后泪水蒙住他的双眼，天翼把麻醉剂喷在他脸上，他没有反抗，倒下时，泪水缓缓流下。

安德鲁这才慢慢放下枪，后退一步，背靠上墙，头垂下来，身子颤抖。血，不断地从他口中涌出来，然后，他连靠墙站着的力气也没有了，缓缓地顺着墙，滑坐到地上。

天翼此时也明白了，他想说什么，可是喉头哽住，只叫了一声：“安德鲁！”

安德鲁惨笑：“我到底没能等到美好的未来。”

天翼过去，握住安德鲁的手：“安德鲁！”

安德鲁全身颤抖着，身子剧烈震颤，开始吐出大块大块的内脏碎块，他惨笑：“我等不到那天了，可是，我的朋友——你要努力啊。”

天翼咬紧牙，咬到牙根酸痛，才能让眼里的泪水不流下来：“安德鲁，除非我死了，否则，我决不放弃。”

安德鲁道：“别放弃，也别死，替我，多活一阵。天翼，给我一点儿麻醉剂吧，很痛。”

天翼拿起麻醉剂，安德鲁微笑：“告诉莎拉，我很爱她，可是希望她开始新生活。”

天翼把麻醉剂喷在安德鲁脸上，安德鲁脸上凝着一个微笑，不再动了。然后血慢慢从他胸前渗出来，开始是一点儿，然后猛地变成一大片，好像整个胸膛如气球般破裂。

天翼解开安德鲁的衣裳，看见浓稠黑红的血浆夹着碎块，缓缓地流了出来，到此时，安德鲁还有微弱的呼吸，可是已经无救。他胸膛上的血肉还在不断地溶解，胸前那个洞越烂越大，心脏已经不见，肺叶还在缓缓伸缩，可是慢慢地变成震颤，最后停止了。

天翼呆住了，然后自安德鲁的血浆中找到一个小小的裂成两半的人造橡胶胶囊，包着银粉的，就是这东西吧？

安德鲁竟然舍弃生命来救他？

这个吸血鬼，同天翼并没有很深的交情，可是，他一贯愿为信仰牺牲，他相信张杰明，曾牺牲了自己的生活，现在他相信天翼，牺牲了生命。天翼觉得震惊与痛心。

可是，现在不是落泪的时候。

天翼从王浩然的厨房拿来匕首，用药水消毒，划开肌肤，吸血鬼的内脏器官，因为消化道退化，所以心脏与肺的位置都向下移，天翼可以从肋骨下方伸进去摸到心包上一个小小的肿块，像是蚊子叮了个包似的肿块，天翼想用刀划下去时，微微有点儿迟疑，会不会再有什么他不知道的？会不会划破胶囊？

反正吸血鬼的再生能力极强，天翼捏住那个小肿块，用刀尖将它整个挖了下来，血如泉涌，天翼心脏狂跳，天哪，他的刀尖没有碰到心脏吧，这些血！怎么办？是碰坏了哪条大血管了吗？

可是天翼没担心太久，血液渐渐止住，不但止住，而且淤积在内脏的血液渐渐被吸收，肌肉组织抽搐几次，开始自动合拢，天翼也伸手帮了点儿忙，把翻开的皮肉拉到一起，对上，就像有胶水一样，皮肉自动伸出小小的触手，互相纠结，然后贴到一起。

伤口慢慢愈合，天翼趁机把监控器也毁掉。

十四个监控器。

天翼收拾好所有工具，终于想起青丸的问题，原来他以为只要毁掉监控器就可以了，现在才发现，青丸确实有可能拒绝让他毁掉监控器，因为青丸的生命掌控在张杰明手里，其他十二个吸血鬼也握在青丸手里。

怎么办？

难道再从头跑一次，再给所有吸血鬼做一次心脏手术？

不可能，现在张杰明知道了天翼的行为，一定已经派杀手过来捕捉天翼。

所以，当务之急是快离开这里。

天翼打开门，电脑传来呼叫振动，天翼打开电脑，青丸怒问：“天翼，你在哪里？”

天翼迟疑一下：“我在王浩然家。”

青丸愣一下：“靠！你真在那儿！”然后怒吼，“快离开那里，马上！向白凌川相反的方向走，快！”

天翼才要答应，却听门外一声笑：“晚了，公主，我已经来了。”

天翼再一次被一支枪顶住头，是一个人类，黑瘦，眼里有着尖锐与仇恨的光。天翼不认得他，他冷笑：“我代表全体猎人，代表全体人类，处死你这个败类！”

青丸厉声：“张辰光！我命令你住手！”

那个被叫作张辰光的冷笑：“你命令我？杀死天翼之后，我就是这里的首领！”

青丸怒道：“我会不惜余力杀死你！只要我活着！我发誓！宁死也会杀掉你！”

张辰光呆了一呆：“别忘了，你的死活控制在首领的手中！”

青丸冷笑：“除非你杀了天翼之后马上杀掉我，否则，我一定杀死你！”

张辰光愣一下，他不敢杀青丸，他没能力杀青丸，又不肯定张杰明会为了他杀掉青丸，他迟疑了。可是，他也知道他现在没有退路，他沉默一会儿：“青丸公主，我只是执行命令！”

青丸道：“你在我管辖的区域，你要优先执行我的命令！”

张辰光再次迟疑：“公主，别的人也陆续到了，你拦不住了，别为难我。”

他转向天翼：“你辜负了首领的信任！死有余辜！”

青丸厉声：“住手！”

天翼忽然矮下身子，一只大手，从张辰光背后伸过来，把张辰光的手一抬，一颗子弹打在天翼身后，身后的水泥墙应声被炸开一个大洞。

张辰光回头，顿时瞪大眼睛："王浩然！你好大胆。"

王浩然笑："即使我是一个人的时候，你那点儿杀人伎俩也是我徒孙辈的，我难道还会怕你？"

张辰光道："首领会杀你。"

王浩然拉开沾血的衬衫："如果你指的是这个，那就别指望了，看，我已做过手术！"

张辰光呆住。

王浩然叹口气："本来，我是不愿意杀自己兄弟的，可是让你活下去——"王浩然摇摇头，手指加力，张辰光瞬间感受到刺骨钻心的痛，眼前一黑，耳听天翼说："慢着！"

王浩然捏在张辰光脖子上的手指微松，问天翼："怎么？首领还有话要问他？"

张辰光刹那汗毛倒竖，哑着嗓子："杀我！快杀了我！"

天翼摇摇头："我没话要问，不过，我想让他带句话给首领。"

张辰光怒道："我不会为你利用。"

天翼道："只是一句很简单的话，告诉首领，我有话要同他谈，面谈，我自己，一个人，时间地点，由他安排。"

张辰光站在那儿，衡量整件事的轻重，他得回生命，只是传一句话，或者，这只是天翼放过他的借口。他站在那儿，半晌，点点头。

天翼拍拍他肩："走吧兄弟，我无意与从前的兄弟、伙伴为敌，你明白吗？"

张辰光道："我们不会相信。"

天翼微笑："我知道，你回去吧。"

王浩然很奇怪自己为什么松开手，而不是把张辰光捏死，他甚至都没说一声反对。或者，是因为那个孩子坚定自信的肢体语言吧？那孩子并未询问他的意见，好似也根本没想过他会有不同意见，他的手还放在张辰光脖子上，他觉得，咦，怎么可以这样解决问题？这，这根本是蠢嘛！

可是天翼微微转头，望向他，那一眼里的威严与智慧，让他不由自主松开手。天翼没有说过，可是他的目光分明告诉王浩然，他的话，是命令。

天翼的目光有力量。

这个十几岁的小人，有一双坚定有力的眼睛。

王浩然看着张辰光一步步后退，然后转身而去，他微笑了：“你在干蠢事。”然后大笑，“你一直在干蠢事，我们过得痛不痛苦，到底干你屁事？”

大笑声中，忽然带了哽咽：“你害死了安德鲁！浑蛋！”

天翼轻声：“对不起，我尽全力补救，希望能——”他微微沉默一会儿，“如果你想杀我的话，我在这里，我也没有怨言。”

王浩然擦擦眼泪，笑：“安德鲁为救你而死，我总不能让他白死！我跟着你，大不了掉脑袋！走吧，天翼！”

23

青丸道：“天翼，备好武器，千万不要到白凌川来，他们已派人把守路口，找个地方躲起来，同你的朋友一起找个地方躲起来。”

坐到车上，天翼说：“白凌川。”

王浩然一愣：“什么？”

天翼道：“我会在半路把你放下，有一件很危险的事，我不得不交给你去做。”

王浩然瞪着天翼，咦，这个小子！他自己要去做危险的事，要把别人支开，居然还说得如此振振有词。

天翼从包里取出一个小盒子，打开：“这是从你身上取下来的，我要你把其他人的也取下来。”

王浩然道：“你不用切下这么大一块吧？饿了？”

天翼笑：“不是，我怕有别的问题，你让开点儿，我要把它切开看看。”刀子划开皮肉，王浩然正伸着头，忽然见那胶囊跳动，大惊，立刻伸手在脸前一挡。

那一小块皮肉一切开，里面的胶囊立刻弹开，“噗”的一声喷出银色烟雾，喷了天翼一脸，天翼摸摸脸：“好在不是爆炸。”然后听到王浩然的痛叫声，只见那高大吸血鬼的手掌上正在冒着白烟，就像一粒火炭落在蜡上的情形，王浩然惨叫着甩动手掌，血肉飞溅，伤口不断扩大。

天翼一把抓住他手，刀子在伤口一剜，一大块皮肉落下，王浩然惨叫，天翼把急救包扔过去：“自己包扎，我身上全是银粉。”

王浩然忍痛包上手，后退，离天翼尽可能远。天翼不敢怠慢，用湿巾把脸擦干净，把外衣全部脱下翻转，放到袋里，把车子里的银粉认认真真一点点擦净，王浩然除了后退还是后退，这种细细的银粉要是吸到肺里那才叫精彩，他会得吸入性肺炎，活活痛死。

天翼把那个胶囊放到湿布上，仔细查看内部结构，他不想再有任何细节被忽略。

王浩然看着那个小人全神贯注地使用各种工具操作。小小的人，细脖子，王浩然觉得那细细的脖子正好够他一只手握住，轻轻一捏，就能捏出红色液体来，那种红色液体有一种奇异的腥甜味、美味。

王浩然咬牙，该死！如果不是怕惊动天翼，他一定狠狠给自己一记耳光。

虽然再生能力强，但接连受伤且失去大量组织与血液，王浩然觉得渴，他捏住喉咙，慢慢咽口唾沫。这真是一件极其恶心的事，你同你的伙伴，刚刚建立良好的友谊，他救了你一次又一次，可是你受伤之后，看着他的身影，想到的却是：好想喝一口你的血！

王浩然沮丧，这也是他们甘心受制于人的原因吧？他们觉得必须饮血是一种缺陷，而自己对血的渴望，是一种变态的低级的卑劣的欲望，自己憎恨自己，故此觉得自己兽性的一面，需要控制，所以把性命都交给别人。王浩然慢慢靠在椅背上，身体无力，全身渐渐发冷，他竭力控制，不想在天翼面前颤抖，他觉得那是出丑。

天翼抬起头，叫王浩然过去，指给他看：“这里有个小小弹簧可以将胶囊弹开，但是平时这边有个扣，把胶囊扣住，这个扣是电磁铁控制的，电流方向改变，扣会弹开。这个扣留在外面的部分，已经同肌肉长在一起，我刚才切开肌肉时，拉开了这个扣子，所以胶囊就弹开了，我估计这是故意设置的，如果不知道，一切开皮肉，胶囊就会弹开。所以，你给大家做这个手术时，一定要小心，哪怕多切下一点儿肌肉组织，也不要冒险。”

王浩然点点头，没有开口。

天翼这才发现他面色苍白：“哦，对了，我真粗心，你消耗体力太多，需要血液。”

王浩然见天翼自包中取出刀子，大惊：“不不不！不！我不要！我不会接受！”

天翼扬眉，另一只手，从车厢里取出一盒红色饮料，切开，交给他。王浩然啼笑皆非，只得低声骂一句：“屎！”他还以为天翼要切开血管请他喝个饱呢。

天翼笑：“让你吸我的血也没什么，如果你嫌盒装血不够新鲜的话。”

王浩然再骂一句：“屎！”他现在有点儿了解，安德鲁为什么肯舍命救面前这个小孩儿了。血浆大量大量地吞下肚，一股温热美好的感觉自胃到心脏，王浩然舒了口气，然后说：“对不起。”

天翼道：“没关系，我们必须接受事实。”

王浩然问：“事实？”

天翼道：“接受这个星球上，有一种必须饮用人血的智慧生物存在，他们同我们一样有生存的权利。”

王浩然沉默一会儿，苦笑：“我们应该早点儿听说这句话。”

天翼道：“关于安德鲁，我很抱歉。是我的疏忽，导致不必要的牺牲。”

王浩然再一次沉默，天翼看到他的鼻尖慢慢变红，但是这个男人并没有落泪，他沉默了一会儿，面色恢复如常，眼睛还是有一点儿湿润。半晌，他说：“没关系，早已是折磨。我同安德鲁，还是人类的时候，是朋友，他同我不一样，他比较内向，比较固执。蠢啊，这个人！我不是说他救你蠢，他根本就是自杀，这个人，也许是想到永远不能再同那个女人在一起，所以，很灰心吧？”

天翼沉默。

过了一会儿，王浩然道：“这个蠢人，也是为了我们吧，他觉得，救了你，我们还有点儿希望，他认为你是救世主。”

王浩然惨笑：“他本以为张杰明是救世主。”

天翼沉默，脸转向别处，这是他第一次接受他人的牺牲，以后也许还有无数次，可是这一次，刺痛他的灵魂。

这个世界没有救世主，可是没有人牺牲，就没有整个人类社会。

飞了几十公里，天翼停车：“这里，既不是离你最近的一个吸血鬼，也不是第一个吸血鬼，从这里开始，比较安全。可是，你还是要小心。张杰明可能已经通缉你我，如果张杰明拿你的生命或者别的吸血鬼的生命相威胁，不要冒险，选择放弃，我不想看到有人死亡。记着，所有吸血鬼，来去自由。我个人认为，我们在一起，会更安全，可是，要走的，有走的自由。”

王浩然点点头，然后问：“你真的去白凌川？”

天翼点头。

王浩然道：“那也是一种白痴行为。”

天翼笑：“青丸公然违令，不准张辰光杀我，也是一种白痴行为，所以，我不得不也用白痴行为来报答她。保重，浩然，我们的生死，全看你了。”

王浩然哼了一声，明知天翼在冒险，可是那个小人，不断用别的话题来打断他的劝阻，王浩然很清楚，小首领的意思是：做你的事，别啰唆。

真是一个专横的小人儿。

可是王浩然一点儿也不觉得天翼的专横讨厌，相反，他觉得这个小人不断回避争执的态度，十分可爱也很让人感动。

他不想挑战天翼的权威，没再提任何意见，只说：“你也保重，我们需要你，别让安德鲁白白牺牲。”

天翼点点头，自从安德鲁死后，这些吸血鬼，不再只是需要他的帮助的伙伴，也是他的责任。他接受了同伴的牺牲，必须担起这个责任。

王浩然目送天翼离开，他拍拍天翼交给他的包，里面有刀、枪、药，还有足够的血浆。他对于自己居然被一个小孩子折服，感到一点儿讶异一点儿好笑，可是天翼目光中的坚定与自信，确实在这种危难时刻给他信心给他力量。天翼像一个强大安稳的存在，光是存在，已经让人安心，至少对他来说是这样的。

天翼开车直飞白凌川，他要在最短时间内到达白凌川见到青丸，他必须尽快与青丸沟通，达成一致。

至于一路上的危险——天翼微笑，据他所知，张杰明并没有给这个地区太多的经费，就算有经费，也都控制在青丸手中。他没听说过青丸曾经给自己的下属配置过高级赛车，而罗非的这辆法拉利速度与灵活性无与伦比，天翼不认为会有人拦得下这辆车。

大半路程过去，离白凌川只有一二百公里时，天翼开始看到独自驾车的人类。在诺翰国，独自坐车的人类不少，可是把自动驾驶改掉，改成手动的人并不多。

从车子行走时轻微的“之”字形路线就可以看出，那是手动驾驶。天翼看看左右，发现这样的车子有三辆，从前左右逼过来。

天翼不理，车子越来越近，天翼看到左右两辆车里的人都拿出枪，他有点儿叹息，一旦拿出枪来，必然惊动警察，到时，难免会有同伴暴露身份，死亡或者被捕，那不是天翼想见的。前面的车子，越来越近，那辆车微微抬头，看起来想将天翼的车压下去，迫使天翼在地面降落。不过，这并不容易，车子提高，会不时与上行阻力带相撞。

诺翰国的车辆在空中，并不是乱飞的，同地上的道路一样，天空中也有线路，只是相对宽一些。整个天空，划分成十八个区，分高速、中速、低速、游览速四个级别，每级别有东西南北四个区，再加两个起飞降落区，区与区之间是强磁力带，只有在特定区域才可以穿越强磁力带转到其他区，这个特定区域，相当于十字路口。

这几个人类，一定是从附近起飞，一直在游览观光区盘旋，看到天翼的车子，才转上快车道。前面那辆车这样逆行，很快就会被强行管制，不过，看他的速度，他会先把天翼压向下方。所有车辆都可以向下突破磁力带，因为车子自身重量加上高速度，冲破磁场十分容易，可是向上突破，首先要克服重力，磁力带的设定已经考虑车辆的功率，除非十倍功率的改装车，正常车辆是不可能向上突破的。天翼已经在高速行驶的最高空，再往上，就是飞船与飞机的航线了，这一层的强磁带尤其牢固。

而被压向下，再向下，结果就是迫降，迫降的结果——

天翼仍用自动驾驶，但他调整了一下速度与方向，对方驾驶员做了个侮辱性手势，要他下降。

天翼笑笑，飞得再高一点儿，对方也调高，两辆车都以极高速度相对行驶。从两车的速度看，天翼的车明显马力大自重大，迎面而来的吸血鬼可能会被弹飞，可是天翼的左右两边还有两辆车，相撞后天翼一定会有一段时间处于失控状态，那两辆车可以趁机把天翼挤下去。

越来越近，两车都因为与强磁带摩擦发出“嗡嗡”声，车子近得几乎能看到对方的眼眸，天翼按下垂直上升按钮。

罗非的高性能跑车，到此时终于显露优势，排气管瞬间改变方向，虽然车尾顶着强磁带不可能升高，但流线型较低的车头却被推高约一米，直到也顶到强磁带，这一米高刚好可以骑在对方的车头，一声巨响，两车同时弹飞。不过，同对方的想象不同，天翼没有被压低，也没被撞得横飞，因为车头翘起，天翼本来就开到最大马力顶在强磁带上。这一撞，一下把天翼的车子撞入强磁带，车子在强磁带飞快地旋转，剧烈地震动，所有仪器全部失灵。天翼被摇晃得如一只破布偶，头晕目眩，耳鸣恶心，简直比疼痛更难以忍受，好在车子因惯性而向上飞，没多久接触另一边磁场，被弹上飞机航道。

红色法拉利在空中旋转几周，稳定下来，天翼忍住呕吐的感觉，深吸一口气，找到正确的方向，向同胞们挥挥手：“再见，朋友们。”

那几个人，在下层盘旋，自知不可能突破强磁带到飞机航线上去追天翼，想开枪，天翼已飞远了。

24

飞得像声音一样快。

在王宫的上空得到停车许可，天翼降下来，青丸已等在停车场。

那个长发飞扬的女子，穿了一件米白色公主裙，站在草坪上。草坪上的自动喷淋系统正在工作，细细的雨丝间，那个高贵的，有着一个有担当的宽肩的少女，确确实实，像一个公主。

这个公主看见天翼，又露出怒容："浑蛋！你就不能听我一次？"

天翼伸开双手，敞开怀抱，青丸狠狠瞪他一眼，可还是走过去，接受了这个拥抱，狠狠地把天翼抱了一下："天翼，你这浑蛋！还挺机灵的！"笑，原来她的本意也是要天翼到她这里来。

天翼轻声："对不起，我以为可以帮到你。"

青丸笑："你帮到我了，张杰明威胁，我要是不杀你，他就杀我。"

天翼道："他已不肯同我对话。"

青丸笑道："你同我说，就是同他说了，我是他的眼睛耳朵。"大笑，然后挽着天翼的手，"来吧，我们进去谈。"

天翼的掌心，滑进一只柔软的光滑的小手，他侧头，一直比青丸矮一点儿，现在他长大了，终于比青丸高半个头了，可以垂下眼睛注视青丸的面孔，那张有棱有角的秀丽面孔，也许不是最美的，但一定是最高贵最可爱的。天翼渴望抚摸这张面孔，不过他知道分寸，只是缓缓握紧青丸的手。

青丸自那只缓缓握紧的手中感受到强烈的爱，不像火，像山，坚强而稳定地存在着，沉重，坚不可移。

这样一个小人，这样一个她看着长大的小人。

青丸忍不住看天翼的脸，天翼的目光正克制而眷恋地笼罩在她脸上，在那双眼眸深处，极深处，闪动着岩浆一样滚烫的爱恋。这个克制的小人，没有表情，可是他那深深的目光，让青丸感受到那样沉重的爱。

有一点儿悲哀。

相恋不能相守，有一点儿悲哀，可是，这一点儿悲哀，青丸与天翼都有能力承受。这样，又比无爱也无嗔好一点儿。

青丸微微笑了，在这样的环境中，在这样克制与洞明的两个人中间，居然还会有爱情，多么难得，也许是因为他们还年轻吧？

有热情，灵魂坚强，所以敢付出敢爱。

当事人自己都觉难得。

天翼微微露出一个不易察觉的微笑，嘴角轻拉，目光灼热，然后他低下头，依旧保留那个微笑，那是一个非常温暖的笑容。

地上的青草，凝着晶莹的水珠。

进到青丸的私人房间，天翼道："我行事莽撞了，给你带来麻烦。如果必要的话，请牺牲我，比我们两个都牺牲强。"

青丸笑："别说废话了，你打算怎么办？"

天翼也笑了，知道青丸如果有那种打算，他什么也不必说，已被牺牲掉。如无那种打算，他说了也是白说："就像我说的那样，我要同首领谈谈。"

青丸笑了："对，打不过就投降。"

天翼笑："是，希望不要连累他人，这一切，都只是我一个人策划的，我愿意亲自到首领面前领罪。"

青丸沉默一会儿："你知道后果吗？"

天翼微笑点点头："可是，如果首领把你们全杀光的话，我就要找个地方躲起来了。"

青丸说："你应该立刻带着你的吸血鬼们躲起来，能带走几个带走几个，不是吗？你跑到这里来，是一件蠢事。"

天翼道："我不想首领把十三个杀人按钮都按一遍，试试可以杀死哪个。我想，我在这儿，首领不必杀别人了。"

青丸点点头，对，天翼没时间取下所有可以杀死他们的体内炸弹，所以天翼只得自首。她抬起手，想拍拍天翼的肩，然后发现现在拍天翼的肩膀可不像以前那么顺当了，要把手抬得老高。青丸笑，把手按在天翼肩膀上："我知道你去，不过是送死，可是我也知道没有别的选择。总好过我现在就杀死你。"青丸歉意地笑，"好多条人命，抱歉，我不能鼓励你逃跑。”

天翼微笑：“我明白。”如果青丸会哭泣着说：“求求你，你快逃吧！”那他可要大笑了。

青丸的电脑呼叫，青丸苦笑，打开电脑：“首领大人，什么事？”

张杰明现身，看青丸一眼，这下子，青丸真的同他决裂了，不再叫张杰明张杰明，改成首领大人了，他没有表情，简单地通知：“让天翼到4号飞船行李口等37号，他一个人。”

青丸沉默一会儿：“好。不过——”青丸看了张杰明一会儿，苦笑，“如果你决定杀掉天翼的话，把我也一起杀了吧，以绝后患。”

张杰明问：“你认为我有可能放过他吗？”

青丸道：“张杰明，天翼的合作，对猎人的事业，有很大的帮助，相信我。杀了他，至少就不再有我的合作，相信还会有不少吸血鬼，与我有同样的看法。”

张杰明道：“我不接受有限的合作，也不接受威胁。青丸，换了身体，连灵魂也换了？你在背叛，背叛我，背叛组织，背叛人类，背叛你自己！”

青丸怒道：“说得好！我只是换了个身体，就成了你的敌人了吗？就成了你应该消灭的对象了吗？你再想想，所有的吸血鬼，也不过是换了个吸血鬼身体的人类，是不是非要消灭他们，人类才能在地球上好好活下去？除了你死我活，难道没有第二条路吗？”

张杰明怒吼：“没有！绝对没有！他们有灵魂也好没灵魂也好，甚至，即使他们是与我们同样的人类也一样！他们吸我们的血，他们屠杀我们，一个城市一个国家地屠杀我们！你他妈都忘了！”

青丸沉默半晌，颤声道：“我忘不了，可是，要一直这样杀下去吗，张杰明？我们在流血在牺牲，他们也在流血牺牲，非要报仇吗？这可不是你打我一拳我打你一拳！你每一次报仇，都有人在死亡！都有我们的同胞在死亡！”

张杰明挥挥手，表示道不同，不必再辩。

天翼道：“允我同青丸告别。”

张杰明根本不屑同他对话，一言不发，关掉画面。

天翼回头，苦笑："看来凶多吉少！"

青丸道："尽力吧。张杰明有张杰明的理由，你也要理解。理解他，你才知道如何说服他。"

天翼微笑："当然。"

青丸还想再说什么，可是一时间不知该说什么，天翼笑着轻拥青丸，一下下拍着她的后背，天翼说："放心，我会回来。"

青丸苦笑："我想，我不必再告诉你，我不介意被你牺牲吧？只要牺牲得值得。"

天翼点点头："是，你不必说，我明白，我会理智地做出选择。"

青丸再一次苦笑，即使心动，他们连痴迷的权利都没有，任何痴迷都会带来更多牺牲。在必须牺牲爱人时，只得选牺牲，不能选择同他一起死。

像梁祝，求仁得仁，也就罢了，生命中总有更加巨大的悲哀。

沉默一会儿，天翼轻拥青丸入怀，轻声问："可以吗？"

青丸笑："我在等。"

天翼苦笑："闭上眼睛。"闭上眼睛，别让别人看到。

青丸闭上眼睛，天翼慢慢低下头，轻轻吻了她的脸，有一点儿痒。青丸微笑，可是天翼的唇又一次落下来，然后一次又一次落在她的面颊她的鼻子她的嘴唇上，青丸等待一个热烈的吻，可是天翼只在她的唇上轻碰一下，然后停在那儿，停了一会儿，天翼离开："不！"

青丸苦笑，这是什么样的自制力？

天翼紧紧地抱住青丸，如果可以，他想把青丸镶进自己的身体，过了一会儿，天翼说："这不是最后一次，我会回来的，等我回来！"

青丸苦涩地笑，这表示天翼没有自信吧？他怕自己不能回来，给青丸留下太多记忆，只是一种伤害。

连吻都没吻，算不得恋人吧？如果不算恋人，伤心会淡一些吧？

天翼目光留恋地在青丸脸上纠缠，过了一会儿，轻声："我爱你。"

青丸终于睁开眼睛，微笑："我等着，别太久。"

天翼点点头，然后转身而去。

4 号飞船的行李口有奴隶工。

近百年来，吸血鬼的出生率不断下降，政府出台一系列鼓励生育的政策，甚至为生育过的吸血鬼夫妇双方提供两年带薪产假。但肯生孩子的，仍寥寥无几，生命太漫长了，而小吸血鬼只要十几年便长成，立刻离开父母独居，令年长的吸血鬼们，觉得花十几年来养育爱护一个孩子，没什么意义，不如养一个宠物，还可以多陪自己几十年。

出生率的下降，导致劳动力严重不足。

于是，一些吸血鬼将自己饲养的有智力的人类，卖给一些公司，进行简单劳动。

奴隶工从最初出现到少数地区与公司大量使用，用了几十年的时间，现在连飞船发射场、操作行李机的，都是奴隶工。

当下有一个奴隶工过来："天翼？"

天翼看到他的胸前，印着大大的"37"，原来 37 号就是 37 号奴隶工，他点头。

37 号道："跟我来。"

天翼不远不近地跟在那人身后，直到进了一个行李转运间，37 号把一条光纤线动了一下，正在行李间操作的另外两个奴隶工 42 号和 63 号立刻从机器上跳下来，拿枪对住天翼的头。37 号拿来手铐，示意天翼伸手，天翼知道同他们争辩无用，即使这种待遇不是张杰明授意，他的抗议也毫无意义。他伸出手，37 号把铁质的手铐用力铐在天翼手腕上，然后打开一个大行李箱，命令天翼："躺进去。"

那是一个最大号的行李箱，可是这种行李箱不是设计用来装人的，所以躺下一个人，仍十分费力，天翼屈腿弯腰，需三个人用力挤压才能塞进去，然后三个人在天翼身体的空隙塞满泡沫，天翼讶异："这是做什么？"

37 号冷笑："你不想撞来撞去撞断脖子吧？"

天翼沉默，身体完全被固定，几小时不能动一动，这简直是酷刑。

37 号问："吃饭了吗？"

天翼摇头，37 号道：“很好，记得无论多难受都不要呕吐，行李舱是失重状态，吐出来的东西，会把你呛死。如果你真的吐了——”37 号脸上浮现一个冷酷的笑，“怎么吐出来的，你就再怎么吃下去！”

天翼淡然道：“我会的。”

37 号嘴角扭曲，好似要骂人。63 号已把电焊拿过来：“焊死吧，免得出事。”

天翼腕上手铐的锁孔被焊死，然后把手铐固定在箱子上焊死，脚踝上也扣上镣铐，焊死固定。37 号用力摇晃箱子，看到天翼动弹不得，这才扣上箱盖，然后，把箱子的锁头焊住。

一动不能动地躺在狭小的黑暗空间中，感觉自己移动，被扔在什么上面，移动，再被卸下装上，只有机器声、机器声、机器声。

天翼闭上眼睛，劝自己：“如果能够的话，睡一觉吧。”

没多久，身体开始麻痹疼痛，像无数小蚂蚁在啃咬皮肤与肌肉，然后又像无数根针刺进身体。天翼安慰自己，过一会儿，完全麻了就好了。

过一会儿，身体麻了，可是弯曲的后背开始剧烈地疼痛，然后固定在箱壁的手腕被手铐磨破。

天翼不知道，这一趟航班，要多久才能抵达。

25

黑暗、死一般的寂静、窒息的感觉。

时间像沙漏里的沙，一点一点地过去，黑暗好似永无尽头。

天翼微微挣扎，可是挣扎的结果，好似被压得更紧了，一动不动，渐渐觉得不能呼吸、胸闷。

天翼知道自己上方还压了至少十个箱子，他有一点儿怀疑箱子的坚固程度，虽然航天公司运送无数行李都是这么做的。可是，运送中也有行李破损的情况出现，如果碰巧这次出现在他身上，不知道会不会被压成肉酱。

时间好像变成了一个没有开始没有尽头、停止不动的存在。

除了心脏跳动的声音，没有别的东西证明时间还是存在的。只有心跳，像钟表的跳动，证明时间是存在的，并且是可以被计量的。

天翼开始下意识地数自己的心跳，数到五千时，身子底下出现一阵轻微的震动，天翼意识到飞船要发射了，然后他猛地觉得像被一只巨手按在地上，五脏六腑都被捏紧揉搓。

天翼想吐，不过，如果他吐在箱子里，箱子里空间只有拳头大小，他会被自己的呕吐物淹死。

飞船在空中只飞行了一个小时，但，天翼在箱子里的时间长达两万次心跳。

从飞船上搬下来，天翼听到有人踢踢箱子：“天翼？”

天翼咳一声，感觉自己声音正常，才答：“是我！”

那人立刻拿出工具把锁头撬下去，然后发现箱子四边的金属，居然也是焊死的。那人骂了一声：“奶奶的！”然后再踢一脚箱子，“你没事吧？能喘气吧？”

天翼道：“我没事。”

那人叫了几个人抬起箱子：“抬回去，先抬回去！”

天翼从箱子里出来时，第一眼看见的就是张杰明，张杰明同三维影像一样文弱，有一双真诚善良的眼睛。

天翼很震惊于这双眼睛里的真诚与善良，那几乎不是一个成年人所能有的孩子般的纯净与热情。可是在这样的真诚底下，那双眼睛却同时散发着近于催眠的力量，那力量来自他强烈的信念。

一句话大声说三次就成真理，何况张杰明全身心相信自己的信念，每时每刻都在大声宣传自己的信念，加上他的人格魅力，天翼了解，安德鲁为何会自愿接受监控，张杰明有给人催眠洗脑的力量。

打开箱子的人研究了半天，天翼的手铐，无论如何打不开，他焦躁起来，用力拉了一下镣铐：“拿切割枪来！”

血顿时从天翼的手腕上流了出来。天翼的手腕，经过一路颠簸，早已磨破，经他这一拉，天翼痛得皱眉咬牙。

远远站在一边的张杰明，轻声但清晰地说：“小心点儿，拿锯锯吧，不必着急。”

那人立刻答：“是！”

张杰明在此地，确实地位尊崇。

天翼很感激他这点体贴，很高兴自己的双手不必经受切割枪的蹂躏，他不能肯定自己经过这样长时间的折磨之后还能承受得住烧灼的疼痛，要是被人整得丑态百出，当然也没什么大不了的，可是到底比较没尊严。

锯条在手铐上锯了十分钟，只有一个小口，天翼叹息着想，照这个速度，得两个小时吧？

张杰明显然也发现了这一点，他走过来，皱着眉头：“好吧，天翼，我还有别的事情，你是愿意休息一下，还是马上同我谈？”

天翼想了一下：“现在。马上。”

张杰明坐下来：“好，我希望能听到站得住脚的理由。天翼，我很欣赏你，不过，你也是我第一个看走眼的人，也许是因为我们没有彼此面对面地交谈，毕竟躲在机器后面，我们会隐藏一部分真相。天翼，给我个理由吧。”

天翼躺在一个箱子里，狼狈而疲惫，有人正用锯锯他手腕上的铁铐，他刚刚伸展开的双腿正缓缓地恢复知觉。在恢复知觉的过程中，血管里流动的像是成千上万的针，刺在他全身每一寸肌肉，他不能专心地思考，无法集中精神。

他躺着，张杰明坐着，他觉得自己被人一览无余。

天翼沉默着，从何说起呢？张杰明提醒：“我在等——等一个真正的理由。”

天翼慢慢开口：“如果，不，我也很想知道——”该死的屈辱的会面方式，天翼无法组织语言，他想问什么？

张杰明道：“好，我想你在当时一定是有足够的理由的，不过现在，你显然开始怀疑自己当时的理由，是不是？如果不的话，你应该可以马上回答出来。让我来谈我的理由！人的处境不同，看事情的角度就不同。我们的思想，是由我们的经历、我们看到的听到的信息形成的，有些人遭遇不公平不公正和不幸，会产生错误的世界观；有的人没有知识，没受过教育，只能看到眼前的一点点小世界，会形成狭隘的人生观。我说得是吗？”

天翼点头。

张杰明笑了：“甚至，你现在可能也在想，我的世界观正是一种狭隘的自私的偏执的世界观，立身于我自己的，人类世界。”

天翼沉默。

张杰明道：“天翼，你亲眼看到、亲耳听到，甚至亲手促成了，猎人组织内吸血鬼的立场转变。青丸原来是最忠实的吸血鬼猎人，现在——她正在向同情吸血鬼的方向转变，你告诉我，是因为什么？是因为身份改变，造成的立场转变，是不是？”

天翼道：“我想——她看到了，她原来没有看到过的东西，了解得更多——”

张杰明道：“她的立场转变，是否正确，我们以后再讨论。可是，她的立场转变是因为身份改变，对不对？”

天翼道：“是的。”

张杰明道：“就像你说的那样，一个人站的地方不同，会看到原来没看过的东西，知道原来不知道的东西，如果我们站到敌人内部去，会发现我们的敌人，也是人，也呼吸，也有情感，也会爱也会恨，甚至，你可能会爱上我们的仇敌。身份转变，立场就会转变。所以，当我们的兄弟，从一个人类转变为吸血鬼时，没有任何人可以保证，他们是永不会变的。人，根本就是一个时刻都在改变的东西，如果一个人不能时刻改变，就不能适应环境，就会产生身份危机。所有的刚刚成鬼的人类，如果不能很好地调整自己，改变自己的立场，就会产生严重的身份危机。他们非改变不可。说到这里，对于他们来说，他们是非改变不可，可是对于我们——他们的改变，是可怕的。我相信，你能理解这一点，是很可怕的。”

天翼不得不说：“我理解。”

张杰明看着天翼，也沉默了，过了一会儿，叹息：“他们会自首，会出卖我们以求庭外和解，他们甚至会成为双重间谍，以便过上他们想过的生活。人类也有变节的，可是，是因为怕死、怕痛、怕折磨，不是为了过上更好的生活，不是为了摆脱组织。换句话说，人背叛是因为不得已，而吸血鬼的背叛，是主动的、破坏性的。这就是我的原因，我为什么不信任他们，我为什么采取那样残忍的方式，如果我不对他们残忍，我就是对组织内的其他人类残忍。我也不想讨论，是青丸正确还是我正确，吸血鬼与人类都想保护自己，占领这个星球，你说谁正确？天翼，你是一个人类，可是你身边的亲人朋友都是吸血鬼，所以你有一种幻觉，我不想说那是一种什么样的幻觉。你想想吧，如果你不认识青丸，没加入猎人组织，你的生命有什么保障？你只是吸血鬼的一个宠物，是财产，是一件东西，如果你的主人想捏死你，他是不犯法的，如果他不想再养你，他就可以杀掉你，而且这种行为叫作人道毁灭。我说得对吗？”

天翼沉默。是，他已经忘记很久自己的宠物身份了，如果没有猎人组织，他确实只是罗非手里一个没有生命保障的宠物，甚至，罗非根本就不宠他这个宠物。

天翼道：“为了消灭对方要不择手段——”

张杰明道：“消灭敌人，还要讲手段吗？既然提到消灭了，那么生死存亡的时候，还要讲手段、讲姿态漂亮吗？我们的目的，是消灭他们！”

天翼刚要开口，手铐“当”的一声落地，然后锯条划在他手臂上，血如泉涌。

张杰明起身：“快，叫医生，天翼，你好好想想，等你休息好了，我们再谈。”

天翼苦笑：“好的。”

好吧，现在这种情形，再谈下去，天翼也只得投降。

张杰明清晰明确地表达了自己的立场。

天翼承认，站在张杰明的立场上，张杰明的决定是正确的。

站在吸血鬼的立场上，天翼问自己，我可以站在吸血鬼的立场上吗？我当然可以同情吸血鬼的处境，可是如果同情他们的处境，代价是牺牲人类的安全呢？天翼需要思考。

他在两条狗抢肉骨头的问题上，怎么做才是对的？是不是一定要公平，还是只看顾自己所爱就可以？人性是没有国界的，可是人是有国界的，天翼到底处于哪一国、哪一个阶层、哪个地位，他站在什么地方？

天翼吃过饭，本想再整理一下自己的思绪，结果，到底是个太年轻的人，经过这一通折磨之后，竟然困倦不堪地睡着了。

这一觉直睡到第二天早上，清晨的阳光照进屋子，天翼微微有一刻的迷茫，然后记起自己的使命与处境。

可是阳光那么温暖可爱，天翼走到窗前，向外望去，外面是一望无际的重峦叠嶂，无限的深深浅浅的绿色，世外桃源。

敲门，有人送进早饭来，天翼道谢，问："这是深山里？"

那个年轻人，同天翼差不多大，笑容纯净："是啊，大兴安岭。"

天翼啊了一声，原来，离他的家乡那么近。

"空气真好，是不是？"

天翼点点头："是啊，让我想起过去。"

年轻人问："你以前也在山里生活过？"

天翼微笑："很久。你叫什么名字？"

年轻人道："48 号，我们以前的名字、现在的名字、以后的名字都不同，但，号码只是一个。"

天翼愣了愣："啊！"这样？这，对天翼来说又是一件无法接受的事，不是更换名字，而是以数字命名，不知什么原因，天翼觉得不舒服，他觉得这件事不对，可是又说不出不对在哪儿。

"48 号，这样称呼，是不是有点儿怪？"

48 号笑："如果你觉得别扭的话，叫我小白好了。"

天翼问小白："我可以四处看看吗？"

小白道："首领让我陪你四处走走，不过，这里有的地方有激光防线，要小心些。看，那边有红外跟踪，会自动扫描名牌，你跟着我走没问题，如果自己走的话，红外发现你没有名牌，会发出警告，命令你不得移动。如果你移动范围超过半米，它会发射激光，摧毁你的运动能力。"小白笑，"有时候就彻底摧毁了。"

风来，天翼嗅到森林的味道，他微微有点儿黯然。

小白笑道："这里风景真好，是不是？空气也好，我是从大城市过来的，过来之后，就再也不想回去了，在这里生活，就像在世外桃源一样简单快乐。"

天翼微笑，真的吗？可是，这种森林的味道，对于天翼来说，却意味着饥饿酷寒，而且是威胁到生命的饥饿与寒冷，没有尽头的饥饿，每一天、每一刻，食物就是幸福就是生存希望，还有无穷无尽的寒冷，没有希望的不知什么时候会杀死你的寒冷。

世外桃源？简单快乐？不，天翼宁可要可以吃得饱穿得暖的复杂生活，不必那么诗意，不必追求精神生活，天翼的境界没高到那个地步，他要求的是有保障的物质生活。

追求精神还是追求物质，也与一个人的个人经历有关。

天翼一边散步，一边开始思考张杰明前一天，在他身体与精力都极度虚弱的情况下对他进行的疲劳轰炸。

即使是在清新的空气中，天翼也找不出张杰明逻辑上的破绽，天翼苦笑，张杰明想必在长期的思想政治工作中，总结出大套说服他人的理论与方法。同时，也产生了强大的心理屏障，想要反过来说服张杰明，怕是很困难。

一个人要证明自己做的是正确的，并不难，可是如果争执的双方都证明自己有道理又怎么办呢？打出个真理来吗？誓死捍卫自己的正确吗？天翼微笑，不，他对坚持真理一点儿兴趣也无。对于天翼来说，存在的，才是存在的，像真理、像正义，如果对改变他的命运没有帮助，他不认为那些东西是存在的。

天翼的教育程度也决定了他没有能力在理论上反驳张杰明，即使是近几年，他也只是学习了一些理工科的基础知识，对于比较人文的知识，他没有时间没有机会去学习。

而且，天翼也不想说服张杰明放弃自己的信念主张，他看到张杰明的眼睛，就明白，那是不可能做到的事，任何人都有坚持自己立场的权利。天翼不想改变任何人，他只想达到自己的目的。

他的目的很卑微，只要他的爱人，他的朋友——也许还不是朋友，但很快就会成为朋友，或者因为安德鲁，他不得不与之成为朋友的这些人，能够好好地全部活下来，不再损失任何一个生命。同时，给他们自由选择的权利，让他们的生命不再受威胁。

天翼即使在辩论中得胜，证明自己是对的，但张杰明只要消灭他的肉体，就可以得到胜利，轻松证明自己的理论是有实践基础的。

天翼必须证明，自己有活下去的理由。他必须证明自己活下去，对于张杰明来说，是有好处的，至少是好处多于坏处的。他，是一项值得冒险的投资。

而他的朋友们，不被监控，比被监控要更好。当然，要证明这一点，非得他们自己配合不可，如果他们不反抗地等着，甚至在张杰明让天翼休息的这段时间里，他们重又自愿安装监控设备，天翼没有回天之力。

天翼来到此地，只是为他们赢得时间。

请思考，请做出选择，然后行动吧，自己救自己。

天翼深呼吸："好久没有到森林里散步了。"他才不想在森林里散步，森林对于他来说，是饥饿与寒冷，是吃与被吃，是饿狼在树下啃噬骨头皮肉的声音。天翼可以在森林的空气中嗅到野兔与狼的味道，心旷神怡？才不！是生死杀场！

小白笑道："是啊，刚来的时候，真的不习惯这里的网络管制，可是慢慢地，同大家一起学习训练，觉得这才是健康的生活，身体健康，心情也愉快。原来自由自在、随心所欲地在网上玩真实体验游戏，看三维互动电影，确实很刺激，可是不知为什么，人变得很颓废，整天只想坐在椅子里，一动不想动，觉得人生没意义。到了这里，生活很单纯，有一点儿枯燥，训练也很累，可是大家在一起，为了一个目标，一起做一件事，这种感觉，真好！我真心觉得我过去过的，是垃圾生活！"

天翼点点头，啊，有人喜欢，有人不喜欢，重要的并不是这种生活好不好，而是人们有没有选择的权利。小白不知道，他其实已经没有选择的权利，可是那些吸血鬼明白自己没有选择的权利，所以，他们觉得束缚，他们会痛苦。连安德鲁这样的张杰明铁杆支持者，最后也宁可选择死亡。

不知不觉到了午饭时间，天翼发现这是个很大的基地，有学校有宿舍，有射击场，有训练场，甚至还有战斗机场。张杰明拥有一个王国。这个国王，对他人有生杀予夺的权力。

不管你多么崇拜一个人，多么信任一个人，命运始终是掌握在自己手中的好。如果你认为对方是神，放弃自己的思考权利，把生命交到神的手里，你会发现，人终究是人，任何人，得到神的权力，就会把他人看作虫豸，虽然当一个虫豸比较轻松省力，但要想一想被人摆布的滋味，被人杀死的后果。

千万不要放弃思考！没有人为你着想，会比你自己更周到，你必须先维护自己的正当权益，每个人都维护自己的正当权益，这个社会才能保障大多数人的正当权益。如果每个人都不出声、不考虑、不主张，那么，你放弃了自己的权益，也就放弃了大多数人的权益。

26

天翼吃饭时遇到了张杰明，他有点儿意外，站起来：“首领！”

张杰明微笑：“意外吗？我不在食堂吃饭，到哪儿吃？”

天翼微笑：“我以为……”

张杰明道：“我记得你是因为有一个梦想，所以加入我们。”

天翼点头。

张杰明道：“虽然我们的目标在细节上略有不同，但是有一点却是相同的，我们都希望人类能摆脱被奴役、被吸血、被食用的命运。不过，想不到我们这么快就产生了分歧。天翼，你为了大目标，不能放弃现在的小细节吗？”

天翼想了想：“我可以放弃，如果首领坚持的话。”

张杰明想不到会得到这样的回答，倒是一愣，天翼看着他的眼睛，继续道：“我需要你的帮助，否则，永不可能实现梦想。即使首领要求的，是牺牲青丸，我也会答应。不过……”

张杰明明白了，还有不过，笑：“不过……”事情已经到了这个地步，即使天翼回去振臂一呼，要所有吸血鬼回来加上监控器，怕也得不到响应。

天翼道：“首领认为我为什么到这里来呢？是为了说服你吗？我不这么认为。首领你坚持信仰这么多年，又赢得这么多追随者，无论是理论上还是实践上，必定是有道理的，岂是我能说服的？我到这里，为了两件事。第一，整件事只是我一个人擅自行动，组织里的吸血鬼在事先不知情，事后也未响应，请首领酌情处理。第二，我请首领假设一下，假设我已经死了，所有的吸血鬼也被杀死了，或者，假设整件事根本不存在，组织里从来没有过我，没有过吸血鬼；如果我，一个人类，同十三个吸血鬼与一个吸血鬼公主来到这里，表示愿意帮助首领进行改善人类生存状况的事业，不要求任何回报，不需首领提供任何组织内信息，首领是否表示欢迎？”

张杰明微笑：“我明白，如果到了非杀掉所有吸血鬼不可的地步，我会考虑的。否则，就当这是一次去芜存菁的考验了。”

天翼沉默一会儿：“每一个，他们每一个对我们都很重要，请首领尽可能地——”

张杰明道：“这不在于我。”

天翼道：“首领，当初允许猎人变成吸血鬼，就是因为组织有这个需要，而且现在仍有这个需要。我们不能失去他们，人类在那个国家的活动是受限的，人类的体能也是无法与吸血鬼对抗的。首领怕他们叛变，影响组织其他成员，我有个建议——”

张杰明很清楚天翼要提什么样的建议，他微笑：“嗯，你说。”

天翼道：“由我来与他们单线联系，我愿意为他们的行动负责，如果出事，不过损失我一个人。”

张杰明道：“因为他们很重要，我不希望走到那一步。天翼，如果他们全体叛逃，我可能不得不把你送回去平息叛乱，可是我不希望走到那一步，我想，你也不会希望走到那一步。”

天翼道：“不，我希望！”

张杰明一愣："嗯？"

天翼道："首领不信任他们，不仅在出事后不信任他们，在出事前就不信任他们，我为他们感到悲哀，为猎人组织工作，牺牲了自己的正常生活，每天面临生命危险，甚至，比组织里的人类付出更多，至少人类是有同伴的。你的怀疑，把他们的朋友都剥夺了，他们没有亲人没有朋友，甚至没有同伴，既不能把自己当吸血鬼又不能把自己当人，如果忍受这样的生活、这样的怀疑，居然一点儿反抗心都没有，那就是个懦夫与废物了！自己身上的压迫自己身上的不公平都不敢反抗，还能指望他们为别人站起来吗？我以为首领需要的是一群有热血有激情有志向有梦想有抱负的同志，难道首领需要的是傀儡吗？"

张杰明看着天翼，没说话。

天翼道："首领不能把他们交给我，我很理解，首领不信任我，我也很理解。我会为我做的事负责，我既然到了这里，就对死亡有准备。首先，事情是我做的，我负责；其次，首领拿他们的生命来威胁我，我不能连累他们；最后，我有些话，必须对首领说明。这是我冒死来到这里的原因。"

天翼需要喘一口气，他胸口起伏，食堂里已经有人偷偷张望，张杰明左右看看，沉默。周围的人，遭遇张杰明的目光，立刻收回自己的好奇，都急忙吃完饭，起身离去。

天翼道："我为我的梦想，或者莽撞，或者愚蠢，但我会尽全力，永不放弃，也不介意付出生命。首领认为我在背叛吗？我认为我对自己的信念很忠诚，与首领一样忠诚。我们争执，不过是手段方法的争执，首领请别涉及死亡，包括我的死亡、他们的死亡，还有一直爱你的青丸。"

张杰明倒笑了："如果为了青丸，我倒早该杀掉你了。"

天翼沉默一会儿："我怕以后见不到她，一时忘形，如果我还能活着回去，永不会再提。"

张杰明也沉默了，过一会儿道："不能正常生活，不能爱，不能保护所爱——是猎人们普遍存在的悲哀。"然后张杰明微笑，"我倒是不必担心你被捕后变节，天翼，我相信，得到你的赞同，把事情交给你办，一定事半功倍。不过，你听说过木桶原理吗？一个木桶，由很多块板子组成，可是决定装多少水的，并不是那块最长的板子，而是那块最短的。天翼，你的充满激情的桶子里，只要误装了一块朽木，其他所有人的努力就全毁了。你认为我的控制太可怕，可是，只要有一个人变节，其他人都会死。”

天翼问：“是不要隐私保安全，还是冒风险，可以由他们自己决定吗？”

张杰明摇头：“不可以，因为涉及的不只是他们自己的安全。”

天翼道：“我再一次建议，我愿意冒这个险。”

张杰明很温和：“那么，我一定会失去你的。天翼，我不愿冒这个险呢。”他微笑，“耶稣都被门徒出卖，天翼，你太过自信。”

天翼还要说什么，有人急急奔过来，向张杰明附耳说了几句，张杰明脸色一变，苦笑：“天翼，失陪了。”急匆匆起身而去。

天翼知道自己还没有说服张杰明，或者张杰明在考虑，或者张杰明做了别的布置，正在等局势的变化。天翼希望去解救同伴的王浩然，没有遇到伏击，也没有在别无选择的情况下杀死同伴。每一个人每一个生命，天翼叹息，也许他经历的死亡还是少吧？他不愿意看到任何人的死亡，包括他的敌人的——当然，不愿意是不愿意，同他会不会杀死敌人是两回事。

王浩然在外面用红外望远镜看着，郑适坐在电脑前，手里拿着枪，看他的姿势，像是相当困惑且颇受打击。是从电脑里受到了首领的打击，还是被天翼袭击使他受打击？

王浩然不会认为郑适开着电脑是在上网打游戏，谁打游戏会拿着真枪啊，难道不爽时要毙了电脑不成？那么，他为什么一直坐在电脑前不动呢？王浩然看不到电脑上显示的是什么，可是他可以想象，大约是：“坐在电脑摄像头前，不要妄动，拿好枪，王浩然来了就打死他。”王浩然笑，这个姿势坐在那儿，是不可能打死他的啊，他王浩然可是组织内响当当的杀手啊。

可是，王浩然也发现一个问题，他是来救人的，不是来杀人的，他不能下杀手，可是对方能，对方得到命令，一定是杀死他。其次，如果他真的制服了郑适，或者任何一个吸血鬼，郑适们可能会立刻被杀死。自己出现，导致伙伴被杀，那不是他想要的结果。

王浩然打开自己的腕上电脑，伸手给电脑扫描，两秒钟后，电脑显示："拒绝进入。"王浩然苦笑，虽然不出他所料，可还是有一种被人关在大门外的感觉，被家人与朋友关在大门外。好吧，破门而入吧。

王浩然写了一封信给张杰明，总不能连信也不收吧？两分钟后没有反应，王浩然知道自己的炸弹被识破，正要另想办法，电脑发出警报，有人正在锁定他的地址，王浩然当即关上电脑，立刻扑向郑适门口，他起身一刹那，忽然发现郑适已经不见了，他不在屋里？门没开过，面向这边的窗子也没开过，难道是从屋子那边出去的？张杰明允许郑适离开自己的视线吗？

王浩然一脚踢开门，立刻听到两声枪响，他惨叫一声倒在地上。

仍然举着枪的郑适缓缓地小心地走出来，全身上下湿淋淋地滴着水，这就是在红外装置下最简单的隐身办法，用冷水降低体温。

王浩然果然上当，以为他离开房间，郑适的嘴角微微苦涩，他是不被允许离开这个房间的，现在他得到额外许可，可以出来把王浩然拖进屋去。如果他在首领判断的时间内没有回去，后果自负。

郑适端着枪，看到王浩然胸前殷红的血后，枪口慢慢沉下来，该死的王浩然，郑适不喜欢杀死自己认识的人。他走过去，踢两脚，没反应，然后他低头拎起王浩然的一只脚，忽然眼前一花，他急忙后退，可是已经晚了，王浩然抡起来的枪托正打在他后脑上。郑适挣了两下，眼前渐渐发黑，手指紧握，一颗子弹射了出去，砰的一声响，然后他倒在了地上。

王浩然跳起来，暗骂："奶奶的，都被打晕了，还不忘开枪。"他立刻把郑适身子一翻，从腰里拿出自己特制的小勺，勺柄已磨成锋利的刀片，用力一划，立刻血如泉涌。血肉模糊中，隐隐有一个包块，疑似植入装置，王浩然来不及细看，已经一勺挖下去，拇指大的一小球肉挖了下来，郑适也痛叫一声醒来。

郑适只觉得胸前剧痛，低头一看，只见心脏血淋淋地正“噗噗”地跳动，也没细想，立刻一拳打向王浩然。王浩然倒在地上，有两秒钟，眼前一片金花，等能看到东西时，郑适已站在他面前，一支枪抵着他的头。王浩然笑了：“咦，忘恩负义的东西，有种你就开枪！”

郑适掩住剧痛的胸口：“是你干的？你想干什么？”

王浩然笑道：“不是我，是我们新的地区首领。没有死亡危险，是不是很舒服？”

郑适目光移动，王浩然手里握着一把小刀似的东西，刚刚就是那个东西在自己胸前留下伤口。不远处，水泥地面上，一摊烂泥似的血肉，王浩然笑道：“看，刚刚来得及，你打我一拳之前，还是块完整的肉呢，现在已成烂泥。不管什么原因，首领已杀了你了。”

郑适神色黯然，半晌：“王浩然，我是被你逼的。”

王浩然道：“你很喜欢过那样的日子吗？”

郑适怒道：“我不喜欢，可是我可以忍受。生活中我不喜欢的事情多了，我并不想因此成一个叛徒。”

王浩然站起来：“我也不想！不过，你我都回不去了。”

郑适转身而去，王浩然问：“你去哪儿？”

郑适道：“你管不着！”

王浩然笑了：“跟我一起走吧！”

郑适怒吼：“谁跟你一起走！我要向首领解释！”然后他待在门口，呆若木鸡。

王浩然跟过去，看到郑适桌上电脑在半空中映出四个大字：“拒绝进入！”郑适的样子，好像在微笑服务中，被人打了一记耳光，错愕与伤害自他微微紧张耸起的背影上都可以看出来。王浩然叹息：“如果你一定要解释，去同青丸说吧，她脑子里仍有首领的眼睛与耳朵，你同她说，就像同首领说一样。”

郑适猛回身，一拳向王浩然脸上打去，王浩然侧头躲开，顺手扭住郑适的手腕，制住他，无奈地：“嗨，我可是散打冠军！好了，郑适，我知道你的感受，不过现在不是发脾气的时候。”

郑适怒道：“放开我。”

王浩然松手，郑适挣开，怒瞪了王浩然一会儿，终于泄气，默默揉自己的手腕，然后揉自己的脑袋：“你不必打那么重！”

王浩然笑：“我可没向你开枪。”

郑适道：“我也没往你尸体上补两枪，确保你的死亡。”

王浩然笑：“看看，我们的友谊万古长青。”

郑适开始换衣服，收拾东西，问王浩然：“你的衣服？”

王浩然道：“一点儿人血，不要紧的，只当吃东西不小心！”

郑适扔过去一件夹克：“穿上，别恶心我。”

王浩然穿上：“首领给你们什么命令？”

郑适道：“不管什么命令，经过这一战，一定改变。”又问，“天翼呢？既然是他的主意，他不打算说明一下这是什么意思，以后又要往哪儿去吗？”

王浩然道：“他去了青丸那儿，这会儿，可能已经在张杰明那儿，或者死了。”

郑适愣住：“什么？”

王浩然道：“说来话长，他只知道我们带着监控器，所以想办法把监控器毁掉了。一夜之间，咱们十四个吸血鬼可是丢尽了脸。”

郑适有点儿不服，要不是他小看了进来的是个人类，然后又发现是天翼吃了一惊的话，才不会为天翼所制。他哼一声：“我确实佩服他的胆量。”

王浩然道：“他知道我们身上还有能杀死我们的银弹，已经去向首领自首，说明一切同我们没有关系。”

郑适看着王浩然：“你呢？”

王浩然道：“我自己选择，永远不要再受制于人，至少不是这样赤裸裸地受人扼制。我还选择，能帮几个算几个，帮完之后，你们也是自由选择。”

郑适问：“其他人呢？”

王浩然道："其他人同你一样，不知情，没监控，但是带着致命的银粉。只有安德鲁——首领命令他杀死天翼，他违抗命令，已被处死。"

郑适瞪住王浩然，王浩然道："张杰明当然不是开玩笑的，如果我们有任何反抗，你已看到后果。"

郑适沉默一会儿问："现在，我们怎么办？"

王浩然道："我跟着天翼与青丸。"

郑适道："他会比张杰明强吗？"

王浩然道："我相信安德鲁不会看错，我相信他。"

郑适沉默。

两人坐上出租车，来到另一同伴屋外，郑适道："我要同青丸通话。"

王浩然问："你还不死心？"

郑适道："你听着，我曾经是一个人，永远是一个人，虽然我永远不能再做一个人，但是我不会改变初衷，我仍旧要站在人类这一边！"

王浩然道："跟着天翼并不是站在吸血鬼一边。你想站在人类这一边，不一定要跟着张杰明！"

郑适道："是吗？天翼有什么？他有什么力量反抗吸血鬼世界？他不过是吸血鬼的一个宠物，他甚至不是一个自由人！"

王浩然半晌才道："他的地位不重要！"

郑适冷笑："什么重要？信念与决心吗？"冷笑。

王浩然答不出话来。

郑适接通青丸："公主！"

青丸正按着自己的头，忽然见到郑适，一愣，然后看到郑适身后的王浩然，又是一喜："你们在一起，那么，郑适，你也自由了？"

郑适道："我正要问公主的意思，王浩然说这是天翼的意思，我想知道，首领对此有何意见？"

王浩然在他身后冷笑："首领的意思你还不明白吗？首领已经按了按钮，银粉已经喷出来，你已被他杀死过一次了，还要问他是什么意思？他要你死，你死不死？"

郑适道："我在整件事里没有过错，我相信首领对我有误会，我要同首领对话。”

青丸苦笑：“郑适，你这番话，首领已听到了。天翼说过，去留自由，如果你一心仍要回到过去，请去同张辰光联络，我会同张辰光说明，也会问首领如何处置你，然后如实答复你。不过，我不能保证我听到的是真话，不保证你去了张辰光那儿，等你的不是一颗银子弹。”

郑适沉默一会儿：“天翼呢？”青丸道：“他在首领那儿。”

郑适再一次沉默，青丸问：“还有什么？”

郑适道：“我无法进入系统，王浩然也无法进入系统，我们同首领联络不到，可否同首领说，也对其他同伴说，我不想与任何人为敌。我等着首领的命令。”

青丸有点儿疲倦：“好。”

郑适躬身：“有劳。”

青丸笑：“不必客气。”

王浩然道：“我鄙视你！郑适，你从来没像现在这样令我恶心过。”

郑适沉默。

关上对话窗口，郑适道：“你同我，都无法登录系统，可是青丸能。”

王浩然愣了一会儿，呆看着郑适：“你别同我说你是在演戏！”

郑适道：“上将伐谋。”

王浩然道：“屎！”

郑适笑笑，连接青丸的电脑，远程登录，破解密码，关掉青丸的警报系统，青丸正同张杰明联络，张杰明看到两条灰色的影子倏忽而至，扑到墙壁里消失，顿时大惊，知道系统被人强行闯入。大事不好，一声警报还未出口，整个系统呜的一声灭掉。

这正是此系统的弱点，因为系统内的资料太过重要，只要系统觉察有人闯入，就会立刻锁定来人，无法锁定时便立刻关闭整个网络。对于想得到猎人组织资料的人说，这个系统的警觉与安全设置是一流的；对于只是想把整个系统弄瘫痪的人来说，这个系统简直比一滴水珠还脆弱。

郑适微笑，向王浩然眨眨眼睛，王浩然举起拇指。

郑适打开猎人组的对讲窗口：“各位，我是郑适，我身后的是王浩然，你们有人不认识我们，不要紧，你们应该已经发现自己耳后有伤，那证明你们脑中的监控器已被破坏，首领刚刚让我们打开电脑摄像头，也是这个原因。现在，猎人组织的系统已经瘫痪，各位有五分钟的时间选择，是自己取下心脏上的银粉装置，还是等待首领决定你们的生命。”

王浩然上前补充：“那个银粉胶囊，取出来的时候，一定要小心，至少要挖一厘米直径的肌肉，否则可能会触动胶囊上的机关。”

郑适道：“我在白凌川外的流金岁月公园等你们，不管你们做何选择，我等着各位。各位是想同我会合也好，想杀我也好，到流金岁月来找我。马上，我不会等很久。”

王浩然一愣，瞪住郑适，郑适道：“还有，记住，系统瘫痪只有五分钟时间，我的意见，快动手，如果想解释，活着才有机会。”

完毕。

王浩然问：“你想干什么？”

郑适回身：“浩然，你说过去留自由，可是我们不能独自决定，我建议我们大家共进退，否则会面临自相残杀。你不必去了，你已被通缉，如果我们最后决定回到张杰明的领导之下，可能有人会提议杀掉你。”

王浩然沉默一会儿：“不，我同你一起去，我要发表我的意见。”

郑适想了想：“你说得对，走吧。”

27

流金岁月是个国家森林公园，青山绿水，深秋时，绿色中夹着金黄与深红，十分灿烂。这是一个自然保护区，保护的野生动物中包括人类，这也是宠物严禁入内的原因。无论是野生动物还是野生人类，都不是作为宠物或奴隶工的人类能够抵抗的。同时，也是防止宠物或奴隶工大量逃入森林，破坏森林中的自然平衡。

郑适选择这个地方，有他的打算。首先，这里禁止人类进入，他们可以不受打扰；其次，这里地广人稀，打起来，不致惊动警方；最后，这里离白凌川很近。郑适打开电脑：“青丸公主！我约了所有吸血鬼在流金公园讨论今后的去向，如果公主愿意，请稍后过来。”

郑适通话完毕，回转身，已看到有人来，王浩然两只手慢慢放到兜里。郑适劝他不要带他的大狙击枪来，他两个口袋里，还是放了手枪，配着银弹的微型手枪，对于他这样的神枪手来说，已经足够。

郑适上前一步，挡在王浩然前面，结果来人猛地掏出来的枪正抵在他头上。郑适问：“干什么？”

李飒道：“首领命令，格杀勿论。”

郑适道：“真的吗？要我让开吗？”

王浩然微笑着，双手依旧在兜里，不过手枪已指定前方，如果不是郑适挡在身前，来的那个名叫李飒的小子来不及抬枪已经中弹身亡了。他的笑容里有着一个神枪手特有的气定神闲。

李飒举着的枪开始微微画圈，他的眼睛犹疑地微微颤抖。

王浩然的大名谁人不知谁人不晓？他当然怕自己心脏上的那颗遥控炸弹，可是王浩然手里的枪有同样效果。

郑适道：“放下枪，等大家来了再说。”

李飒道：“郑适，注意你的立场，你的那些言论，我已经报告给首领，现在没有你的通缉令，可是很快就要有了。”

郑适笑了：“听着，把枪放下，我会当作没听到的。”

李飒愣了愣：“你想怎么样？”

郑适道：“你想让我与王浩然一起举枪对着你吗？”

李飒再一次迟疑。

王浩然笑：“胡扯，不等你手指头碰到枪，他就死了。”

李飒后退一步，更加不肯放下枪来。

不远处两辆车自空而降，车上的人看到这种情形，立刻也掏出枪来：“谁也不许动！不管你们要干什么，谁也不许动！”

王浩然回头笑道：“彼得，我们要是一起动，你打算对谁开枪？”

彼得道：“王浩然，你已被通缉，为什么不好好躲起来，偏送上门来让我们为难？”

王浩然笑道：“知道为难，良心还没坏掉。”

郑适道："彼得，你取下来了吗？"

彼得沉默一会儿道："我现在无法回答你。"

空中又有三五辆车下来，人人都掏枪，即使不对准任何人，也持枪在手，随时准备应对危机。停得远一点儿的一辆车，没有人从车子里走出来，反而从车顶升起一支火箭发射筒，然后是大喇叭播放一个懒懒的声音："人不犯我，我不犯人。大家老老实实说话，啥事也没有；你们要打，也不关我事，我不过是来听听你们说些啥，可是要有人向我开火，大家就散开些，免得溅到一身血，我这个火箭筒，能发射洲际导弹。"

彼得叹口气："不知有没有人开坦克来。"

不远处，正倚在车门上点火吸烟的路西笑："怎么没有？小的车子开了强磁防御罩，除了叶加的导弹防不了，别的都不用向我比画。"

彼得道："路西，你还算厚道。"

彼得又四顾问："珍、安和妮娜都没来？"

大喇叭传来叶加的笑声："她们要化妆。"

郑适问："我们可不可以放下枪好好谈？"

没人出声，可是彼得微微抬起枪，把枪口冲天："这个当口儿，谁敢先放下枪？不过，在话没说完之前，大家没下个决定之前，谁要敢放第一枪，他就是我们大家的目标！"

郑适微微躬身，表示对此决定的敬意，同时高举双手，表示自己没武器。李飒看看四周，发现不少人目光盯着自己，他也觉得自己此时太出风头，想了想，缓缓收枪，可是还不放心，枪一直收在胸前。

王浩然一笑，转身："我先说！我是被天翼打昏过去，取下所有木偶提线的。首先，自由的感觉真好，呼吸空气都那么畅快。然后，我为什么被通缉？因为张杰明派去杀天翼的人，被我拦住了。我为什么拦住张辰光？我同天翼那个小家伙，一点儿交情也无，可是安德鲁不愿杀他，安德鲁因为不愿杀他，被张杰明杀了，银粉胶囊弹开，胸前被烧出一个大洞，内脏统统被烧成烂泥。安德鲁虽然是个白痴，可我不能让他白死。再说，看到安德鲁的死，我问自己，我做了什么？我在猎人组织几十年了，从十岁起，从我会开枪起，我一直就在杀吸血鬼，我恨吸血鬼，我杀死的吸血鬼，在猎人组织里，除了天翼干的那一票，我是第一。我为什么会成为吸血鬼？因为张杰明对我说，成为吸血鬼，可以更好地为组织工作。张杰明对我说，要安一个监控器，我说好，我心底无私。张杰明说我的心脏外挂了一个银粉胶囊，如果我被捕，给他个信号可以免除痛苦。我说好，为什么不呢？我从没产生过背叛组织的想法，我生是组织的人死是组织的鬼，除了被捕，有什么事会被自己人杀死？我没想过这一切，有一天，会用来胁迫我杀死我的同伴！好，我不认识天翼，我可以杀死天翼，尽管这个小孩儿，是为了解除捆绑在我们身上的绳索，冒着生命危险，搅进了我们这个烂泥塘。我习惯了，杀人、杀吸血鬼，我无所谓，可是安德鲁是我的朋友！张杰明说如果安德鲁不肯杀天翼，我就杀了安德鲁，我说我下不了手。张杰明说，我可以选择，我的生命，还是安德鲁的生命。我对此很不满，非常不满，我告诉你们，我不会选择杀死安德鲁，我想知道张杰明会不会因为这一点儿小事杀死我。事实证明，这对于他不是小事，他是不容一星半点儿违抗的，张杰明的事业可不是开玩笑的。可是，我没面临选择，安德鲁选择放走天翼时，把枪对住我，我很惊讶也很愤怒，如果当时我能想明白，我应该明白，安德鲁拿枪对着我，不仅是救了天翼，也是救我。安德鲁死在我面前，太令人心寒了，烂泥一样的尸体，我的朋友。这种手段，有人会怕，可是首领看错了王浩然，老子杀的人，按天算能平均一天一个，可是朋友，不是每天都能遇到，杀了我朋友的人，我不能再追随。安德鲁毕生都在与我们一起战斗，他不过是不愿违心地杀人，不经审判不听解释，像杀死一只蚂蚁一样十秒钟内就可以判他死亡。不管有什么理由，我不是一只蚂蚁，我决定跟着天翼。我说完了，喜欢开枪的可以开枪了，比如，李飒。”王浩然向李飒眨眨眼。

彼得看郑适，郑适笑：“我？轮到我了吗？不先公审浩然兄？”

彼得道：“每个人都有发言机会，先陈述事实，再讨论是非。”

郑适笑：“半夜遇袭，这个脸，大家一起丢了，不用多说。然后，同所有人一样，开了摄像头，坐在电脑前，没多久有人通知我，王浩然在我屋外。然后，有人踢门，我开枪。我并不想打死王浩然，不过我对命令的执行，也从不含糊，我是真的开了两枪，那两枪应该命中目标，我不知道王浩然是怎么躲过去的。”王浩然插话：“方法很简单，就是听到枪声前先躺倒。”郑适笑了，接着说：“就是这样，我得到允许，出去看看，结果被王浩然打倒。我昏过去了，可能只有一分钟。”王浩然笑：“十五秒。”郑适道：“已被开膛破肚，动了心脏手术，这倒没什么，可是我不过打了王浩然一拳，再拿起枪的工夫，胶囊已经弹开！”

郑适沉默一会儿：“张杰明已经杀了我！我还是那句话，我是一个人，成了鬼也是一个人，被张杰明杀死还是一个人。不过，我被张杰明杀死过一次……再回到从前，心有不甘。”

大家以为郑适的话完了，李飒刚要开口，郑适道：“即使我肯忘，怕张杰明也不肯忘。不仅是我，还包括你们，他差点儿失去我们大家，他不会忘。就像他不会忘高华的背叛，导致这个地区的组织全军覆没，所以他这样对我们，现在轮到我们，不说别的，光是我们大家在这里讨论去留这件事，他就不会忘。”

李飒终于开口，他怒吼：“谁同你讨论去留！我要杀了你杀了王浩然，杀了所有背叛组织背叛首领的人，我始终是忠于首领的。”

王浩然道：“你手里拿的不是枪吗？别用嘴说砰砰，我听着比死了还难受。”

有人笑。

有人吹口哨，远处的叶加发出巨大的夸张的“哇哈哈哈”的笑声。

李飒再一次把枪口对准王浩然，彼得咳一声：“虽然我狗屁不是，没人把我的话当回事，但是我自己，可是会维护自己的尊严的，就算别人不开枪，我也会遵守诺言的。不过王浩然，你少挑衅。”

王浩然笑，李飒举枪的手不住发抖。远远地传来叶加的喇叭声：“何必啰唆呢，大家脱下衣服来看看，谁已经开过胸，谁没有，不是一目了然了吗？”

彼得抬高声音：“不必那样，已经去掉银粉的，也许只是怕被误伤；没取下的，也许只是在观望。我们大家既然都来到这里，而不是等待上头的命令，我觉得，大家是想讨论一些东西的。”

李飒颤声道："不，我不是，我是听首领命令，过来杀掉王浩然的。"

王浩然怒了："干，你他妈开枪啊！"

彼得道："好吧，还有谁是奉命来杀王浩然的？"

王浩然叹口气，只得再一次双手插兜。

有三四个人慢慢走到李飒身后，举手："我们。"

彼得道："谁是自愿来杀王浩然的？"

这回李飒身后只有两个人应声，彼得问："那么，谁反对杀王浩然？"郑适举手，路西举手，远处的叶加道："我反对，我的反对得多算几票，因为我的武器精良。"

彼得道："我也反对。"

李飒变色："你们……你们公然背叛首领。"

彼得道："不，我们只是表达自己的意见。如果你要杀王浩然，我不会妨碍你的，不过，离我远点儿，子弹离我太近，我会误会。另外，劝你一句，你还用着尿片时，他就是射击冠军，虽然你现在手里拿着枪，我觉得你还是不要做出让他疑心你要开枪的举止来，比较安全。"

李飒那只手僵在半空，既不敢伸出去，也不敢收回来，半晌道："我们……我们好几个人。"

彼得笑："不会每个人都活着。"

叶加笑："无关人等退后，我要瞄准了。"

王浩然向叶加轻轻挥手，笑："向我开炮。"

李飒目瞪口呆，半晌："他们不帮我，彼得，你也不帮我？你，你同我一样——我们，我们！你不怕首领？"

彼得淡然道："我没违抗首领的命令，我没妨碍你，首领没有命令我杀王浩然，你大约不知道吧，我同王浩然的交情！老人们都知道，我是不可能去杀王浩然的，首领当然也知道。"

王浩然有一点儿感动一点儿悲哀："彼得，原来你还带着定时炸弹，为什么？"

彼得道："我性子平和，没有那么冲动，不会为了一个朋友的死，改变信仰。我对首领的做法，已提出异议，坚决反对，但是在上头没有决定之前，我不擅自行动。不过你放心，最低限度，我不会对你开枪。”

王浩然苦笑：“我感动到要哭。”

彼得哀然道：“你是怪我不能做更多吗？”

王浩然道：“当然不是，你明知为我说话，随时会掉脑袋，还乱说啥，快闭上你的臭嘴吧！我一点儿也不想再欠你人情。”

李飒与身后几个人，已慢慢散开，形成一个包围圈。

路西说：“王浩然，你可到我这儿来。”

王浩然微笑：“郑适，去路西那儿。”

郑适道：“你不用管我，我穿了防弹衣。”

王浩然虽然是神枪手，但一个人对付五个，活下来的可能性有多大？李飒也在考虑，如果杀了王浩然，叶加与路西参战的可能性有多大？

没有人动，空气好像静止，静止得像随时要炸开一样。

彼得终于开口：“等等，我有话同首领说！”

李飒头上的汗珠儿缓缓地滚了下来，他的声音都哑了：“快说，我没耐心等！”

彼得叹了口气，轻轻点点自己的眼镜，镜片上出现张杰明。此时大家也都明白，彼得的这副眼镜可以将这里发生的一切传给张杰明。

彼得沉默地与张杰明对视一会儿：“首领，他们几个年轻人，不是浩然的对手。别逼他们了。”

张杰明看着彼得，问：“你还是坚持不肯动手吗？”

彼得笑了：“就算王浩然向我开枪，我也不会向他开枪。首领，我们几个人，在一起太久了，情愿生死与共，我不可能做得更多了。首领，请宽大处理，容我们归队，容我们所有人归队！”

张杰明道：“所有人归队，正是我的愿望。如果你们愿意归队，既往不咎！”

彼得看自己的伙伴们。

郑适问：“还是监控并安装随时会要命的内置炸弹？”

王浩然问：“天翼与青丸呢？”

张杰明道："我说既往不咎，并没有说可以谈判，可以讲条件。"

王浩然笑了："不，张杰明，我对你那套厌倦了。我同安德鲁一样，宁可死。"

李飒再一次冒汗，见鬼，王浩然宁可死，杀死王浩然的任务又一次落在他头上，可是他一点儿把握也没有，自己死亡的可能性比王浩然死要大一百倍。

张杰明道："彼得！"

彼得沉默一会儿："王浩然不是不想归队，他只是想天翼回来，首领原谅他不懂表达。"这句话，王浩然也不反驳了，他也知道，如果他执意要走，天翼就死定了。

张杰明道："彼得，我再说一次，我容所有人归队。你当然清楚归队的意思，是仍归猎人组织领导。在组织内，谁来谁走，由上级任命。"

彼得沉默一会儿："首领的意思是，天翼要为他的行为负责？"

张杰明道："彼得，我原谅你的犹疑，原谅路西、叶加自己取下遥控装置，甚至可以原谅王浩然的背叛、郑适对系统的攻击，如此而已。"

彼得再一次沉默，王浩然道："谢谢你的宽宏大量，可是，我没有原谅你杀害安德鲁，我也不原谅你意图杀死郑适。"

郑适道："首领容我归队，我很高兴，我没有别的要求，只希望首领的原谅，是有保证的。"

彼得道："首领，让我同他们谈谈好吗？"

张杰明道："彼得，我认为，现在是你该做决定的时候了。"

彼得沉默地站着，张杰明沉默地看着他。

王浩然长叹："彼得，拔枪对着我吧，至少做个样子吧，我不想再看到兄弟死在我面前。"

彼得苦笑："你要是不想我死，就听我的主意。"

王浩然道："有些事，我不得不做。"

郑适道："彼得，我们必须要求天翼回来，天翼从不歧视我们。如果我们接受如张辰光之流的领导，将来是无尽的冲突与对抗，那样子回到组织里，早晚还是一死，我宁可现在站在这里，有同伴，有还手的机会。”

张杰明冷冷地：“彼得，请你做出选择！”

一辆漆着金色标志的白色皇家车，一边喷出巨大气流，一边缓缓降落，车门如鸟翼般向上展开。青丸双手叉腰站在车门口，点头：“好，好得很，手枪冲锋枪火箭筒，王浩然你双手插兜，是不是还带了炸弹？咱们自己对付自己，可比对付外人尽心多了！”

李飒听见炸弹二字，这才注意到王浩然的手始终放在兜里，他顿时面色大变，后退几步。王浩然笑道：“公主别吓他们，没那么夸张，以我的枪法，这两个人，手枪就行了。”

青丸走过来：“首领这样急急逼彼得选择，是因为知道我要来了吗？”

张杰明的脸色很难看，他说：“青丸，马上回到你王宫去，我可以保证让天翼活着。”

青丸道：“我不会回去，我不会袖手旁观，别拿天翼威胁我，也不必拿我威胁天翼，你应当了解，那是没有用的。”

青丸走到李飒面前：“你怕死吗？好，开枪，对我开枪，我倒要看看打死诺翰国公主，你能不能逃过诺翰国安全局的追捕。”

李飒眼神慌乱地看向彼得，他是在看张杰明的反应。

张杰明道：“好，李飒，以后还有机会，你带他们离开，等我的命令。彼得，你同李飒一起走吧。”

青丸道：“慢着！”

张杰明瞪住青丸，这一次，他真的怒了。

青丸笑了：“叶加、路西、王浩然、彼得，还有以李飒为首的各位！我曾经做过本地区领导，现在也尚未辞去职务，你们可否授权我，来为你们争取权益？”

叶加笑：“当然，公主，我一直崇拜你。”

王浩然点点头。

路西笑：“我听公主的。”

彼得沉默一会儿："好，青丸，交给你了，不管你做什么决定，我都支持。"

张杰明道："彼得，再考虑一下。"

彼得苦笑："首领，我一个人，不能力挽狂澜。"

张杰明道："同李飒走，不要留下来！"

彼得道："首领不先听听公主的条件？"

不待张杰明开口，青丸已伸手："叶加，帮忙瞄准李飒！"

李飒大惊："干什么？"

青丸道："前进也是死，后退也是死。现在告诉我，左右都是死的条件下，你的选择！"

李飒无助地回头望着身后那几个人，他身后，约翰、罗达、赵贺、林枫，这四个人身上都带着银粉装置，不敢开口，可是看他们的眼神，当然希望得到更大权益，只是他们不敢说。李飒也不敢出声。

张杰明阴沉地问："青丸，你真以为我不敢杀你？"

青丸道："我的要求，不会高到让你非杀我不可！我想，天翼一定已经代我提出要求，你考虑一下，是否让你不能接受，以至于非杀死我们所有人不可？

"这些人不知道，我想首领你是知道的，安她们已经准备好应付一切意外，张辰光在来的路上已被拦下。即使我不拦住李飒，我想，你也不会真的认为李飒可以代替王浩然他们，主持此地的工作。"

青丸再次拍手："安，把张辰光带来！"

张杰明道："不必！"

青丸道："安她们三个不必说了，你应当明白，我在这里又得到四个授权，多数通过。李飒，你可以不同意，但你若反对，今天就离不开此地。"

李飒半晌道："我弃权。"

青丸道："弃权就放下枪，到我车里去，珍会帮你。否则，叶加会听我命令，定点清除你！"

李飒目瞪口呆，半晌惨叫："首领！首领我——"人已开始发抖。

张杰明根本不理李飒，沉着脸，半晌终于道："好，你说吧。"

青丸四顾："天翼在同首领谈，不过决定权在你们，你们要是决定一起叛逃，此时此地没人有力量追捕你们，不过终生都要逃亡。你们要是决定重新安上监控器，好得很，首领欢迎。你们要是决定仍为组织效力，但要求与人类同等权利，我支持，天翼支持，首领同意的希望也很大。"

彼得道："公主说得对。"

郑适道："最好是那样。"

王浩然道："我没意见。"

叶加道："我要更大自由，有任务通知我；没任务，恕我不参与批评与自我批评。"

青丸道："我想天翼也没时间给你们主持无聊的聚会。"

路西鼓掌："那我会喜欢上他的。"

青丸回过头："首领，这就是我们要求的，不过分吧？细节，请首领同天翼谈吧。"

张杰明沉默一会儿："希望我们这次的不愉快，会成为未来愉快合作的开始，而不是分裂的开始。"

青丸目光灼灼："张杰明，即使你不随时代改变，你也要承认，你的目标是长期的，希望你随时制定每一个阶段的小目标，随时调整步子。"

张杰明笑了："长大了，开始教训起老师来了。好了，青丸，带着你的十三门徒，开创你的符合时代特征的事业去吧。"

青丸凝视着张杰明的消失，回过头来，没有表情地接受猎人们的拥抱。

彼得把眼镜扔到地上踩碎。

李飒回头看看同伴，意识到张杰明不再要求他誓死效忠，自己也不再有生命危险，立刻冲向青丸的白车，第一时间，立刻马上，把那该死的威胁他生命的东西取出来。自此以后，他没有了心腹大患。

安与妮娜，自车中出来与猎人们会合，做过护士的珍，忙碌地工作着。

青丸逐个与猎人们拥抱，拍他们的后背，轻声说："想不到会有这一天。"

虽然是成功的喜悦，但语气里有感慨与悲哀。

新的开始，是旧的结束。

28

张杰明同天翼握手："天翼，我们还是要好好合作。"

天翼道："你永远是首领，我需要你的帮助与指导。"

张杰明拍拍天翼的肩："来，我给你看一样东西。"

那是以往的录像，郑适与彼得在握手，不知是谁的眼光往下一瞥，张杰明把画面定格："看。"

两人握着的手中，有一张纸片，张杰明放大，纸片的一角上露出两个针孔。张杰明微笑："看，所以我不怪你，他们早有反心。要不，你的偷袭会那么成功？还有他们的反应，是不是很成熟老练？所以，天翼你要小心，彼得才是他们中真正的首领。当然，青丸同他们也有情谊。小心谨慎，前途是光明的，道路是曲折的。"

天翼微笑："谢谢，我会及时向首领汇报工作。"

张杰明看着他："答应我一件事。"

天翼道："首领请吩咐。"

张杰明道："永不要变成吸血鬼，无论如何，你要坚持做一个人！"

天翼道："首领放心，我到死都会是一个人！"